プラハのショパン

プラハのショパン

エリック・ファーユ
松田浩則訳

水声社

フィクションの楽しみ

芸術作品には存在の二重性がある、というのが彼の意見だった。発掘された古代の蓮の種子が花咲くように、永続的な生命をもつと称される作品は、あらゆる時代あらゆる国々の心によみがえる。

——三島由紀夫『禁色』

第一部

一

道路は濡れて、滑りやすくなっていた。だがチェルニーは思った、捻挫をしてもかまわない、三十メートル先の女にこれ以上離されて、見失うよりはましだ。スラニーの説明を彼が正しく理解したとすれば、その女は一世紀半も前に死んだフレデリック・ショパンと交信しているということになる。そんなことがあり得るのだろうか……。もし仮に十年前の一九八五年、だれかが彼に向かって、十年後の一九九五年十一月一日、万聖節の陰気な月曜日には、お前はもう秘密警察の一員ではなく、領土の半分を失い、あまつさえ資本主義に転向したチェコという国で私立探偵をするはめになっているだろうなどと予言したなら、チェルニーは己の未来を呪ったことだろう。そしてそのだれかさんに、同じく、お前は十年後、ショパンが死してなお数十もの作品を作曲し、それらをショパン本人の口から直接聞き取り、書き留めているという噂の、元学校給食センター職員の女の動向を探ることになっているだろうなどと言われたなら、男のなかの気まぐれな部分が目を覚まして、よくよく考えてみると、未来に想いを巡らすのもそう悪くはないと内心思ったことだろう。しかも件の女が、何年も前に自分が尾行していた反政府組織の厄介な構成員の未亡人だと教えられたなら、彼は国家秘密警察と私立探偵のちがいはあるにせよ、その将来の仕事のなかに、公証人たちが親から子へと代々伝える研究にも値するような連続性を見つけたことだろう。

そう、その女と女のもとを訪れる幽霊は、旧体制下、夜遅くまでカフェレストランにたむろしていた反体制派の人間たちとは違い政治には関わっていなかったので、チェルニーは新鮮な気持ちで仕事ができた。かつて、あの忌々しい反体制者たちをショボイ車のなかから長時間監視しつづけていたために、彼はたちの悪い気管支炎にかかってしまった。子どものころから、この秘密警察ＳｔＢのスパイは気管支が弱かった。

チェルニーが尾行していた女の名声はボヘミアの古い山々を越えて、少しずつ外の世界にも広まりつつあった。女の名前は二十六年前の結婚を期に、ヴェラ・フォルティーノヴァーとなった。一九三八年六月のある日に生まれたときはヴェラ・コワルスキーと呼ばれたことなどだれも覚えていなかったが、この一九九五年の万聖節の日、彼女は五十七歳だった。

女が再び視界に現れたとき、このＳｔＢの元スパイは安堵のため息をついた。彼女が今朝家を出て以来、彼の視界からしばらくの間女が姿を消したのはこれが初めてではなかった。そうした「空白」の瞬間が訪れる度に、この種の距離をとった尾行は過去何度も経験しているにもかかわらず、彼は冷や汗をかいた。その後、冗談が好きそうで、ぽってりとしたシルエットが再び彼の前に姿を現すのだった。もしそれだけのことなら、彼は喜んでゲームをする気になっただろう。

午前の半ばから、彼女はあちこち歩きまわった。この一週間、探偵は立ち止まることがなかった。今や道路の先が見通せるところに来ているので、少しは安心できるだろうと思った。二度と見失うことのないよう、もう少し距離を詰めようとしていた。彼女はどこに行こうとしているのだろう。確かなことはひとつだけ、家に帰ろうとしているのではないということだ。というのも、彼女は家とは反対の方向へと歩いていたからだ。まもなく昼だ……。彼女が食料品店に入ったのを見て、彼は息をつき、タバコに火をつけながら、束の間の一服を喜んだ。そのとき、新しいことが分かりしだい状況をまとめて報告するように、とジャーナリストに言われていたことを思い出した。数メートル先に公衆電話があるのが見えた。二度目の呼び出し音で受話器が取られた。

——こちらチェコテレビ、ルドヴィーク・スラニー。

——パヴェル・チェルニーだ。電話をするよう言われていたのでね。今、女は店で買い物をしている。それで、ちょっとだけ時間ができた。女は十時前に家を出て、オルシャニ方面に向かい、夫の墓に花を供えた。今はヴィシェフラド〔かつてはプシェミスル家の第二の要塞、現在は城址公園。チェコの著名人の墓地〕のすぐ近くに来ている。

その後しばらく話をしたあと、彼は急に話を中断した。

——これで切る、女が店から出てきた。また菊の鉢植えを買ったようだ。予想していた通りだ。歩きだした。後でまた時間ができたら電話する。二度とまかれたくないからな。

二

それより一カ月前の午前八時、ルドヴィーク・スラニーの家に電話のベルが鳴り響き、朝の沈黙が破られた。そのとき彼はいつものように前日から読みさしの本の一章を最後まで読み終えつつ目覚めようとしているところだった。ジャーナリストの彼はこの読書の最中に外の世界が侵入してくるのが大嫌いだった。猫の鳴き声さえうっとおしかった。ほとんどの場合、彼はこうした侵入の試みを無視した。というのも、そうした企てに屈してしまうと、一日が台なしになってしまうのを知っていたからだ。まるで、夜さまよっている最中に起こされてしまった夢遊病者のようになってしまう。この朝の読書は彼にとって神聖なものだった。それは活動を開始する前に飲む解毒剤みたいなものだ。この朝の読書の後でなら、世の中のあらゆる悪が雨のように降り注ごうとどうということはなかった。致命的な被害をこうむることなどいっさいなかった。

その朝はいつまでも電話が鳴りやみそうにないので、言ってもしかたのない呪いの言葉をいくつか吐き出した後、彼は部屋をつっきって、受話器を取ろうとした。ところが、あわてていたために、肘が額縁にぶつかり、額縁は床に落ちて、ガラスの割れる音が部屋に響いた。彼は電話が切れる寸前に受話器を取り、いらだった調子で応えた。はい！……。ああ、すみません、あなたでしたか。失礼しました、てっきり……。いえいえ、大丈夫です……。これからちょうど出かける準備をしようとしていたところでした……。昼食をいっしょにですか。いえ、先約はありません……。いえいえ、喜んで……。何か面倒なことでも……。それでけっこうです。では、フィリップ、十二時十五分にレストランのなかということで。予約はお任せしていいですか。了解です。

ルドヴィークは割れたガラスの破片と額縁を拾った。そのとき、ズデニュカの写真を撮った日のことがつらい稲光のように思い出された――それは二人の交際が始まったばかりの時期に撮られた写真で、タタール人のような、当時彼が使った表現によると前アジア的な彼女の美しい顔をクローズアップした写真だった。そしてその写真を撮ったクトナー・ホラ〔中央ボヘミア州の都市〕に日曜日を利用して出かけたとき、彼は彼女がロシアの女優タチアナ・サモイロワ〔一九三四―二〇一四、『アンナ・カレーニナ』などに出演〕にとっても似ていると言ったのだ。べつに彼女を口説こうとしてのことではなかったが、嘘をついたわけでもなかった。突き出た頬骨、アーモンド形の目、波打つような髪、愁いに沈んだ眉……。運命の皮肉と言うべきか、ノヴァークが不安な気持ちにさせる電話をかけてきたことが原因で、額縁が床に落ちたというわけだ。たぶん、もうそろそろ引き出しの中に仕舞うべきときだったのだ、そんなパートナー、いや元パートナーの写真など。二人の愛から残っているものもまた断片である以上、彼にはもう彼女を何と呼んでいいのか分からなかった。

こんなに早い時間、ルドヴィークがチェコ第一テレビに出社するのを待たずに編集長がわざわざ自宅まで電話をかけてくるとは、いったいどんな用件なのだろう。普段はそんなことをしない男だ。たしかにフィリップ・ノヴァークは平のジャーナリストたちがいる下の階にまで降りてくるのを嫌ってはいたが、午前中、勤務中の自分に電話をかけて、自分のところに来るよう命じることだってできたはずだ……。ノヴァークは先ほどの電話では何も明かさなかった——それこそ旧体制の人間特有の反射神経だ。ルドヴィークは、叱責が目的なら昼食には招待しないだろうさ、と考えてはみたが、ノヴァークの要求が何なのか分かるまでじりじりとした思いで午前中を過ごさなければならなくなるだろうと思った。編集室で働いている人間はみな、ノヴァークの執務室がある四階に呼び出されるのを怖れていた。「上」に来るよう命じられた人間は、蒼ざめた顔をしながら、ひょっとしてボスは何か他に言っていなかったかと尋ねるのが常だった。いや、何もないさ。ノヴァークはおそらく気分がいいので、それをお前に真っ先に味わわせてやろうとしているんだろう。不幸にも選ばれてしまった男は、冷笑と冷笑のあいまに、奴はお前をやきもきさせているのさ、という答えにもならない答えを導き出した。

　それから少しして、トラムの中で、ルドヴィークはしぶしぶひとりの老婦人に席を譲りながら、目下のところ、あいつには用心したほうがいいなと考えた。一般的に上司に話がしたいと言われてうれしい思いをすることなど絶対にないものだが、その上司がノヴァークとなると話は同列には考えられず、彼の直属の部下ではない人間にとって気まずさは想像もできないほどふくれあがる。とりわけ、自分が彼の敵だと考えるのに十分な理由があるときにはなおさらだ。

*

ノヴァークは数カ月前から、ナ・リバールニェによく通っているという噂だった。レストランに入ってすぐの部屋に彼専用のテーブルがあった。ボスは新しい時代を作ろうとして、自分の考えと元反体制派たちのニコチンを混ぜ合わせようとしている、とルドヴィークの同僚たちは嘲弄していた。

彼がそのレストランに入ったのは今回が初めてだった。約束の時間より早くレストランに着いて、階段を六段ほど降りて驚いた。すでにノヴァークがテーブルについているのが見えたのだ。ノヴァークはテーブルから立ち上がり、いつもは見せない笑みを浮かべてルドヴィークに手を差し出した。

彼の背後には壁画パネルがはめこまれていたが、そこには左右に広がるようにして荒れ狂う夕暮れの海が描かれていた。パネルは古びて、描かれた波にはタバコのヤニが付着していた。絵には危険なまでに傾いた一隻のキャッチャーボートが波にまたがるように描かれていた。ボートのなかには十五人ほどの漁師が座りこんだ様も描かれていた。ひとりの男が立ちあがって、警戒しながら、櫓で水をかいていた。だが、ルドヴィークが観察できたのはそこまでで、彼は食事の間中、そのパネルを観察する時間が一秒たりともなかった。そのため、追いかけられているはずのクジラがそこに描かれていたのかどうか確認できなかった。というのも、時間に追いまくられているノヴァークは、本題に入る前に料理を注文するだけの時間しかルドヴィークに与えなかったからだ。

――私は今、古き良きデカルト主義者をひとり探しているんだ。良識があるタイプの人間で、美しいお話や驚くべき細部の蓄積を前にしても冷静に判断することのできるしっかりとした頭の持ち主が欲しい。君は私が探しているそんな合理的な考えの持ち主だと思うんだが、どうだろう。

――それは、何のためでしょうか。

――一風変わったドキュメンタリー番組の制作計画があってね。私はそれをどうしても作りたいんだ。時間も思慮も、おそらくずる賢さもいつもとは比べものにならないくらい必要になるだろう。狙いを正確に定めないといけない。その理由は、君も後で分かる。

――もしそれが政治や汚職に関するものならば、何と言ったらいいか……、私は辞退したほうが……。

――そちらの問題とはいっさい関係ないから、心配は無用だ。そのかわりと言ってはなんだが、潜在的にはそれ以上に危険な面もある。私としては、この仕事を君に任せる前に、君と話をして、君の了承を取り付けておきたかったんだ。知っているとは思うが、チームどうし、同僚どうしの嫉妬心をうまく管理し……、ねたみ深い人間も野心に満ちた人間もひとりとして傷つけてはならないからね。君はジャーナリストがどんなふうに自殺するか知っているかい。

――はい？

――エゴの高みから飛び降りて死ぬんだよ……。いや、まじめな話、君にその調査を任せると発表する前に君が引き受けてくれるという確信を私としては持っておきたいんだ。なぜって、少しでもこちらが躊躇しようものなら、それにつけこまれるおそれがあるからな。編集部でのライバルどうしの軋轢はあまりにもひどいので、それで一冊本が書けるくらいだよ。

――それで、確信は持てたというわけでしょうか……。

――君にぴったりのテーマだと思う。実は音楽の霊媒能力に関する話なんだ。これまでいろいろな人間がほんとうか嘘か決着をつけようと試みたんだが、みなことごとく失敗した。この件の中心にいる女性の名前は、ひょっとしたら君も聞いたことがあるかもしれないが、ヴェラ・フォルティーノヴァーという。

この瞬間まで、ルドヴィーク・スラニーは彼女の名前を聞いたことは一度もなかった。だが、彼は身震いした、あたかも大きな声で発音された名前がある種の電気を放出するかのように。そしてそればかりでなく、未来の記憶とでも命名可能なもの、つまり、これから起きようとしているものに対する漠然とした直感のようなものもまた放たれたようだった。しかし、その身震いも鼓動一回分の時間しか続かなかった。そのため、次の鼓動のときに、彼はその身震いを忘れ、音楽の霊媒について話しているノヴァークに注意を集中させた。いいかい、十九世紀後半に交霊術が流行って以来、何人かの人間が死んだ著名人の訪問を受けたと断言している。そうした死者たちは、生前の仕事を続け、死後に作った作品をこの世の人に知らせたいと願っているというわけだ。フランスにはジョルジュ・オベールという名の交霊術者がいた。彼は死んだ作曲家たちと交信していると主張していた。ヴィクトル・ユゴーもまた、偉大なクラシックの作曲家たちと交信することによって、亡命生活の憂さを晴らしていた……。そして、わが国でも、フォルティーノヴァーのようなケースが現れたというわけだ。彼女は今やメディアの寵児になろうとしている……。言論の自由が得られて以来、彼女はいろんなところで、ショパンは自分に向けてすでに百曲以上口述したと公言している。彼女が言っているのは、二、三曲、ないし四曲というレベルじゃない、それぐらいなら世間を騙すのはそんなに難しいことじゃないだろうからね。彼女は百曲と言っているんだ。マズルカもバラードもエチュードも、なんでもありだ。

――すべてはいつ彼女がそれらの曲を作り始めたかによりますね。彼女の歳はいくつですか。

――五十七だ。彼女の父親はポーランド人だ。つまり、彼女はフランス語はできないが、ショパンの母語のポーランド語は完璧に理解できるというわけだ。スプラフォン〔チェコのレコードレーベル〕は有望な鉱脈を掘り当てたみたいにして、いわゆる死後作品の「ベストアルバム」を準備中だ。彼女自身もその一部を演奏する。残りは大ピアニストに弾かせるようだ。そうすれば音楽好きな大衆の注意をよりいっそう引きつけることができるからね、この……陰謀に。外国のプレスは熱狂して、ヨーロッパ中のジャーナリストたちが彼女の家に次々にやって来ては列を作る勢いだ。今月だけでも、彼女は「ザ・ガーディアン」紙と、もうひとつ「ラ・スタンパ」紙とインタビューを行った。――ほら、これがその記事のコピーだ……。というわけで、この件はクラシック音楽家たちの世界を大きく揺さぶり始めている。まだこの波は一般大衆にまで到達したとは言えないが、小さな音楽界ではもうかなり激しい論争が起こっていて、すでにいくつかの陣営ができあがっている。最大の陣営は懐疑派の集まりで、簡単には騙すことのできない人たちだ。彼らは死後作品を単純な模倣作品だと非難して、その弱点に狙いをつけて攻撃することで有利な立場に立っている。また他方には、本物だと確信している人たちのきわめて活発な陣営がある。彼らは魅惑されて、もう何も見えなくなっている。そこにはおとぎ話を必要としている人たちもいれば、「口述筆記」された曲が偉大なフレデリックの本物の作品だと心の底から思い込んでいる人たちもいて、ごちゃまぜの状態だ……。さらにこれら二つの陣営の間には、ご都合主義の集団が泥沼みたいに広がっていて、あらゆる種類の優柔不断の輩、自信のない輩がズブズブはまりこんでいる。彼らは人生でも、機会さえあれば、悪賢いハッタリ屋の後をいつでも追いかける準備のできているような人間だ。当惑した人間たちの泥沼だよ。おっと、話をヴェラ・フォルティーノヴァーに戻そう。君が彼女のことをどう思うか尋ねようとは思わないけど……。

――ええ、無駄だと思います。

――彼女が何を主張しているのか、君は分かっているのか。

――すぐに分かるでしょう。

――彼女は音楽教育など全然受けていないと主張している。大雑把に言えば、彼女自身と音楽は別物だと言い張っている……。当然だが、こうしたパラドックスが多くの人々の好奇心をそそっているというわけだ。そしてこういう断言が、君にも分かるだろうが、すさまじい力を発揮して、それに魅了された人間や、状況にうまく乗じようとする人間がたくさん現れた。ペテン師、信じやすい精神の持ち主、神秘主義ならなんでも飛びつく信者、さらには一流の音楽理論家、演奏家、しかも大演奏家たちだ。

――音楽教育など全然受けていないって……。子どものころに、初歩的な手ほどきも受けていないってことですか。それは信じられないし、言っていることとやっていることとが矛盾しているのでは……。

――私は聞いたことをそのまま君に伝えているだけだ。出版された記事やインタビューを見ると、プレスもまたこうした熱狂に感染したみたいだ。君も私と同じようにプレスというものを知っているはずだが、やることが過激だ。ああしたジャーナリストたちはみな、手段もなければプロとしての良心もないので、ひとつひとつ石を持ち上げて、そこにトカゲが隠れていないかどうか確かめもしないうちに、何でも鵜呑みにしてしまうんだ……。俺たちジャーナリストは、何もかもがほんとうだと信じこむためにいるわけじゃないんだ、クソ！　そのうち、カバラ学者やら、魔法使いの女やら、錬金術師やらがウヨウヨ出てきて、世の中が中世に戻ったようになるんじゃないか。もしあの女が間違いなくショパンの秘書だというのなら、彼女にその証拠を出すように要求しようじゃないか。私が君に言いたかったことを要約すると、じっくり時間をかけて、すべてを解体して、細かく分析して、詐欺を明るみに出すような長時間のドキュメンタリー番組を作ることだ。見せかけの真理を剥ぎ取り、それらの模倣作品が偽物だと証明することが目的だ……。君は担当している科学番組の制作では、みなから尊敬されているジャーナリストだ。だが、ひょっとして、少しばかり違う畑にも行ってみる必要はないかな。君のいつもの縄張りをしばらく離れてみてはどうかな。好きなだけ時間を取ってくれていい、ただし、スプラフォンからCDが発売されるときには調査が終了し、ドキュメンタリー番組が完成しているという条件だ。つまり、たっぷり三カ月はある。それより短期間でできたすばらしいドキュメンタリー番組もいくつかあるから、三カ月もあれば十分だろう……。どうだね。俺たちは腕をこまねいていてはだめだろう。ものごとをきちんと修正し、熟慮すべきものを与える、それこそは公共放送の名誉じゃないかね……。注意しなければならないことは、俺たちはここで検察官役を演じるためにいるわけじゃないという点だ。そうではなく、一方の人も他方の人も考え、正しいと思われるものを判断することができるよう手助けするということが目的だ。時代を画すようなきちんとしたものを作ろう。もちろん、俺たちの役目は善良なご婦人方を馬鹿にすることではない。ただ……、きっちりと物を見る手段を提供することだ。

——でも、私にはどうしたら、おっしゃるような熟慮すべきものを与えつつ、疑念の余地をなくすことができるか、まだよく分かりません。

いつの間にか、ルドヴィーク・スラニーは居心地の悪い思いを抱えて、椅子にすわっていた。神経質そうに、眉をしかめたり、顎の上に手をやったり、ひりひりする瞼をこすろうとして眼鏡をはずすことまでしていた。何かが彼の警戒心をかきたてていたのだ。吐き気がしていた。どのような渦のなかに引きずりこまれるのか分からないまま会話に乗せられ、壁画パネルに描かれたような波に揺すられて体を投げ出されているような思いがした。

——私としては、そのフォルティーノヴァーを欺き、彼女の陰謀を解体できたらいいと思っている。彼女の仕掛けの別の側面に移動して、人間の心の隠された顔を示したいと思う。その心というのは、口に出せないことが胚胎する場だ。この件は指標となるものの喪失、現代に特有のエゴの肥大、そしてセンセーショナルなものへの飢えの徴候だと思われる……。おそらく、外延すれば、この件は六年前の変革以来私たちが落ちこんだ変動を明かしているんだ……。それを考えれば考えるほど、ますますこの話が魅惑的なのはまさにそのせいだと思われてくる。まるで圧力鍋の栓が突然ふっ飛んでしまったようだ……。まだ七、八年前だったなら、こうしたことは明らかに不可能だっただろう。プレスが知らないうちに、その女は刑務所で一生を過ごしたことだろう……。君ももう一杯欲しいかい。

——え？

——君ももう一杯ビールを飲むかい。

ルドヴィークの返事を待たずにフィリップ・ノヴァークがビールのお代わりを注文しようとウエーターを呼んでいたとき、ルドヴィークはテーブルからテーブルへと蛇のように流れてきたタバコの煙を手で追い払いながら、軽い無気力状態とともに居心地の悪さが募ってくるのを感じた。まるで、客室に漂うニコチンと彼の警戒心をかきたてずにはおかない上司のへつらうような態度とが手を組んで麻薬という敵を相手に彼の争奪戦を繰り広げているかのようだった。

三

二人はコーヒーの注文を終えていた。レストランの小さなフロアはしだいに客がまばらになっていった。フロアがある場所より高いところを通っている地上の街路には、今日初めて太陽が顔をのぞかせていたが、ルドヴィーク・スラニーの顔をひとつの影がよぎった。彼は現在進行中の仕事が山のようにあって、何週間もしないと解放されないとほのめかしつつ、ノヴァークの提案に不器用ながら反対意見を述べていた。それに、デカルト的な精神は、求められている客観性から遠く離れて、自分を爆弾をかかえた調査員にしてしまう怖れはないだろうか。ノヴァークは何ごとも聞かなかったかのように、断固たる態度を貫いた。そのためにルドヴィークに疑念が芽生えはじめた。ノヴァークはルドヴィークが自分の論拠を展開するのを聞きつつ、相手が込みいった文章の毛玉にとらえられて身動きができなくなるまで放っておいた。ノヴァークは相手が諦めるのを辛抱強く待った。二人の戦いは互角の戦いではなく、ノヴァークは勝敗の決着を急いではいなかった。こうした場合、消耗戦に持ち込めば勝てることを知っていたのだ。

コーヒーが運ばれてきた。コーヒーに浮かんでいた出し殻がゆっくり時間をかけてカップの底に沈んでいった。二人ともコーヒーのことなど忘れていた。ノヴァークはけっして正面から反駁するようなことはしない。彼はとうとうコーヒーカップを唇のところに持っていって、眉をしかめた。それはコーヒーの品質が疑わしいと言おうとしているのか、何かが始まろうとしているという合図だった。たとえば、「私もよく考えた、プラスとマイナスを天秤にかけてみた」といった類の弾幕が張られようとしていた。そして実際、ノヴァークはそれを開始した。ルドヴィーク、これはどうしても君に引き受けてもらわないといけない仕事だ、君以外には考えられない……。

――ですが……。

――君の反論は後で聞くので、ひとまず最後まで言わせてくれ。君は二、三週間後に始めればいいんだよ。今君がしている仕事を終える時間はあるよ――なんとか手はずを整える手段は見つかるさ。なんなら、今している仕事を後回しにしてもいいじゃないか……。

彼はどうしてこんなにも執拗なのだろう。

――なぜって、私は君のことをよく知っているし、さっき言ったように、私が必要としているのは君だからだよ。君に頼んでいることは、彼女の罪状をあばく証拠を探してこいということじゃない。そうではなく、みなが現実だと信じているものの煙幕の前で君なら立ち止まることなどないことを私は知っているからだよ。君なら、最後の一枚まで、少しずつベールを剥がしていってくれるはずだ。

――いくつかのベールは剥ぎ取れるだろうとは思いますが、とルドヴィークはため息をついた。そして朝、受話器を取ったことを後悔し始めていた。その一方で、ノヴァークの執拗さの背後に、何らかの意図があることを察知した。それは言い表しがたいものではあったが、少しずつどのようなものか、分かりかけていた。

――おそらく君は私が君のことを正当に評価していないと、あるとき思ったんじゃないか、ルドヴィーク――いずれにせよ私はそう理解している。というのも、編集部の壁はとても敏感な耳を持っているからね――、だが君の認識は正確ではないよ。その点を私はどうしても君に言っておきたい。君の想像に反して、私は君にいかなる恨みも抱いていない……。君はすでに優秀な詮索好き、調査員であることを証明して見せた。それは、私がこの仕事をするうえで、とても大事にしている資質だ。とはいえ、君のために月桂冠を編むよう急かさないでくれよ。私にはけっしてお世辞を言わないという評判があってね、その評判を裏切りたくはないからな。だけど、ときにはお世辞も必要だ。今みたいな私たちの状況を打開するためにはね。私はもう一杯、コーヒーを注文しようと思うけれど、君も飲むかい。トルココーヒー二つ、とウエイトレスにノヴァークが耳打ちする。今ビールを運んできたところだったウエイトレスは、言葉によるチェスに没頭したこれら二人の陰気な客の注文のしかたは理解しかねるという表情を見せる。そう、唯物論者。君が共産党員の家で育ったということは、今回君に有利に働いている……。君の精神はまだ、いたるところで芽生えている信心や信仰に侵されていない。そして君は世間の人間を今喜ばせている安っぽい超心理学に陥ることなく理性を働かせることができるだろう。たしか君は以前「共産党青年部」で活動していたね。それから、これはおそらく君にとっていい思い出じゃないはずだが、ルドヴィーク、私は思い出してしまったんだよ、君の偽物や模造品、その他の模倣というものにたいする際立った嗜好のせいで、ショーロホフ〔一九〇五―一九八四、一九六五年にノーベル文学賞受賞〕をめぐって君がいろいろと厄介な目にあったってことをね。――間違っているかね。君は贋作の世界が好きなんだよね、違うかい。

ノヴァークが最後に間違いを犯したのは、一体いつのことだろう。この専制君主のなかでルドヴィークが一番嫌いなのは、まさにこの点だった。きわめて正確な射撃の技術というか。彼には、敵のアキレス腱を狙い、的確に命中させて転倒させるだけの能力があった。ショーロホフ事件はそれほど古い話ではなかった、六年か七年前のことだ。だが、この事件のことを、彼がこのまさにうってつけのタイミングで思い出すとはどういうことだろう。犬め、奴は俺を追い詰めようとしている……。ウエイトレスが戻ってきてコーヒーをテーブルに置いている間、会話が途切れたが、その間、ルドヴィークは蘇ってきた様々な思い出による一斉射撃を正面から喰らっていた。とはいえ、どうしてルドヴィークは今なおその記憶に苦しめられなければならないのだろう。というのも、結局のところ、ふりかえって考えてみれば、その事件に感謝してもいいほどではないか……。だが、その当時、ムラダー・フロンタ社のかけだしの記者だったころ、ルドヴィークはこの調査が永遠に自分の身を滅ぼすことになると考えていた。ところが、一年後、「歴史」の急変が起こり、この調査は彼にとって護符として役立つようになったのだ……。彼が担当した欄の主任であるマルティノフから、一九八九年の夏季休暇中の紙面を埋めるために、芸術における偽物について記事を書いてはどうかと勧められたとき、ルドヴィークは躊躇しなかった。書いた記事は何の問題もなく編集部のチェックをパスしたが、それが掲載される当日になって、社長室に呼び出された。編集部の期待の星である彼が、一体どんなヘマを犯してしまったのだろうか。ルドヴィークは模倣や偽物が好きだった。なぜなら彼はそうしたもののなかに、動物たちが生き残るためにつねに実践しているもの、すなわち策略と錯覚の現代的かつ芸術的な反映を見ていたからだ。生物の擬態。海底に身を置くやいなや気づかれなくなるシタビラメの砂色の衣装……。おそらく、ルドヴィークはそうした動物たちの仕掛ける罠を参考に現行の体制の下で生き延びるための規則を引き出していた。だが、それを実際に口に出しては言わないように気をつけていた。

記事のなかで問題とされたのは、『静かなるドン』の著者ショーロホフに関する部分だった。ある人たちは、そのソヴィエトの作家は『静かなるドン』を絶対に書いたわけがないと主張した。ショーロホフは手書き原稿を見つけ、自分をその筆者といつわって、ほんとうの作者、コサックで白ロシア人のヒョードル・クリュコフを忘却のなかに追いやってしまったというのである。真実はどこにあったのか。おそらく、あまりにも成功を収めた詐欺に魅了されたルドヴィークは、クリュコフ作家説を正しいと認めるような記事を書いた。実際彼がしたことは、以前から知られていた論拠を持ち出してきただけのことだったが。たとえば、ショーロホフは、たったの二十二歳で、あれだけ長大で、あれだけの博識を必要とする作品の第一部を、どうして書くことができたのだろう、その四年後に第二部と第三部を出すことになると知りつつ、というものである……。どのようにして、学業を途中でやめたニヤけた若造が千人もの登場人物を生き生きと描くことができたのだろうか、しかもそのうちの四百人は実在したというのに。

——君はよくもまあ、ソルジェニーツィン〔一九一八—二〇〇八、『収容所群島』など。一九七〇年にノーベル文学賞受賞〕の論拠なんかを引き合いに出したもんだな、と社長は彼を罵倒した。奴は、本物の共産党員が自分より前にノーベル賞を受賞したことに耐えられない裏切り者なんだぞ！　奴がショーロホフを辱めようとしたことが君には分からないのか。

——お言葉ですが……。記事ではソルジェニーツィンの名前を出さないように十分気をつけましたが……。

――そのかわり、君はあの馬鹿のメドヴェージェフの名前と奴の著書を引用したじゃないか。その著書だって、コンピュータによる作品分析で反論されているのを知らないのか……。君が書いたいいかげんな記事のせいで、俺にはもう外務省から問い合わせが来ているんだ！　それに、『静かなるドン』以降ショーロホフの書いたものが凡庸だという君の主張は、はっきり言って、あまりにも侮蔑的じゃないか。

――そんなつもりでは……。でも、それは明らかな事実でして……。

――それが明らかな事実だと君が主張するということは、君がもう俺たちの仲間じゃないってことだ。もう今日の仕事はやめにして、この職場を去りたまえ……。君の父さんの経歴に敬意を払って、君にこれ以上の懲罰を与えないことに感謝するんだな。

数カ月間を雌伏のうちに過ごした後、一九八九年の終わりに大事件〔ビロード革命。チェコスロヴァキア共産党による社会主義体制を倒した〕が起こり、情勢はひっくり返った。呪われた記事は一躍ルドヴィークを英雄的な存在にした。そして公共放送のテレビ局に再就職することができた。呪われていた彼が、テレビ局のなかでは殉教者の栄誉に浴していた。共産党時代の自らの履歴にこうした類の汚点のようなものがあると、新しい世界で地歩を固めるうえで、かえって有利に働くと多くの人間が思ったほどだ。

――……ということで、私が思うに、君はまだ偽物と完全には縁が切れていないというわけだ、とフィリップ・ノヴァークは続けた。安心したまえ、君はもう彼らのことを何ら怖れる必要などない。時代は大きく変わったんだよ……。

その通りだ、結局のところ、地獄に落ちる危険を冒すことなく何でも言える現在、何を怖れることなどあろうか。だとすれば、彼に特有の予感は何に基づいたものだったのだろう。彼は喜ぶべきだったのだ。なぜなら、ノヴァークの指摘はあたっていて、そのテーマは自分にぴったりだったし、誘惑されてもいたのだから。

ひとは世界のなかに理想の分身を投影しようと夢見る、たとえそれが自分で自分に驚くためであれ、今日よく言われているような良きパートナーをびっくりさせるためであれ。ミハイル・ショーロホフがヒョードル・クリュコフという名のコサックをほんとうに剽窃したのだとすれば、それは自分自身の理想的なバージョンを示すためだったのだ。学業を修めることができたならば、そして才能があったならばこうなりたいと思った理想の姿なのだ。あるいは彼は、努力もせずに栄光に達しようと望んだのだろうか。投影……。私たちがなりたいと思う存在は私たちにとって最悪の敵ではないだろうか。それは殺し屋のようなもので、私たちを一生追いかけ回して殺しにくる。そう。だが、とろ火で殺すのだ、銃火などでではなく。殺害は生きているかぎり続く。

自分の家の居間でショパンを迎え、この世とあの世の仲介者としての役割を演じていると信じるまでにヴェラ・フォルティーノヴァーを駆り立てたのは、いかなる欠如、いかなる強迫観念、いかなる内的破綻だったのだろう。この調査は空に雷雲がなければ、きわめて簡単な仕事だろう、とルドヴィークは考えた。かなりの数の音楽学者や著名なピアニストたちによると、フォルティーノヴァー夫人の模作は驚くほど巧妙にできていて、当惑させるほどだという。もし彼らがそれらの楽譜のなかになんらかの欠点とか……、ショパンの作品では知られていない、なんらかの異質な要素を発見してくれさえしていたら……。ノヴァークは手の内をさらして見せた。というか、勝負は簡単ではないだろう、と明言した。その雷雲は今にも呪いの雹を彼の上に叩きつけようとしていた。ルドヴィークが予感していたように、それは奇妙な話だった。そして彼がそんな嫌な仕事をするよう指名されたのである。

君にぴったりのテーマ、とノヴァークは持ってまわった言い方をした。我らがショパン夫人の信奉者たちに反撃するための論拠を君は見つけることができるだろうさ。君のことを信用しているよ……。

信用だって？　そのフォルティーノヴァーが完璧に悪事を企て、事件がどんなに綿密で洞察力の鋭い調査にもその正体を現さないかもしれないではないか……。彼女に共犯者がいて、彼女が演じる無邪気な隠れ蓑役の背後には、ショパン風に作曲することのできる才能あふれる剽窃家が隠れているかもしれないではないか……。毒入りのプレゼント、という考えがルドヴィークの頭をよぎった。制作不能なドキュメンタリー番組という考えが……。彼は自身の心配性にしばしば自分でもあきれ、それを押さえこもうといろいろ努力をしてはみたものの効果はなく、少しずつ危惧の念に囚われつつあった。そしてそうした危惧が執拗に続くのを予感していた。これは罠ではないのだろうか。何カ月も前から、彼はノヴァークがズデニュカと自分との関係を何もかも知っているのではないか、何らかの方法で自分に意趣返しをしようとしているのではないかと怖れていた……。もしこのドキュメンタリー番組が自分に対する復讐の手段だとしたら……。俺を陥れるための卑怯な策略なのでは……。ノヴァークはその手のことで知られていた。彼はこれまで何人にもあり得ないようなテーマを与えては復讐を果してきた……。数週間前から、ルドヴィークは今目の前にすわっている男が一日も早く自分を失脚させようとたくらんでいるのではないかと睨んでいた。そのための理想の道具を見つけたというわけか。
四、五カ月前、いや半年前ではなく、どうして最近になって、ルドヴィークはそんなことを考えるようになったのか。彼自身には答えることはできなかっただろう。しかし、ノヴァークは自分を捨てた女の愛人となったルドヴィークをどうして許すことなどできるだろう。ノヴァークとズデニュカの話はありきたりなものではなかった。彼女自身がそのことを、ある日、ルドヴィークに話して聞かせてくれたことがあった。今でもときどき彼のことを考えることがあるの、分かってね、ルドヴィーク。私は彼と三年もいっしょにいたの、簡単には忘れられないのよ。

　ズデニュカは、神に誓って二人の関係を知っている人間は編集部にはだれひとりいないと言った。だが、ズデニュカのことを知るルドヴィークには、彼女の発言を疑うに足るだけの様々な理由があった。そして彼女が話してしまった、というか、もちろん内緒話という形で、だれかに話してしまったということを見破っていた。その内緒話が歪曲され尾ひれがついて広まり、ついには編集長の執務室にまで届いてしまったということを。たしかに、ズデニュカはもうチェコ第一テレビでは働いていない。編集会議のときに、上司である自分の元パートナーと新しい愛人とが自分の正面に並んですわっているのを見たくないという理由で、ルドヴィークとの関係が始まった数カ月後に彼女は辞職した。それ以降、ノヴァークの心は彼女を忘れることはできないまでも、鎮まるだけの時間はあった……。だが、それは確かだろうか。復讐というものは冷たくして食べる料理なのだから、ノヴァークはルドヴィークがもう警戒を解いた頃合いを見計らって罠を仕掛けにきたのではないだろうか。ルドヴィークは今こそ、ズデニュカの次の愛人になった高い代償を払わされようとしているのではないか。これほどまでに厄介なテーマをなんとしてでも押し付けようとするノヴァークの強引さは彼に疑惑の念を引き起こしていた。ルドヴィークはノヴァークに言われる前に、ズデニュカは今や自分から離れていこうとしています、ですから私たち二人は心が石のように冷たい女に捨てられた不幸な兄弟のようなもので、たがいに憐れみあったほうがよくはありませんか、と言えるものなら言いたい気分だった。

彼女の心には遊牧民のようなところがあって、水を飲んでいる泉にずっと満足しつづけることはけっしてなく、すでに私のもとを去って次のオアシスに向けて出発してしまいました、と言いたかった。

他にご注文はありませんか、と二人に尋ねにきたウエイトレスの微笑みを見て、ズデニュカの最大の魅力とも言うべき微笑みばかりでなく、そんな微笑みを彼女が見せた頃のこともいっしょに思い出したルドヴィークは、もの悲しい気分になった。今後二人が永久に別れてしまったなら、彼女の何が残るのだろうか。できるものなら彼は彼女からこの微笑みを奪い取って自分だけのものにしておきたかった。彼女のこの微笑むイメージだけを記憶に留めておきたかった。彼女が自分のためだけに特別にこうした微笑みを作り上げたのか、あるいは過去の愛人たちのためにすでにこの微笑みを役立てたことがあったのかどうか、何としても知りたいと思った。彼としてはその微笑みがもうお払い箱になっていて、今後もう二度と使われることがないとまだ信じたい気分だった。ノヴァークもまた、ベッドからそこで見る夢にいたるまでのすべてをズデニュカと二人で分かちあっていたとき、あのすばらしい微笑みに出会っていたのだろうか。

二人の別れが避けられないものになったとき、ズデニュカの顔は能面のひとつ、小面《こおもて》——何を考えているのか読み取ることのできない若い女——のようになった。

そう、ルドヴィークは単刀直入に、彼女は今度は自分のもとを離れていこうとしているとノヴァークに言いたい衝動に一瞬かられた。だが、何かがそれを引き留めた。もし本当に、ノヴァークがズデニュカと彼とのことを何も知らないのだとすれば、彼はとんでもない失策を犯すことになる。ノヴァークに彼を嫌悪する理由をひとつ与えることになるだろう。ノヴァークにとっておそらくはもはや冷めきった偶像でしかない女の記憶を蘇らせてしまうことだろう。

この瞬間、ルドヴィークはある転倒が起きつつあるのを感じていた。それは彼がこれまでほとんど経験したことのないような転倒だった。頭のなかに浮かんでいるズデニュカのすばらしい微笑みのもとで、彼は武器を捨て、必然的な理由など何もないのに、しかも、彼の直感はやめたほうがいいと言っているにもかかわらず、そのドキュメンタリー番組を作る気になっていた。もし彼が長生きすることがあれば、つまり、ズデニュカ・ウスティノヴァと別れた後も、ノヴァークが死んだ後も、一九九五年以後もずっと人生を続けることができたなら、彼はこの日の昼食のことを、そして、虎視眈々と自分の正面にすわっている男のことを思い出すだろう。二杯目のコーヒーをちびちび飲みながら、まばたきひとつせず、重大な結果にいたるかもしれないどんなにささいな言葉にもじっと聞き耳を立てている男のことを。了解しました、フィリップ、引き受けます。でも数日待ってください、その後で取りかかります。ロマン・スタニェクは手が空いてますかね、彼と組んでみたいと思います。条件を付けるわけではありませんが、できたらカメラマンは彼にしてください。

四

ルドヴィーク・スラニーはヴェラ・フォルティーノヴァーと初めて会った日のことを今でもはっきりと覚えている。その日の朝、彼はカメラマン兼アシスタントのロマン・スタニェクと彼女の家に向かった。スタニェクとはそれまで何度もいっしょに仕事をしていて、一度も衝突したことはなかった。別の撮影のおりにルドヴィークは彼の才能を高く評価していた。互いへの尊敬の念のようなものが二人を近づけていた。ルドヴィークは自分があまり得意とはいえないロマン派の音楽をカメラマンが好きなのを知っていた。後になって分かったことだが、ロマン・スタニェクには貴重な資質があった。それは問題の核心を突き、どんな状況も単純にするという資質であった。ルドヴィークの同僚の人生はまるで岩清水のように明瞭で、こみいったところなど微塵もなかった。どうしたらそんなことができるんだろう。

二人は彼女が住んでいるロンディーンスカー通り五七番地近くのユゴスラーフスカー通りで二二番

のトラムを降りた。ロンディーンスカー通りはユゴスラーフスカー通りと直角に交わっていて、人通りがほとんどなく、どちらかというと住宅地区だ。近くにはルニーク・ホテルやマンションやオフィスビルが建っていて、古びているものもあれば、いくらかは新しいものもあった。五七番地の建物の前に立ったルドヴィークは朝の太陽に圧倒されつつ、四階に目をやった。あそこ、塗装のはげ落ちたこの建物のある窓の背後が舞台というわけだ……。われわれがやって来るのをバルコニーの上からうかがう女のシルエットが見えたらよかったのに、と彼は思った。

時計にちらりと目をやってから、彼はロマンに合図をした。約束の時間になっていたので、彼らは左手の玄関から滑るように建物のなかに入った。ルドヴィークは途中、ずらりと並んだ郵便ボックスに目をやり、**フォルティーノヴァー**の名前があるのを確認した。そのときになって、やっと彼は、これは現実の話なのだと了解した。この頭の十メートルほど上には、今から一世紀半も前に死んだ男の訪問を受けていると主張する女が住んでいるのだ。結局のところ、彼女は未亡人だ、彼女がだれと人生をやり直そうと望もうが、俺の知ったこっちゃない、とロマンといっしょに階段を昇りながらルドヴィークは冗談を飛ばした。

二人は四階の踊り場に着いた。呼び鈴を鳴らすと、木張りの床の軋る音が聞こえた。足音。「今ごろショパンはベッドの下に隠れようとしてるんだろうな」と、小さな声でカメラマンが大胆にも口にする。だが、すでに、鍵穴のなかで鍵が回転し、ドアが開いて、まさしく五十七歳の女性が姿を現した。フォルティーノヴァーさんですか？　とルドヴィークは尋ねた、あたかも何もかもが自明というわけではないかのように。

——お待ちしていました。どうぞ、中にお入りください……。

自分が何を企てているのかをルドヴィークがほんとうに理解したのは、このときだっただろうか。それとも、もう少し後、この特別な朝の最中のことだっただろうか。

――お待ちしていました。どうぞ、中にお入りください……。

彼女はこの歓迎の言葉をひかえめな笑みとともに口にした、あたかも彼女は自分が今ちょっとしたスターになっていることなど何も知らないとでもいうかのように。少しばかりエキセントリックな花柄のドレスを着た彼女を見て、まるでイギリス人のようだ、と正面のルニーク・ホテルの上から照りつける陽光に目がくらみ、肘掛け椅子に深く腰をおろしたルドヴィークは思った。ルニーク・ホテルの窓という窓は逆光の位置にいる彼らの上に黒曜石のような眼差しを向けていた。そう、労働者階級のイギリス人女性、つつましくかつ威厳があり、フルートのような声と、申し分のない言葉遣いと、距離を置きつつも相手にたいする尊敬の気持ちを表す物腰をそなえたイギリス人女性。彼女には上品なところがあったし、それは気取りではなかった。アパルトマンは彼らが見たところ、彼女にぴたりと調子を合わせているようだった。花柄の壁紙、テレビの上に置かれた白黒の家族写真、いつかは知らないが彼女自身が刺繍したにちがいない卓上用の敷物。ドアの上にはツゲの小枝とともに十字架が飾られていた。それから、食器戸棚の板の上にはプラスチック製の悪趣味な祭具があった。それを見てルドヴィークは微笑んでしまったが、突然、目に入った黒い聖母に彼の視線はくぎ付けになった。

――父が何度か私をチェンストホヴァ〔ポーランド南部の都市、黒い聖母を祀るヤスナ・グラ修道院で有名〕に連れて行ってくれたのです。その写真をプレゼントしてくれたのは父です……。私の旧姓はコワルスキーです。父がポーランド人なのです……。母はチェコ人でした。私たちはこのアパルトマンに一九四五年に引っ越してきました……。その前は、オストラヴァ〔チェコのシレジア地方の都市〕に住んでいました。そこは父のポーランドにも父の生まれ故郷のグリヴィツェ〔ポーランド西部シロンスク県の都市〕にも近かったのです。両親は数カ月のうちにあいついで亡くなりました。父は心臓発作、母は悲しみがもとで。六〇年代半ばのことです。私はここに留まって生きてきました。結婚して子どもができましたが、その子どもたちもここで育ちました。今私はひとりですが、ここはひとりで住むには広すぎます。でもどうやってここを出て行ったらいいのか、私には分かりませんでした。

（ルドヴィークは微笑んだ。彼女がここに死者たちを呼び寄せているのは、ここを人でいっぱいにするためなのか。）

ヴェラ・フォルティーノヴァーはあたかも学課を復習するかのように、単調な声でこれらの言葉を口にした。おそらくそのとき、壁紙の花や彼女のドレスの花柄を目で追っていたルドヴィークは、ノヴァークが話をしてくれたときに彼女にたいして抱いた考えと何かが一致しないと感じたのだ。あたかも、彼女の人生の大方が過ごされた小生活圏《ビオトープ》のなかで当の本人に会っているということ自体が、そうした考えを変容させてしまったかのようだった。彼女はほんとうに猫かぶりなのだろうか。本心をけっして漏らさずに世界を思いのままに操るマキャヴェッリのような偽作者、名声に酔いしれた女なのだろうか。彼は美しくもなければ醜くもなく、打ち明け話があまり好きそうではない女の顔をじっと見つめた。何かがしっくり来ない……。もっとも驚くべきことはおそらく、そこ、感傷的なお話をまとめた雑誌が二冊開かれたまま置いてある小さな丸テーブルの近くで、二人に話しかけているこの女のいかにも凡庸きまわる外見だった。彼女は仕事についている様子はなかった。どんな仕事にもついているようには見えなかった。実際、彼女がかつてしていたと主張する家政婦にさえも見えなかった。少しばかり上品すぎるということなのだろうか。困惑したジャーナリストは、カメラマンの顔に自分に同調するような徴が浮かぶのではないかとその表情をうかがっていたが、ロマンはいわば別のところ、別な周波数にチューナーを合わせているようだった。

　花の匂いが尾を引くように居間に漂っていた。しかし、居間にある唯一の花瓶は空っぽだった。おそらくそれはほんの少し前に（彼らがやって来る直前に？）捨てられた萎れた花束から発せられた匂いで、その匂いが空中にまだ残っているのだろう。リラだ、とルドヴィークは思った。だが、少し後になって、今はリラの花の咲く季節じゃないと気づいて、不思議な気持ちになった。

　アパルトマンを仕切る壁一面を花柄の壁紙が覆いつくしていたと言うのは、さすがに誇張しすぎだったろう。実際は、壁のあちこちに小さな額が飾られていて、壁紙に穴をあけたようになっていたのだから。長方形の額もあれば、舷窓のように細長いものもあった。そうした小窓のような額からは鉛筆でデッサンされた人物が顔をのぞかせていた。だれだろう。だが、それはほとんどどうでもいいことだった。彼の注意を引きつけたのは、その手法だった。木炭で描かれた肖像画、墨で描かれた別の肖像画、どれも才能のある人間の手で生み出されたもので、しばしばアルフレッド・クービン〔一八七七―一九五九、ボヘミア生まれのオーストリアの画家〕の挿絵を思わせた。顔には奇妙にも、凝固したもの、鉱物的なもの、あるいは時間の彼方に属しているものが固有のものとしてあって、ルドヴィークを不思議な気持ちにさせた。まるで、デッサンに描かれる直前に、どの人物たちも彼らが見せた最後の表情のまま化石にさせられたかのようだった。

――家族のなかにどなたか芸術家の方がいらっしゃるのですか。

　彼女は困惑した表情を見せた。

――芸術家ですか、いいえ、いません……。ときどき、そんなものを作るのが、私好きなんです……。私の気晴らしです。子どものころからずっとデッサンをするのが好きでした。そこにあるのはかわいそうな私の夫の肖像画とか、年々大きくなっていく姿を描いた子どもたちの肖像画です。夫は写真を撮っていました。私の方は、しぐさや表情をクロッキーで表現するのが好きでした……。墨で風景画に挑戦するのも好きです。こんなにリラックスさせてくれるものは他にありません。そんなとき、私はどこか別のところに連れていかれたように感じるのです。

事実、壁に飾られていたのは肖像画だけではなかった。肖像画にどこか化石のように固まったところがあるとすれば、風景画には動きや放たれた光のようなものがみなぎっていた。神秘的なドラマが風景画に息吹きを与えていた。魔神信仰者の作品のようだった、ロップス〔一八三三―一八九八、ベルギーの象徴主義画家〕やムンクといったような……。デッサンは幻想的で不吉な微光の中に浸っていて、見る者の眼を引きつけて離さなかった。肖像画の作家と風景画の作家が同じひとりの人間とは思えなかった。

――私は子どものころたくさんデッサンをしていました。今でもすることはしますが、ごくまれになりました。唯一、手ごろな値段でできる芸術でしたから。両親はとっても貧しかったのです。大人になってからも、私はあいかわらずつましい生活をせざるを得ませんでした。夫の収入はほんのわずかで、ある時期など、私たちはほんとうにお金に困っていました……。長い間、私はオフィス清掃の仕事をしていました。一九七〇年に長女のヤナが生まれ、私は仕事をやめました。翌年、ヤロミルが生まれました。私は二人を育てました……。夫が捕まった後、私は再び職を探さなければならなくなりました。それがどういうことか、お分かりですよね……。夫は長い間刑務所に入っていたわけではありません。でもその間、私は家族を何としてでも食べさせていかねばなりませんでした。刑務所から出てきたときのヤンは以前の夫ではなくなっていました。夫の健康状態は刑務所に入る前からすでに悪かったのですが、貧乏生活と刑務所でかかった肋膜炎のせいで、さらにひどくなっていました。もちろん、夫が前の仕事に復帰することはかないませんでした。別の仕事を探さなければなりませんでしたが、パートタイムの書記の仕事を探すのに数カ月もかかりました。私の方は、学校の給食関係の仕事を引き受けました……。

彼女は二人に向かって微笑んだ。

——ショパンはなぜ、私みたいな無学の人間に死後の作品を託そうとしたのでしょうね。不思議だと思いませんか……。（彼女は考えこむような様子になった。）先ほど夫が刑務所から出てきたとき、かなり弱っていたと言いましたね……。できることなら亡命したかったと思います。彼の夢は西ドイツかイギリスに逃げて、あちらで生活することでした。最後の数カ月間、夫はもう仕事をすることができませんでした。ほとんどの時間、ベッドで横になっていなければなりませんでしたから。あなた方は、このアパルトマンが小刻みに震えることに気がつきましたか。あれは電車のせいです、この下を走っているのです。中央駅を出た電車は、私たちの通りと直角に走る長いトンネルに入るのです。電車は「西側」に向かうのです……。ヤンはほとんどの時間、横になって過ごしていましたので、電車の振動に気がつく時間がたっぷりあったというわけです。ある夜のこと、小康状態にあった夫は私に言いました、あの電車の音を聞いてごらん、あれはヘプ〔ドイツ国境のチェコの町〕行の電車だ。ドイツ行の電車。もしいつか僕が回復したら、きちんと計画を立てて、絶対にあの電車に乗ろうよ。彼は私にそう哀願しました。それで私は彼に約束しました。約束するわ、手続きを進めて、逃げられるようにしましょうって。でも「西側」に逃げたとして、私たちはそこで何をしたというのでしょうね。深く考えてしまいます。ヤンが八九年の事件を私とともに生きてくれたらよかったのにと心から思います。それは少しばかり彼の勝利でもあるわけですから。でも夫が勝利を味わうことはありませんでした。

沈黙。

——夫の死後、なんとかやりくりをするために、仕事を増やさなければなりませんでした。悲しくて、とても辛い時期でした。子どもたちは自分で自分のことはできるようになっていたので、家に子どもたちを残しておくこともできたのですが。子どもたちが手助けしてくれたにもかかわらず、私は生活のリズムを維持することができませんでした。いつも疲労困憊の状態でした、明日のことを考えると不安だったからです。そしてついに起こるべきものが起こりました。ほんとうに馬鹿げた事故でした。食堂のテーブルを掃除していて、オレンジの皮を踏んづけて滑ってしまったのです。倒れこんだとき、テーブルの隅にぶつけて私の肋骨は何本か折れていました……。そういうわけで、私は長期間自宅で横になっていなければならなくなりました。最初のころは、ほんの少しでも動こうものならとてもひどい痛みが走りました。しばらくして、やっと私は起き上がり、アパルトマンのなかを少しだけ動き回ることができるようになりました。

再び沈黙。

——結局のところ、あのオレンジの皮から、すべてが始まったのです。

彼女はもう一度、話を中断して、まるで事故が起こったときに戻ったかのように、目を虚空にさまよわせた。昔、彼女は美人だったろうか、とルドヴィークは考えた。後で、撮影のときにでも、昔の家族写真のアルバムを見せてくれるよう提案してみよう……。彼はできることなら、彼女のX線写真を撮ってみたい、そして、彼女の頭蓋骨の写真に写る青みを帯びたり、半透明だったりする幽霊のような塊をじっくり研究して、ついには彼女の頭脳に「話をさせたい」と思った。つまり、学問などしたことのない家政婦ヴェラ・フォルティーノヴァーが、まさにここで、ヘビースモーカーの歯のように黄ばんだ鍵盤の安物ピアノでショパンを作曲しているなどというとんでもない詐欺、気ちがいじみた考えが、ある日生まれた小部屋、非合法の工房の所在を突きとめたいと思った。

彼女の話を聞きながら、ルドヴィークの唇はある質問をしたくてうずうずしていた。彼女は、居間の北側の壁を背にした黒いアップライトピアノに触れていた。その楽器に興味をそそられた彼は、話がとぎれて静かになった一瞬を利用してある質問をした。質問は彼女を困惑させたようには見えなかった。

――あなたは音楽には興味がないと思っていました、音楽のことなどあまり知らないと。いずれにせよ、それはあなたが方々のインタビューでおっしゃっていることですよね。あなたはいつからピアノを持っているのですか。

――二十年ぐらいになると思います。義母が七二年に亡くなったときに遺産として受け取ったのです……。夫はそれをどうしても手元に置いておきたがりました、そしていずれ子どものために……などと考えていました。

――義理のお母様はピアノを弾いたのですか。

――かなり上手でした。

――で、あなたは。

――私は私のリズムで再開したのです、でも、個人レッスンを再び受けることはしませんでした。そのころは、子どもたちがまだとても小さくて、自分のための時間などありませんでしたから。子どものレッスン代を払ってあげられたらよかったのですが、私たちにはそんな余裕はありませんでした。

――再開、再び受けるって！　ということは、あなたはすでにピアノをやったことがおありということですね。

――九歳か十歳のころ、レッスンを少しだけ受けたことがあるのです。私の両親は少し決断に手間取りましたが、私がレッスンを受けられるようにしてくれたのです、私の教育の一環とでも考えたのでしょう。そして私はピアノが好きになりました。私は週に一度、老後の生活の足しにしようと個人レッスンをしていた老齢の女性のところに通いました。彼女は未亡人でした。四八年の事件〔二月事件。チェコスロヴァキアに共産主義政権樹立〕の後、両親は私のレッスンはやめた方がいいと考えました。そのピアノの先生は元貴族だったのです。もう彼女のところには出入りしない方がいいと両親は考えたのです。それに、金銭的に何もかもがそれまで以上に困難になっていました。ということで、私は十八カ月から二十カ月ほど手ほどきを受けたところでやめてしまいました……。

――しつこいようですが、というのも、あなたはいくつかのインタビューで、音楽など全然知らない、それどころか、どんな手ほどきも受けていないとおっしゃいましたよね。

彼は確かに全然の箇所を強調して言ったつもりだったが、彼女があわてふためくことはなかった。

――では、私にどうしろと……。五十年前、週に一回のペースでピアノの個人レッスンを一年半受けていただけです……。せいぜい基礎を習得したレベルでした。その後、それさえもあっという間に忘れてしまいました……。このピアノが我が家に着いたとき、以前習ったことを思い出そうとしましたが、再び鍵盤に触れたとき、私の指がどんなに不器用だったことか！　子どもたちはひっきりなしに私の邪魔をしにきて、ピアノに合わせてどなりあうように歌ったり、囃子唄などをわめいたりしていました。ですから、うまくピアノを弾くことなどできなかったのです。私は楽譜を解読するのにとても苦労しました。それなのに私が以前ピアノを弾いていたとか、ある程度のレベルに再び到達したなどと言ったら、傲慢に聞こえるのではないでしょうか……。

　このように矢継ぎ早に反論の言葉を言い終えたとき、いたずらそうな彼女の瞳は不思議にも小さくなった。それで、ルドヴィークはピアノから目を上げ、お花畑のような壁紙に乾いたツゲの枝のついた十字架が掛けられているのを発見して、会話のほこ先を変えた。

——ぶしつけな質問で恐縮ですが、あなたはキリスト教の信者ですか。

　彼女の目は、思いがけない質問のせいでかっと大きく見開いた後、眼窩の奥に隠れ、再び収縮した。

——オストラヴァの修道女たちのもとで教えを受けました……。その後は、もちろん、続けることができなくなりました。でも両親同様、私はずっとカトリックに愛着を抱きつづけてきました。信者かって、ええ、信者です、なにもぶしつけなことなどありません……。私は隠しません、もう隠しません。小さいころ、私は修道女たちのもとに行くのに、長い道のりを歩かなければなりませんでした。しばしば、私はあの子ども時代を過ごしたオストラヴァ、そして夜明けのことをなつかしく思い出します。なんなら、あそこに戻って住むことだってできるでしょう。その可能性はしばしば私を誘惑します。でもそうしたからといって、私は昔と同じ町を再び見つけることができるでしょうか。私の父はあの町で居心地がよかったのです。なぜなら、あそこで自分の得意とする分野で働いていたからです。石炭、鋼鉄。父は鉱山技師でした……。古いボタ山に登ると、私たちには父のポーランドが、その鉱滓の山といっしょに見えたのです……。あなたはオストラヴァをご存じですか。

——うーん……。

——面白い町です、催眠術にかかってしまいそうな奇妙な町……。あなた方は庭園や道路の上を通って石炭の入った籠を輸送する空中ケーブルの話を聞いたことがきっとあるでしょう……。というか、輸送していたと言った方が正確かもしれません。今、どうなっているのか分かりませんが。コークスが空から雪の積もった歩道に落ちてくることがあったのです。そのため、冬が進むにつれ、雪が黒くなっていきました。オストラヴァはいくつかの鉱山の真上に発展した町です。そのため崩落する建物もありました。子どものころ、毎日とても小さな教会の前を通って通学していたのですが、その教会も沈下していました。かつて小さな丘の上にあったお城も崩れてしまいました。でも子どものころの私たちにとっていちばん面白かったのは、学校の競技場でした。そこには世界でもそこだけにしかない特徴がありました、傾いていたのです。とはいっても、ほんのわずかなのですが。裸眼ではなにも分かりません。籤で悪い方の陣地を引いてしまったチームには、平たいようで実は傾いている競技場の効果は如実に現れました。私たち女の子は、夏の初めの遠出の日など、男子たちが小グループに分かれて競う大会を観戦することが許されていました。平面だと信じて顔を赤くして走っている元気な男の子たちを見て、私たちは笑いころげたものです。

　ルドヴィークとロマンはこの場面を撮影してはいなかった。この最初のコンタクトの日の映像はいっさい残っていない。二人は彼女の話を聞いた、それだけである。彼らはヴェラ・フォルティーノヴァーと今後の会見の段取り、取り扱うテーマを決めた。さらに、ひょっとしたら使うかもしれない文書、たとえば家族関連の古文書などの話もした。撮影計画も練り上げた……。彼らはここで切り上げることだってできただろう。だが、ロマンはピアノがどんな音なのか知りたがった。彼女のピアノを見て、いい音が出るとはとても期待できなかったのだ。少しばかり作り笑いを浮かべながら、彼は未亡人に、何か僕たちのためにそこで弾いてもらってもいいですか……、あなたに口述された曲を何か、一番最近の曲なんかどうでしょう、と言った。彼女は躊躇し、まだその曲は完璧にマスターしていない、先月から始めたばかりだからと口ごもった。それから彼女は了承し、ピアノの蓋を持ち上げ、椅子にすわって、彼ら二人の方を向いて、ほとんど弁解でもするようにおどおどした様子で、マズルカを弾くと告げた。彼女が弾き始めたとき、ルドヴィークは体の震えを抑えることができなかった。なんてこのメロディーは変わっているんだろう……。現像液に浸された銀を含有する紙片の上に、消えてしまった貴重な人物の顔かたちが徐々に浮き出てくるように、墓の彼方からやって来たとされる数小節は沈黙を横断し、生者たちの平穏をかき乱しにやってきた。ルドヴィークはそれらのフレーズがここで考えられたわけではないという印象をなかなか断ち切れない自分に腹を立てた。彼は自分が二つに分断され、そのそれぞれが他方を馬鹿げていると思っているように感じていた……。全然悪くないね、ほんとうにショパンの曲みたいだ、とロマンがささやいた。最後の音が消えたとき、だれも口を開こうとは思わなかった。カメラマンはとうとう、きわめて単純な言葉を見つけた。ありがとうございます、ここで私たちは引き上げます、では、また来週、お目にかかります、それから、このドキュメンタリー番組に参加していただいて感謝します、あなたは断ることだってできたのです、私たちが心配していたのは……。

――お返事を差し上げる前に私も悩みました。どう考えていいものか分かりませんでしたので、私はショパンの考えを聞こうと思って、彼が現れるのを待ったのです。

――おお……。

――彼はまさにそれが必要なことだと考え、引き受けるようにと私を説得しました。彼は新曲が大きな反響を引き起こすことを心から願っています。

彼女のもとを辞して、ロマン・スタニェクは後ずさりしながらロンディーンスカー通りを横断した。カメラマンとして彼の目は、適切なアングルを見つけ、今後の撮影のために周囲の光の量を計算しておく必要があった。おそらく彼はこの通りの上を太陽がどのように運行していくのか標定していたのだろう。ルドヴィークとロマンは何も言わないまま、ルニーク・ホテルを背に、正面四階に目を向けていた。あたかも、その高みにフレデリック・ショパンの角ばった横顔がくっきりと浮き出てくるのを期待していたかのように。ショパンの代わりに、二人には彼女が窓の背後を通るのが見えた、そのとき彼女はちらりと通りに目を向けた……。もし、もし、このドキュメンタリー番組が、最初に疑ったように、ノヴァークが仕掛けた罠などではないとしたら……、とルドヴィークは考えた。この最初のコンタクトは、むしろ魅力的だった。安心させるものだった。そう、もしだれも俺をおとしめようとしているんじゃないとしたら。いや、これはおそらく罠なんかじゃないんだ。厄介な問題はいずれやって来るだろう、その点を彼は確信していた、だが別のところからだ……。はたしてどこからだろう。このことを彼はカメラマンに訊ねてみたいと思った。だが、ルドヴィーク、わざわざ難しく考える必要なんかないじゃないか、何もかもうまくいくさ、と反論されるのを怖れて、言葉は唇の上で止まってしまった。ロマンはルドヴィークの父親が急死したころの年齢とほぼ変わらなかった、三十歳くらいだろう。ルドヴィークは自分にはよく分からないアングルやフィルターの問題に没頭して、眉をしかめているロマンの横顔を観察した。彼の目が再び四階に向けられたとき、彼女のシルエットはすでに消えていた。だが、そのとき、突然、彼がこれまで一度も考えたことのない疑問がやって来た。心臓が停止したとき、意識や思考もまた瞬間的に絶たれるのだろうか。あるいは、数秒とか数分といった猶予期間が与えられるのだろうか、その間に何が起こるのだろうか。ルドヴィークが生後数カ月のときに死んでしまった父親の記憶は彼には何も残っていなかったが、家族の手で墓地に埋められようとしていたまさにそのとき、父親は自分の小さな息子にたいして何らかの思いをまだ抱いていただろうか。

――ロマン、彼女を追い詰める手段を何か見つけなければならないな、とそのとき低い声でルドヴィークは言った。彼女の無駄話や死んでない死者たちの話をやめさせるような手段をな。

――彼女を追い詰めるって、何を追い詰めるのさ。

――ところで、彼女のデッサン、どう思った。

――よくは分からないけど、彼女、まあまあ才能あると思ったよ。でも変な風景画だったな……。

――肖像画の方はどう思った。

――暖炉の上にあった子どもたちや夫の写真によく似ていると思ったけど。

――俺はあることを考えていた……。

――何をだい。

――いや、たいしたことじゃない。ちょっと頭をかすめただけだ。これからじっくり考えてみる。急ぐことじゃないし。

五

翌週、いよいよインタビューを開始し、撮影をするために、二人は彼女の家を再び訪れた。最後の最後まで、ルドヴィーク・スラニーは彼女から電話があるのではないか、今日はつごうが悪い、遠くの町で行われる葬式に急遽行かなければならなくなった、だから、今日の予定は延期してもらわざるを得ないなどと言ってくるのではないかと怖れていた。おそらく彼は彼女にためらいが生じてくるのを怖れていた。ルドヴィークは確信していた、彼女はこちらの懐疑、それどころか不信感を感じ取り、約束を取り消そうと考えるだろうと。仮面を剥ぎ取ろうとする自分たちの意図、つまり、今制作しようとしているドキュメンタリー番組を彼女のプロモーションのために使うのではなく、告発するための調査資料として使おうという意図に彼女が気づいてしまったのではないかと心配になった。

だが、そのようなことは何も起こらなかった。出かけようとして彼が自分のアパルトマンのドアを閉めたときにも、まだ彼女から断りの電話は入らなかった。それで彼はなんとか安心して出かけ、トラムに飛び乗ることもできた。ロマンは約束の時間にロンディーンスカー通りで彼を待っていた。

こうして、ルドヴィークは喜んでというわけではないが、未亡人の古ぼけたアパルトマンを再び訪れた。額に入ったデッサン画、鍵盤の黄ばんだピアノ、花柄の壁紙、それに、あいかわらずどこからやって来るのか分からないリラの香り、そして、半分閉められたカーテンのせいで簡単に薄暮のように弱められた光。ここでは、あたかもピラミッドに隠された秘密の寝室のなかのように、何もかもが時の流れから遠く離れたところで生き残っていた。

連続インタビューを始める前に、ルドヴィークはヴェラ・フォルティーノヴァーに、お願いがあります、個人的なお願いです、と言って気まずそうな表情を見せた。少しして、こういうことです、と話を切り出した。

彼は、自分にとって大事な死者が何人かいるのだが、そのうちのひとりと交信できるだろうか、と尋ねた。そして、こんなことをお願いするのは、あちらにいる親類の近況が知れたらどんなにいいかと思ったので、と釈明した。彼は彼女を信用させたかった。彼女が何を言おうと自分はそれに従うということを彼女に信じ込ませたかったのだ。

――あなたのお考えとはちがって、私から交信状態に入ることはないのです。「彼ら」の方が私のところにやって来るのです……。ショパンとも、いつでもそんなふうです。他の人たちともそうです……。私には彼らの声と外見をキャッチするだけの力しかありません。ただ、何度もそうするうちに気づいたのですが、望むだけで――というか、自分が何にも捉われていないという姿勢を見せるだけで――交信は容易になります。でも、だれかが私の前に現れたからといって、すべて私ひとりの力でそうしたということはめったにありません。

ほら、彼女は弁解しようとしているぞ、彼女は最後の塹壕に追いこまれる危険を感じ取っているんだ、とルドヴィークは思った。その間、彼女はコーヒーを淹れようと台所に行き、あたかも自分相手に話しかけるように話し続けていた。

——もし万一私の知らない人が現れたら、あなたにお伝えしますよ。

——お願いします、私にとってとても大事なことなのです、と彼は居間から返事をした（その間、裏庭に面している台所ではコーヒーが準備されていた）。

そのとき突然、沈黙を破るように、茶碗の落ちた音が響いた。二人の男は彼女の気分が悪くなったのではないかと思い、瞬時に立ち上がった。

——たいしたことはありません、よくあるのです……。何でもありません。

彼女は顔面蒼白になって、破片をかき集め、コーヒーを吸い取り、何でもありませんからと二人に向かって繰り返した。だが、彼女の青白い顔色を二人は見逃さなかった。

——何の問題もありません、と彼女は二人を安心させようとした。そのため二人は彼女を気遣う言葉をかける間もなかった。こうしたことは、いつも居間にいるときに起こるのです、休んでいるときとか、ゲームをしているときとか、でも今日は台所で起こったので、びっくりしてしまいました、全然予想していませんでしたから。

——気分でも悪くなったのですか。

——いえ、そうじゃないのです。

——では、何ですか。

——あなたは先ほど、あなたのご家族のひとりと私がコンタクトを取れるかどうかと尋ねられましたよね。たった今、九歳か、十歳の男の子を見たのです、名前はクレメントだと言いました。彼の言うことを理解するのにひと苦労しました。彼はすぐに消えてしまったのです。疲れているときによくあることなのですが、何を言われたのか理解するのに骨が折れたり、会っている時間を引き延ばすのに手間取ったりするのです。先ほどがまさにそういうときでした。でも、私は彼がかつてあなたの家族だった人物だと分かりました。あなたはクレメントという人物をご存じですね。

彼は一瞬躊躇したが、うなずいて、「ええ、確かに」と落ち着いた声で答えた。するとと彼女は出現した少年の姿を彼に叙述して聞かせた。遠い昔の子どものようでした……。彼の着ていた服、髪型……、前方に向かって櫛を入れた茶色の髪、額の中ほどで切り揃えられた前垂れ髪……。それに、密生した眉毛の下の明るい色の目、生き生きとした眼差し、端正な顔立ち、細い鼻……。顔の美しさを少しばかり損なっているピンと突き出た耳……。先ほども言いました通り、私が彼の姿を見たのはほんの少しの間だけです。彼には自分の名前がクレメントで、あなたの一族だと言う時間しかなかったのです。あなたが思い浮かべていたのはこのクレメントさんに間違いありませんか。（ルドヴィークは再びうなずいた。）彼の服装はと言えば、二十世紀の始め頃、一九二〇年代という感じでした……。白いシャツに、地味で、とても黒っぽい三つ揃いを着ていました。

――あなたは子どもの姿は絶対に見ないのですか。あなたの言う「訪問者」のなかにという意味ですが。

――めったに見ません。

実際のところはどうかというと――ルドヴィークは彼女にそのことを言わないようにしたが――、彼は親類のなかにクレメントなどという名前は聞いたことがなかった。彼はヴェラがこのゲームに

（彼女に仕掛けた罠に）乗ってきてくれたことに感謝した（この罠のおかげで、彼は何もかもがこの頭のいかれた女――いや、と、彼の良識が訂正する、この分別がありかつ方法的な気ちがい女――においては、作り話にすぎないことが確認された）。

その後、彼らはピアノの近くに前もって移動させておいた肘掛け椅子に腰かけるよう彼女に頼んだ。そしてロマンは二つの照明器具「マンダリン」〔写真やビデオ撮影用の強力なランプ〕を広げた。それが放つ熱と強烈な光を浴びて彼女は辛そうな表情を浮かべたが、だいじょうぶ、私のことは心配なさらないで、あなたたちもできるだけ座れるようにしてください、と言った。その後、ルドヴィークは彼女にある特定の思い出に集中して、覚えている限りのことをすべて話してくれるように依頼した。それは、はじめて、非日常的なコンタクトがショパンと取れた瞬間の思い出についてだった（彼はもう少しのところで、はじめて「コンタクトが取れるという印象を得たとき」と口走りそうになったが、疑われているという印象を彼女が持たないように、直前であやうく踏みとどまった）。

――非日常的な？　私にとって、死者たちとのコンタクトは少しも非日常的なものではありませんでした、子どものころからずっとそうです……。奇妙なものとか、非日常的なものとか言われているものは、私からすれば、他人には全然見えていないというだけの話で、私には……。みんなの能力がどうしてそんなに限られているのか、私はずっと納得できないでいました！

彼女は九歳だった。ある日曜日の朝だった。しばらく前から、彼女は両親からミサに行くことを禁じられていた。まだ朝が早かった。明け方の蒼ざめた光のなかで目を開けたとき、彼女は自分がひとりじゃないということに気がついた。深刻そうな顔つきの男がひとり、枕元に立っていた。いったいだれだろう。男を見ても、彼女は少しも怖くなかった。不安げな様子の彼は彼女にいい印象を与えた。

それがなぜなのかをきちんと言うのは難しい。おそらく、話し始める前に、彼女が眠りから完全に覚めるのを待つだけの気遣いが彼にはあったからだろうと思う。男の顔に見覚えはなかった。衣服から判断すれば、別な時代、おそらくは前世紀を生きた人間に違いなかった。彼女の幼かったころには、彼のようなフロックコートを着る人はいなかったから。こんなに朝早く、彼女のベッドのそばに彼が現れた理由はなんだろう。四十歳ぐらいだと思ったその男は（とはいえ、彼女の歳で大人の年齢を判断するのは難しかったのだが）、穏やかな声で彼女に話しかけた。だが驚いたことに、男は彼女の母語ではなく、父親の母語であるポーランド語で話しかけてきたのだ……。彼は言った、いつか君のことを必要とする日が来るだろう、しかるべきときに、私は再び現れる、それまでまだ時間がかかるだろう、実のところ、どれぐらいかかるかは私も知らない、きっと何年もかかる、今のところ君はまだ私のために何もできない、若すぎるからね。

男は自分がだれなのかを明らかにしなかった、おそらく九歳の女の子に大人が自分の名前を言う必要などなかったからだ。そう、と彼は彼女に言った、条件が満たされたなら姿を現すだろうと。この言い方が子どもの好奇心をそそった。「条件が満たされたなら」ってどういうことだろう。彼女には男にそのことを尋ねる勇気はなかった、尋ねなかったわけは威圧を感じていたからではなく、苦悶の表情を浮かべたその男にたいして彼女が憐憫の情のようなものを抱いたからだった。男は最後には微笑みを浮かべ、彼女にやさしく元気づけるような言葉をかけた、「心配いらないよ、お月さまを取ってくれというわけじゃないから！」

ヴェラはあまりにも幼く、世の中で何がたくまれていようとも無関心だったので、彼女はこの思いやりにみちた男の言葉に揺られるようにして眠りこけてしまった。彼女は自分の寝室にこのような見知らぬ人物が侵入してくることには慣れていたので、この男の侵入も、結局のところは、違法行為とは感じられず、とりたてて彼女を動揺させることはなかった。そのため、再び夢の世界へと連れ戻された彼女は、始発のトラムがユゴスラーフスカー通りでたてるゴトゴトという音で目が覚めるまで、敷布にくるまれてまどろんでいた。台所から聞こえてくる両親の声が彼女を安心させた。不安げな顔の男の姿は消え去っていた。それでも、興味を引かれた彼女は再び考えていた、また将来戻ってくるって彼は誓っていたけれど、どういうことだったんだろう。

長い日曜日が子ども時代の彼女にとって始まろうとしていた。「勝利の二月」から二、三カ月が経っていた。彼女は教会とかミサといった言葉がいくつか両親の会話から消えつつあることに気づいてはいた。とはいえ、彼女にはまだその消失の原因を理解できないでいた。だが物心がつく年頃になって以来、彼女が不思議と思うことは他にもたくさんあった……。

朝起きて、ヴェラはどこから現れたのか分からない人物に会ったときにいつもそうするように、母親に男の訪問のことを報告した。そんなとき母親はヴェラが訪問者のことを話すのを注意深く聞き、細かなところまで質問したりするのが常だったが、その日の朝、いつも陽気な母親の顔はいつになく深刻な表情で曇った。まるで体温が急激に低下したかのようだった。何があったんだろう。母親は何も言わなかった。ヴェラは一日中、わけが分からないまま、母親に質問する勇気もなく、物思いにふけっていた。どうしたんだろう、何かまずいことを言ってしまったんだろうか。今回の訪問は基本的には以前にあった訪問と変わったところは何もなかった……。男がまた戻ってくると約束したのが原因だろうか。墓の彼方からの訪問者は、将来、生きた女を許嫁としてもらうかもしれないとほのめかしたことで大罪を犯してしまったということだろうか。

病気のいとこを見舞うために日中ムニェルニーク〔チェコの中央ボヘミア州にある町〕に行っていた父親が夕方近くになってやっと帰宅した。ヴェラは父親が台所に母親と閉じこもって何かひそひそと話をするのを目撃した。そこで何が話されたのかはまったく分からなかった。それから少しして、父親はヴェラを脇に呼んだ。彼女と話がしたかったのだ。彼女は自分の小さなベッドに腰をかけていた。父親の方は、窓を背に逆光の位置に立って、沈んでいく太陽を覆い隠すようにしていた。父は床に目を向けたまま、物思いにふけって何も言わなかった。まるで、ワックスで磨かれた床の木の節や木目のなかに、娘に分かってもらうための最良の言葉を探しているかのようだった。いつまでも沈黙が続くのに怖れおののいたヴェラはめそめそし始めた。すると父親は手を娘の肩に乗せて、「泣かないで、ヴェヴェ！　お前は悪いことなんかしてないんだから、絶対何もしてないんだから……」と言った。

――あの男の人を見るべきではなかったの？　あの人は意地悪な人なの？　私に悪いことをしたかもしれない人なの？

――そうじゃない、ヴェヴェ、そうじゃないよ。その男の人はひょっとして自分の名前を言わなかったかい？　知ってる人じゃなかった？

――ううん、名乗らないで消えてしまった……。あの人は警察に追われている人、もしかして泥棒なの？

　そのとき初めて、小さな娘は父親が心から微笑むのを見た。それで彼女はめそめそしたり、洟《はな》をすすったりするのをやめた。

――そうじゃない、心配いらないよ。でもよく聞いて、パパの言うことはとても大事だから。これまでは、クラスメートや学校の先生にお前が「会う」人たちのことを言わないように注意したよね、覚えてるかい。それはその人たちがお前のことを馬鹿にしないためだったんだよ、なぜって彼らには見えないんだから。でなければ、お前に焼きもちを焼かせないためだったんだ。今朝みたいな訪問のことを一番最後に話してくれたのは、クリスマスの少し前だったかな、四、五カ月前で間違いないね。

——うん……。

——二月に大きな変化がたくさんあった。新しい今の指導者のなかには、意地悪な人たちが何人もいるんだ、ヴェヴェ。彼らには用心する必要がある。なぜって彼らはいたるところで聞き耳を立てているから。特に、この家のなかで聞いたことは絶対に外で言ってはいけない。このことはもう前に説明したよね。私たちの間で、ママとパパの間で話していることは秘密にしておかなければならない。たとえ、学校の先生に尋ねられても話してはいけない。分かったかい？　それから、もうひとつ……。お前が会う人たち、もう生きてはいない人たち……、彼らのことはもうだれにも話していけない、絶対、パパとママ以外には。分かるかい。だれかお客さんが来ているときは一言も言ってはいけない。学校では絶対に言っちゃいけない。クラスメートといっしょにいて、打ち明け話をしたくなったときでも絶対だめ。なぜって、今新しく指導者になっている意地悪な人たちにとって、存在しているのは生きている人間だけなんだから。彼らの考えでは、死者は二度と現れないんだ。もしお前がそんな死者たちを見るなどということが彼らに知られたら、お前は頭のおかしい人たちのいる施設に送られるだろう……。彼らはお前が魔法使いで、嘘を広めていると言うだろう。そして両親である私たちも、長い間、刑務所に入れられるかもしれない。そうしたら、父さんたちはお前に二度と会えなくなってしまう。お父さんの言うことが分かるかい、ヴェヴェ。とっても大事なことなんだ。国家はお前を訪れる人たちのことを嫌いだとお父さんは確信している。なぜか分かるかい。お前のところに現れる人たちを捕まえることもできなければ、出たり入ったりするのをコントロールすることもできないからさ。それではとても困ると思うだろうね……。今、国家は何もかも知りたがっているんだ。
ヴェラ・フォルティーノヴァーの前に姿を現した男は子どものうちは二度と現れなかった、とカメラの前で彼女は落ち着いた声で話した。それで彼女は男のことを考えるのをやめ、親の指示にしたがって、記憶の奥底にこの日曜日のことを隠した。出現する人たちのことは絶対に話さない、その言いつけを守ったにもかかわらず、父親はその後、いっとき刑務所に入れられた。だが、それはまた別の話だ。

　四年後、インフルエンザで床についていたヴェラは本をぱらぱらとめくっていた。前日から熱は下がり始めていた。だが、若い娘は起き上ったり見舞客を迎えたりするのをまだ禁じられていた。両親は夕方にならないと仕事から帰ってこない。何時間か、ひとりで時間をつぶさなければならない。自分の絵本はもう読み飽きていたので、暇をつぶすには、母親がナイトテーブルの上に積み上げておいた本のなかから何か適当な本を探しだすしか方法はなかった。彼女は一番分厚い本を手に取った。それは、細かな刻み目をいれることで時間の流れを区切っていく癖のある父親の言い方に従えば、以前に出版された百科事典だった――以前と以後を示すその刻み目は父親以外だれも気づかなかったが。この百科事典に限って言えば、ヴェラはまだ子どもではあったが、以前とは、四八年の変革前という意味であることを理解していた。こうして、一九三五年版の百科事典は、彼女の目にはあたかも小さなアトランティス大陸のように父親の本棚に並ぶその他の本からくっきりと浮き上がって見えたので、好奇心からしばしばその百科事典のところに行くことがあった。というのも、その色味や挿絵や一

覧表や黄ばんだ紙に印刷されたざらざらとした感じの白黒写真がとにかく好きだったからである。あ
あ！　何を書いても許されるそんな時代があったんだ！　彼女はある項目から別の項目へと蝶のよう
に飛び移り、縁日の見世物小屋の「鏡の廊下」に入ったときと同じような官能的な恐怖を味わいつつ
我を忘れていた。そこでは、廊下に入りこんだ者の姿がたくさんの鏡にぶつかっては跳ね返り、数を
増殖させて、もうひとりの私《アルテル・エゴ》の一群に取り囲まれていた。その日、女の子は熱が再び上ってくるのを
感じながら、百科事典を閉じようとしていた。そのとき、突然、彼女は眉をしかめ、顔を二七四ペー
ジに近づけた。

帰宅した母親は娘が立ったまま、激しい動揺に襲われていることに気がついた。

——どうして起きちゃったの。寝ているようにって言ったのに……。

——ママ！

——どうしたの、横にならないと、お母さんはもう口をきいてあげないわよ。さあ、ベッドに入っ
て！

——ずっと昔の日曜日の朝のこと、覚えてる？　明け方、男の人が私を訪ねてきたという話をした
ことがあったよね。ベッドの前に立って、私に話しかけた男の人。

——ええ、覚えているわ……。

テーブルの上には百科事典の第一巻が開いたまま置かれていた。その二七四ページの中央には、白
黒の古ぼけた写真が載っていたが、ヴェラはその写真を人差し指で指した。

——その写真の人よ。

——確かなの？　この人に似ただれかを見たんじゃないの？

――ママ、間違いないわ、信じて……。それに、こんな風に昔のかっこうをしていたし……。

その後、ショパンについて調べていたとき、ヴェラは正式に彼のものだと認められている写真は全部で二枚しかないことが分かった。彼は、まず絵に描かれ、その後、死ぬ前に写真に撮られたという著名人たちの第一世代に属していた。作曲家は絵画の色彩から写真の白黒へと移ったのだ、彼の最初の大恋愛の相手だった歌手のコンスタンツィア・グワドコフスカ〔一八一〇―一八九九〕が、最初、絵に描かれ、後に、私たちが「現実」と呼んでいるものの白黒のなかで歳をとっていったように。

一八四〇年代の半ばに撮られたショパンの最初のダゲレオタイプを初めて見たとき、ヴェラはとても驚いた。ショパンは長時間ポーズを取ることになっていた。ところができあがった写真は今ならスナップ写真と呼ばれるようなものだった。彼は驚いたような、動いているところを捉えられたような様子をしている。本来なら、しばらくじっとしていなければならなかったのに。

ルイ＝オーギュスト・ビッソン〔一八一四―一八七六、フランスの写真家〕が作成したとされる二番目のネガは、作曲家の亡くなった一八四九年のものだ。ヴェラのベッドのもとに現れた男はこの肖像写真に似ていた。後のち彼女が必要になるということを伝えるために、偉大な作曲家が、わざわざ自分の目が覚めるまで待っていたのだということを知ったショックから立ち直れないまま彼女が指さしたのはこの肖像写真だった。一八四九年のダゲレオタイプの上で、ショパンは黒いチョッキ、白いシャツ、スカーフの上に分厚くて生糸色のフロックコートを着ている。両足の上で両手を組み、椅子にすわった状態でポーズを取っている。その部屋が寒いのかもしれない。もしくは苦しんでいるのかもしれない。しばらく前から、ショパンは自分が病気だと知っている。彼の目の不安そうなこと……。暗箱が自身のイメージを呑みつくすのを待っている部屋から、彼の気持ちはなんと遠いところにあるのだろう。おそらく、いつにもまして、彼には悪い予感がしているのだ。そのとき、カメラマンに露光の間は椅子から動かないようにと厳命される。自分に残された時間の少ないことを知っている病人はレンズに向かって抗議の声を発する。

彼はいつ私を必要とするのだろう、自分を訪れた男の正体が分かった女の子は、少しいらいらしながら自分に問いかけた。いつ、そして一体、何のために。十九世紀の巨匠を助けるって、私は何なんだろう。その後、いら立ちはおさまった、とヴェラはカメラに向かって説明した。何カ月かが過ぎ、さらに青春時代も過ぎて、ヴェラはもうラジオでショパンの曲が演奏されているときでもなければ、彼のことを考えなくなっていた。そう、そんなときだけは、たしかに、彼の言葉を思い出していた。

あの日曜日のように、目覚めたときに自分のかたわらに訪問客がいるという状況は、彼女にとってなんら例外的なものではなかった。おそらく死者たちは彼女を生者たちに自分らの郵便物を配達してくれる理想の配達人と見ていたのだ。彼女はそうした死者たちとともに大きくなったので、他の子どもたちがそうした亡霊を目にしないことにむしろ驚いていた。彼女にとって亡霊は世界の一部から切り離された障がい者たちのようなものであった。だが、そうした自分の能力を自慢することでみなから頭がおかしいと思われたくはなかった。父親に厳しく禁じられて以来、彼女は「亡霊」のことを二度と話すことはなくなった。そして自分を裏切ることになる徴が外に漏れ出ないように自分自身に気をつけた。ああ、話したからといって、だれかに危害を与えるわけでもないのに！　成長するにつれて、彼女は何らかの害が問題になっているわけではないということに気づいた。現体制が相手だと、何もかもが疑いの目を向けられるのだった。それで彼女は自分のどんな発言にも最大限の注意をはらった。そして寡黙になった……。もちろん、孤立感を強めていった。ヴェラ・フォルティーノヴァーは自分のことを、お互いが相手を知らないふりをする二つの世界のために働く二重スパイのようだと思った。ところが、何人かを除けば世界でだれも知らないが、二つの世界は互いに浸透しあっていて、お互いの罠に捕えられているのだ。そのことを知っている何人かのうちのひとりがヴェラというわけだった。孤独のなかにあって、彼女にはとても大きな慰めがあった。亡霊を見るのが彼女だけではなかったということだ。母親にもまた彼らを見る能力があったのだ。母親はそれについて何も言わなかった。だが娘は十一歳のある日、両親の次のような会話を漏れ聞いたときに、母親にもそうした能力があることを見抜いた。「今日、パヴェルを見たわ。私たちを助けられなくてとても残念だって。気の毒がっていたわ。今でも生きていたら、私たちを今の苦境から引き出してくれるでしょうに。気の毒な伯父さん……。いずれにせよ、彼から私たちへのアドバイスはそういうこと、彼は熟慮の末、私にそれを伝えたかったみたい」。ということは、ヴェラは縁日で見世物になるような奇形の人間でも、田舎のサーカスで一生を終える運命の存在でもなかったのだ……。母親も彼女もおそらく、ホモ・サピエンスの突然変異を起こした一系列に属していて、第六感を発達させてきたのだ、まるで、太古の昔、ある種の魚に肺が与えられ、危険を冒して水の外へと出てきたように。

　ヴェラ・フォルティーノヴァーは母親を思い出して感極まり、一呼吸おいてから、また話し始めた。

――母は私ほどは死者を見ませんでした。母は自分もまた死者を見ることを私に打ち明けたことがありましたが、そのとき、私の能力は彼女の能力をはるかに上回っていることに気づきました。どういう点でかって？　そうしたコンタクトの頻度と質の点においてです。母はそうした奇妙な能力を賦与されていることを忘れるためにどんなことでもしていました。彼女は私がやって来た「訪問者」たちのことを話すのをあまりよく思ってはいませんでした。そんな話を聞くと、彼女はまた自分の置かれている現実に連れ戻されてしまうからです。母の方は、みなと同じように生きたかったのですから。今になってそのことを思い返してみると、そうしたことすべてが母を不安な気持ちにさせていたのだと思います。彼女は恥ずべきもの、不吉でさえあるものを私に伝染させてしまったと罪の意識を感じていたのです……。それにまたこんなこともありました。母は私が身内の死者たちと話し合っているのを非難するような目で見ていました。私が秘密の領域内にそれと知らずに入りこんでいってしまったときなど、「どうしてそんなことを知っているの」としばしば母は私を責めました。そして、「そんなことを知らなくてもよかったのよ」と言われたものです。

不承不承、私は最高の秘密警察になっていました。ここは物質主義の国ですが、おそらく国はたくさんの小さなヴェラからなる軍隊を自由に使えることを夢見ていたのかもしれません。かわいそうな母さん……。時間が経つにつれて、私は「異常な」出会いに関する重要なことは他人には明かさないようにしました。そのため、母からすれば、私はよそ者に思われたに違いありません。二人とも同じ能力のせいで苦しんでいるのに、互いをよそ者扱いするなんて馬鹿げていると思いませんか。でも、少しずつそんなふうになってしまったのです。

母は比較的若くして亡くなりました、六十三歳でした。彼女は百科事典のなかの写真に写った作曲家が私の助けを請うために再び戻ってくるのかどうか、よく知らないうちに亡くなりました。彼女自身がそう言ったわけではありませんが、彼女は彼が私に何を期待していたのかを知りたがっていたと思います……。おそらくそうしたことがあったなら、私たち、かわいそうな「異常な」女たちは誇りのようなものを再び感じることができたと思います。

私の夫が一九八四年に亡くなり、私はひとりで日々の生活を支えなければならなくなりました。夫の給料が入らなくなったので、やりくりが大変でした。学校給食センターでの私の仕事は、食事の後の食器等の片づけとテーブルの清掃でした。ある日、運悪く、私はオレンジの皮を踏んだために滑り、テーブルの角に倒れこんで、肋骨を何本か折ってしまいました。たいしたことはありませんでしたが、痛みが激しくて、数週間私は自宅で療養しなければならなくなりました。

事故から二週間して胸郭のギプスが外され、少しずつアパルトマンのなかを動きまわることができるようになりました。横になっていなくてもいいので、読書や飛んでいるハエを見ること以外のこともできるようになりました。一日の終わりには、子どもたちが家事や夕食の準備を手伝ってくれました。

日中、子どもたちが学校に行っている間、私はすることがありませんでした。こうして、ある日の午後、ピアノの蓋を持ち上げて、鍵盤に触れてみたのです。弾いてみようとしたとき、すっかり何もかも忘れてしまっていることに気づきました。あわれな手からはもう正確な音が出てこなかったのです。子どものころ、少しばかり弾いていたころに覚えたわずかばかりの指使いさえ忘れてしまっていたのです。このピアノが家に来て以来、できるものなら個人レッスンを受けたいと思っていました。けれど、まだ小さな子どもを二人抱えた私には、自分のための時間を見つけることなどほとんど不可能だったのです。それに、どこにそんなお金があったというのでしょう。

この何もしないピアノはトロイの木馬なんだろうか、私はしばしばピアノを見つめていました。蓋を下ろし、その上には、そこに見えている花瓶――それは昔結婚祝いに贈られた品です――それから額に入れた写真などを置いて飾っていました。そのピアノは子ども時代のある日曜日の朝の訪問のことや、その訪問客がもっと後になったら再び私に会いに来るといった誓いの言葉を思い出させました。でもそれは、なんと遠い昔のことだったでしょう！　私は何を待っていたのでしょう。そんな約束を信じても何の役にも立ちませんでした、ですから、私はときどき、疑いの念に捉えられていました。あの訪問客が戻って来ないうちに私は死ぬのだろうか、なんにせよ、どういう点で私は彼の手助けができるんだろうか。彼は主にピアノ曲を作曲していました。彼の約束は私の調律もされていないあわれな楽器と何か関係があったのだろうか。私は自分の生涯を考えて、みじめな思いになりました。両親はすでになく、未亡人で、全然面白くもない仕事に就いて、子どもたちにはきちんと生きていくのに十分な資格を取らせることができないでいました。そのうえ、馬鹿な転倒をして肋骨を折り、身動きができない状態で自宅に何週間もいたのです。

　強制的に何もしない状態に置かれるというのは奇妙なことでした。どちらかというと私は非常に活発な人間なので、つねに具体的なもののなかで思索をめぐらすようにしていました。私はできることなら、この世界中のありとあらゆるものに近づくことを可能とするような最高の鍵束を見つけられたらいいなと思っていました。なによりも、この世界の理解に近づくことを可能とするようなもの。私の同類たちが生き、祭りを祝い、嫉妬しあい、愛しあい、罰しあっている数百万の部屋や会場に近づくための鍵束を見つけたかったのです。

　しばらく前から――私が何もしないでいたせいなのか、ソファーの上で横になって何日も過ごしていたせいなのか――、いろいろなメロディーが頭に浮かんできたのです、断片的ではありましたが。風のせいでさざ波が立った水面に反射した光みたいに、どこに行きつくわけでもなく、漠然としたものでした。私はそれを休みすぎたせいだと思っていました。何もしないでいたので、想像力が刺激され、暇つぶしにいろいろな曲を考え出したのだと……。そうした曲の断片は頭に浮かんでは、消えていきました、そう、青空のなかの小さな白い雲みたいにです。そのなかにはメランコリックなものもあれば、楽しそうなものもありました。どれも短いフレーズですが、正直とっても美しいものもありました。その美しさにまず私が驚かされました。その後、それらのフレーズは私のもとを離れていき、忘れられてしまいました。私は自分のなかにある作曲欲が不意を打ったのだと思いました。一番不思議だったことは、それらのメロディーが……私の好みのタイプではなかったということです。私はほつれた小さな雲のようなそうしたメロディーが、私の遅まきの作曲家としての運命以外の何物かを予告しているとはとても思えませんでした。

こうして、ある午後のこと、私は黒いピアノの蓋を持ち上げ、頭に浮かんでは消えていったメロディーを再現しようとしてみました。午後の三時頃だったと思います。子どもたちが学校から帰って来るにはまだしばらく時間がありました。あてずっぽうに鍵盤をたたきながら、私は精神が自分の学んだことをどれほど消したり隠したりしてしまうのかを確認して悔しい思いをしました。私は五線の上の音符の名前や位置を思い出そうと努めました。楽譜という私にとってわけの分からない言葉を解読しようと努めたのです。ときどき、頭のなかにちょっとした晴れ間のようなものができたときもありました。そして何もかもが失われたわけではないのだ、と思ったのです。

それから、それがやって来たのです。先日、私の人生のすべては、おそらく給食センターで私が滑ったオレンジの皮のおかげだとあなた方に言いましたね。私がピアノに向かったとき、それがやって来たのです。突然、私の両手が鍵盤の上を動き始めたのです。演奏を始めたのです！　私は自分の指が私のコントロールを逃れ、突然とても敏捷に動くのを見て仰天しました。鍵盤が生み出すメロディーは私が全然知らないものでした。だれかが私を通して演奏していたのです。でも私の両手はだれのおもちゃになっていたのでしょう。そこにはだれもいませんでした。墓の彼方からの訪問に慣れている私ではありましたが、私は恐怖に捉えられました、なぜなら私の近くにはだれもいなかったのですから。私は、二、三十秒弾いたはずです。その後、私の手は動きをやめました。私は指を一本ずつ動かして、再び私の思い通りに動くかどうかを確かめました。指は再び文盲になっていました。

そのときです、彼の姿が見えたのは。今あなた方が見えるのと同じくらい鮮明に見えました。立って、ピアノに肘をついていました。九歳のときの、私の前に現れたあの朝のときから彼は変わっていませんでした。おそらく彼は時の流れがないところから来たのでしょう。数分前、ピアノの蓋を持ち上げたことによって、私は彼に何か合図を送ったのでしょうか、彼の世界のなかの何かを活性化させたために、それが彼に注意を喚起して、彼を再び私のところへ連れ戻したのでしょうか。実は、夫の死の直後、ピアノを売ろうとしたことがあります……。幸い、買うかもしれないと名乗り出た唯一の人は、ピアノを見た後、少し待ってくれと言ってきました。そしてその後、その人は二度と姿を現しませんでした。最初は、どうやったらお金をやりくりできるだろうと考えながら、いまいましい気持ちをなんとか抑えつけていましたが、その後、状況が少しだけよくなったので、ピアノはその後もそこに偉そうに置いておかれることになったわけです。

ショパンは、三十七年前に初めて私の前に現れたときと同じく不安そうな顔をしていました。三十七年間の長きにわたる喜びと幻滅。起きたり、寝たり、希望を抱いたり、恐怖で死にそうになったりした一万三千五百日、でもその一万三千五百の思い出の地層は遠い日曜日のイメージを消し去ることはなかったのです。最初に現れたとき、彼は二度目のときと同じフロックコートを着ていました。おそらくダゲレオタイプの一枚で見られるのと同じものです。彼は蒼ざめた顔にほんのわずか笑みを浮かべ、私に話しかけました。今度は改まった言い方でした。
《いつかあなたのところにまた会いに来ると約束しましたね……。あなたはまだ子どもでした。覚えていますか》
こんなふうに始まったのです。すでにお話ししたように、記憶をさかのぼってみると、私はずっと以前から死者たちの訪問を受けていたのです。でも正確を期するなら、子どもの頃は、その種のコンタクトは今より頻繁で容易でした。私にコンタクトをはかった死者たちというのは、身内のだれかだったり、両親の友だち、同じ界隈の人たち、それに、わざわざ自己紹介もしなければ、特別なことなど何も要求してこないような、たくさんの見知らぬ人たちでしたから。ほとんどの場合、彼らは何も言いませんでしたし、私たちは何の目的もなく会っているようにさえ思われました。彼らは、たとえ道端ですれ違っても、わざわざ言葉をかけようとはしない通行人のようなものでした。訪問者たちが話をしているとき、私は今よりもうまく彼らの話を聞けていました。当時、隣り合った私たちの宇宙どうしは、いかなるノイズもない状態で連絡を取り合うことができたのです。今後はもう以前のようにはいかないだろうと思います。歳月がたつにつれて低下するのは聴覚と視覚だけではありません……。もちろん、何もかもが鮮明というときもあります。そして亡霊をくっきりと見たり、聞いたりできるのです——そういうときのことを、私は「晴れ間」と呼んでいます。けれど、かなり頻繁に、通話の状態がよくないときや、長続きしないときがあります。それは少しばかり、あなた方が電話に出るときと似ています。ノイズがじゃまをしてきちんとした議論ができないときもあります。そんなときは、相手はぶしつけに通話を切ってしまうのです、なぜかは分からないのですが。訪問客たちのときも、それはいっしょです。

《覚えていますか》
《私は後であなたがだれかを知りました。あなたは私を必要とする日が来たら、また戻ってくると私に約束しました。三十七年も前のことです。待ちくたびれました》
《すまない。でも私が今いるところでは、時間は使われていないんだ。そして実際、今、私はあなたを必要としている》
《こんな取るに足りない私をあなたは必要とするのですか。私に何ができるのですか。今あなたを目にし、あなたの言うことを聞いている女でないとしたら、私は何なんでしょう》
《大事なことです。考えてもみてください。あなたのような才能を持っている人はほんのわずかしかいないのです》
《それで？》
《私が死んだ後で作曲した作品をあなたに口述するので、できたらそれを書き取ってほしいのです》
《でも私は音楽など何も分かりませんよ！　私は音符を解読するのがやっとで、楽譜なんてチンプンカンプンです……。あなたは私がそれに適した人物だと信じているのですか……》
《何も心配はいりません。私たちには時間がたっぷりあります。仕事をどう進めたらいいかいっしょに考えましょう。よろしいですか》
《たくさんのミスを犯す可能性がありますよ。プロのピアニストの方が適任ではないですか》
《いいえ。私たちはその点をよく考えました》
《私たちって？》
《私とリストやウルマン〔一八九八―一九四四、チェコスロヴァキアの作曲家、「アトランティスの皇帝」〕といった、今でも作曲を続けている他の何人かの作曲家たちです。私たちは、世間に名の通ったピアニストや音楽学者には私たちが伝えようとするものを自分勝手に編曲したがる危険性があると考えています。あなたには、そんな危険性がありません。あなたがその種の思い上がりを抱くことはないでしょう。それに、作曲家とか演奏家は自分自身のこととか自分のキャリアの方にばかり目が向いているのです。私はあなたのように、ひかえめなエゴを持ち、時間がある人と関係を持ちたいのです。よかったら今から最初の稽古に移りたいのですが》

彼はとりわけその日の午後、私が手持無沙汰であることを知っていたに違いありません。うまく説明ができないのですが、子どもの頃から、私は午後のはじめの時間帯をうまく乗り切るのに苦労していました。いつでも軽い鬱状態になり、ささいなこともできなくなってしまうのです。その日、私は気が滅入っていました。夫のことや、もし夫が病気にならず、ＳｔＢといろいろな悶着を起こしさえしなかったなら、どんな人生を送れただろうかなどと、また考えていました。そしてそうしたメランコリックな精神状態、そのうえかなりショパン的な精神状態にあったときに、私は申し出を受け入れたのです。

そしてその日、何の準備もなしに、私は彼の口述筆記を始めたのです。彼はとても辛抱強い人でした。共同作業の始まりは骨が折れるだろうということを、そして、最高の馬とはほど遠い馬に賭けたことを彼は理解していました。私には駿馬のようなところは全然ありませんでした。私は音また音、音調、音部記号、五線といった重馬場の泥にはまりこんだ荷馬のようだったに違いありません。それにもかかわらず、私は選ばれたことに感銘を受け、誇らしい気分でした。彼が「再び立ち去った」とき、というのも娘が学校から帰ってきたからですが、私は自分が空っぽになったような気分でした。

それで一過性の消化不良という口実をつけて、横になりにいきました。二時間は確実に寝たはずです、起きたとき、夕食を準備する時間になっていましたから。子どもたちは不安そうにしていました。どうしたの、ママ、顔色が悪いよ……。お医者さんのところにいかないと。

ああ、何があったのか、子どもたちが知っていたら！　子どもたちがいない間に私の身に起こったことを治すことのできる医者などひとりもいなかったでしょう。五線紙の上に何を書いているのか、ほんとうに何も分からないまま記入していくのですから……。私が演奏し始めることができるようになったのは、ずっと後、何度かレッスンを受けてからのことです。

――その日、彼は何をあなたに書き取らせたのですか。

――その日も、それに続く何日間かも、あるマズルカでした。それはその後彼が私に口述した十二のマズルカの中で一番美しいと私が思うマズルカでした。

――できたらあなたがピアノを弾いている映像が欲しいのですが、とルドヴィークの目をうかがいながらロマン・スタニェクが切り出した。ルドヴィークはうなずいた。あなたが書き留めた最初の曲をあなたが演奏するのが聞けたらすばらしいですね。書き留めたのは何年でしたか……。

――今から十年前の一九八五年の三月二十七日です。その曲を私は暗記してはいるのですが、私が弾くと曲を台なしにしてしまうかもしれません、あなた方にそれを聞かせるだけの才能が私にはないのじゃないかと思います……。

――分かります。でも、しつこいようですが、よければカメラなしで、私たち二人だけのためにそれを聞かせていただけないでしょうか……。

彼女は同意を示すためにうなずいた。彼女がピアノに向かってすわる準備をしている間、ロマンはルドヴィークにそっと合図を送り、カメラは回っていると知らせてきた。

彼女はある和音のところでつまずいた。それから数小節先で止まってしまった。そして初めから弾きなおした。その後は無事に最後まで弾き終えた。それはショパン特有の小さな渦や暗礁、それにあの有名なルバート〔表現する感情の起伏に応じて、楽曲の速度を自由に変えて演奏すること〕までをも伴った音の流れであった。その曲は三分弱の長さだったが、ルドヴィークはうろたえる場面があった。二人のジャーナリストのうやうやしい沈黙に陶酔した彼女は、次にもっと短い曲も弾いて聞かせようとしたが、魅惑の時間は終わっていた。

ルドヴィークはできたらもう一度同じマズルカを弾いてもらいたいと思ったが、それを頼む勇気がなかった。フォルティーノヴァー夫人は明らかに限られたテクニックしか持っていなかった。しかし、彼は軽い麻痺にも似た奇妙な状態に入りこんでいた。それは、よく聞いているラフマニノフのピアノコンチェルト三番のいくつかのフレーズが彼を陥れる状態に似ていた。というのも、コンチェルトが開始して十分ほどすると、彼はいつも独り、大海に浮いているような感じになるのだった。そしてそのたびごとに、彼と別れたいと今にも告げようとしているズデニュカの姿が目に浮かんできた。そのパッセージは鎮痛剤のように作用した。そんなとき彼はいかなる悲しさも感じず、ただメランコリックで執拗な陶酔感にとらえられるのだ。いっせいに飛び立った鳥たちが霧を引き裂いていくときのような、沼沢地で迎える明け方に似ていた。ルドヴィークは世界の事物から切り離され、あたかも谷底の一軒の藁葺きの家のように、自分の存在を遠くから眺めていた。そして今聞いたヴェラによるショパン風マズルカはそれに似た性質のメランコリーを彼のなかに生み出していた。

――もうひとつ質問してもいいですか……。その日、ショパンは、なぜわざわざ苦労してまで生きた人間たちと再びコンタクトを取ろうとしたのか、あなたに言いましたか。

そんな質問をする自分の声を聞きながら、ルドヴィークは自分が彼女に再び加担し、こうしたすべてを確かなものと考えていると彼女に思いこませる結果になると気がつき、自分に腹を立てた。

――その日、そんな話は出ませんでした。こう言ってよければ、私たちはおたがいの楽器を合わせるのに忙しかったのです。私たちはコンタクトの方法を探していたというわけです……。ところがある日、彼は自分の新しい楽譜を私の周囲の人たちに知らせなければならないと言いました。こうしたことすべてを彼は何の役にも立たないのにやりたかったわけでもなければ、理由もなく私に押しつけようとしたわけでもないのです。

――どれほどしてからあなたは職場に復帰したのですか。

――私は家に一カ月いました。

――その間、彼は何度か訪ねてきたのですか。

――もちろんです……。

――子どもたちが家にいる週末を除いて、毎日彼は来たと思います。

――来た？

――私がいつ会うかを決めたことは一度もありません。主導権はつねに彼が握っていました。死者を召喚するなんて生きている人間にはできませんから。

――そういうことなんですね。自宅療養が終わって、あなたは仕事を再開しましたね……。新しい訪問者とのコンタクトを維持するためにあなたはどうしましたか。

――会う間隔は長くなりました。子どもたちにはこのことは話していませんでしたし……。私は給食センターで働いていましたので、帰宅時間が遅くなるということはけっしてないのです、午後の三時、遅くとも三時十五分でした。そのため子どもたちが帰ってくる前に、自宅で会う時間がありました。それに年の初めに、私は退職の権利を行使することができました。私は寡婦ですし、子どもを二人育てているので、その権利をかなり早い時期に利用できたというわけです。

花柄のドレスを着たこの婦人には魅惑的なところがある、とルドヴィークは考えた。彼女には古臭い一面があって、それは彼女がしばしば使う表現によって際立っているが——「退職の権利を行使する」などという表現はそのいい例だ——、そんな彼女の一面は、何もかもうまく行きますよなどとかつて人々が話していた祝福された時代へと彼を心のなかで連れ戻してくれるのだった。

六

つまりこういうことなのだ。「アリス」は自力で自分の不思議な国を作り、そこで福者として生きた。彼女はルドヴィークとロマンに死んだ動物と対面することもあると話していた——ネコ、オオカミ、それに子羊のようにおとなしく彼女の前に姿を現したチーター。彼女はしたがって、このボヘミアの町に再びオオカミを引き入れ、アフリカの猛獣を放つことを推し進めたのだ……。ルドヴィークはヴェラの住む建物から外に出ようとしていたとき、そんなことを考えていた。その彼女に通りいっぺんの質問をした男は、その答えが一貫しているという印象を受け、心がかき乱されていた。彼女のやり方はそれなりに筋が通っていて、長い時間をかけて考え抜かれたようなところがあった。そのため彼女がインチキする現場を押さえたり、彼女をやりこめたりするのは簡単ではなかった。ヴェラ・フォルティーノヴァーは自分の言動を信じているように思われた。彼女は策士だった、まるで何もかも彼女にとっては明らかなことであるかのように。そう、くだらないことを言っているとき、彼女はとても居心地がよさそうだった。そしてルドヴィークは、確実な事実にぶちあたってしまった。どうしたら、あれほどまで確信しているように人に思わせ、あんなにもみごとに自分の役割を演じることができるのだろう。彼女は人を煙に巻こうとする女でも、作曲家でもなく、比類のない女優なのだ……。

彼女の落ち着きはらった態度には人を不安にさせるものがあった。私立探偵だったらどう考えただろう。犯罪者たちというのは、偽のアリバイをでっちあげるとき、人を納得させるほどの誠実さをいつでも見せるものなのだろうか。

——確かにね、とカメラマンは曖昧な口調で答えた。そして数秒おいてから、彼女が誠実でないってことはないよね、と言った。

ルドヴィークは一言も言わずに当惑した眼差しを彼に向けた。彼女が演奏したマズルカがルドヴィークを感動させていた。しかし、ヴェラ・フォルティーノヴァーに会う前に彼女の話を周囲の同僚にしたとき、彼はみなから用心した方がいいと言われていた。「この国には、百人、それどころか二百人も三百人も、びっくりするくらいみごとにショパンに似た曲を即興で作れる音楽家がいるはずだ……。やられっぱなしじゃだめじゃないか。駆け出しじゃあるまいし！」ところが彼は、今しがた耳にしたものがいかにもショパン風だったからというのではなく——というのも、実際のところ、彼はその点について正確な判断はできなかったからだが——、曲固有の美しさによってハッタリをかけられてしまっていた。派手な平手打ちを一発喰らわされたような気分だった。

彼には、彼女があのようなフレーズを自分ひとりで考え出せたわけがないという点では疑いの余地はないように思われた。もし彼女がほんとうにそんなことをしたいのなら、若いうちにやっていただろう。六十歳に近づいた頭脳がそう簡単に作曲家になれるわけがない。じゃあ、だれが？　彼女がだれかの隠れ蓑になっているという思いが彼のなかで少しずつ大きくなっていた。ある作曲家なり模倣者が何らかの理由で、少なくとも最初のうちは自分の名前を伏せたまま、自分の創作が話題になるように願っているのでは……。そんなことを考えているのは、ショパンの曲に似せたものを生み出す能力を持っているというチェコ共和国の百人から三百人の音楽家のうちのひとりだ。そうしたさまざまな考えが、直感と確信の半ばにある彼の頭のなかで噴出していた。そう、もしヴェラ・フォルティーノヴァーが陰謀の氷山の一角にすぎないとしたら。もし彼女が、人の軽信を利用して金を稼ぐという理性的で、かつきわめて平凡な企てが見せる無邪気で、秘教的で、ロマネスクな顔であったとしたら。近々発売される予定のCDや、その出来事に付随するメディアのド派手な宣伝（ルドヴィークは自分もまたそこに加担しているのだと考える）が、こうした演出のいっさい合切の動機になっているのではないだろうか。本物か偽物かという太古からのバラードは人種に特有のものではないだろうか。才能のある音楽家をひとり雇い、生と死の境界線を超越するような「神秘」をまるごとひとつでっちあげ、人々の良心を巧みに揺すぶったなら、配当金が転がり込んでくるだろう……。それは、この亡霊ゲームのトップの端役を演じるベテラン女優がどんなぼろも出さないということを前提としていて、ここまではそういう流れになっているのではないかと思われた……。「括罠《くくりわな》を仕掛け」、彼女がひとりでにそこに落ちるのを待たねばならなくなるだろう。彼女を絶対に放さないこと……。彼女が最初のうちに応じたインタビューでは、音楽など何も知らないと言っていたのに、もうすでに、音楽を全然知らないわけではなかったと譲歩しているじゃないか。この矛盾は絶対に無視していいものじゃない。彼女はこの矛盾をむしろ巧妙に切り抜けて見せた。だが、これだけが解体すべきたわごとではないだろう……。彼は彼女の発言をひとつひとつ検証するつもりだった。その点では彼はたっぷりと仕事を抱えていた。というのも彼女は饒舌だったからだ。しかしながら彼女のいかにも自然な返答ぶりには驚かされた。あの女は自分の言っていることをほんとうに信じているか、隠蔽したり大衆を操作したりする専門家のどちらかだ。アリスは自分が話題にする不思議の国の存在をヴェラほどに信じていただろうか。ルドヴィーク・スラニーはその日、彼の頭を占領している混乱などなしにすますことだってできたはずなのに、そうはならなかった。

　そうした混乱のなかで、敵対する二つの力が戦っていた。一方で、彼は詐欺を証明し解体したいと思った。他方で、理性には属さない何かが彼を引きつけていた。彼は海図に記載されていない未知の島を見つけたカラベール船〔大航海時代の帆船〕の船長だった。彼を引きつけているのは父祖伝来の古くて聖なるもので、定義しようとすれば彼はおおいに苦労しただろう。それほどまでに、それは、彼が成年に達して以来彼を導いてきた価値観とも異質のものだった。それは、また彼の心の奥の遠いところにある存在を激しく鞭打つ何かで、頭のてっぺんからつま先まで体のなかにあるものをそっくり吐き出させるような船酔いと同じほどに抑えがたいものだった。

　帰宅するやいなや、電話が鳴った。修理してほしいものがあるという母親からの電話だった。全然たいしたことないのよ、といつものように彼女は言った。急ぎじゃないから、時間ができたときに来てくれたらいい……。彼は問題を解決するためにすぐに母親の家に行くことに決めた。インタビューの後、頭に靄がかかり、鬱状態のままでいた一日を、せめて、だれかを助けるために使えたらうれしいと彼は思った。十五分もしないうちに、彼はスミーホフ通りの母親の家の近くに車を停めた。

　修理は母親が言ったように簡単なもので、二分もかからなかった。彼からすれば母親以上に家のなかで起こるどんなささいなトラブルにも対処できない人間は他にいなかったが、彼女は息子が帰る前にどうしてもコーヒーを飲んでいくようにと引き止めた。コーヒーには、オヴォッツニー・スヴェトゾル〔大衆的なフルーツケーキとアイスクリームで有名な店〕のシュトルデール〔干しブドウなどの入ったシナモン味の焼き菓子〕が数切れ添えられていた。「今朝友だちのクララの家に寄った後で買ったの。あんた、クララのこと覚えているでしょう、クラドノ〔中央ボヘミア州の都市〕から来た」

彼はクララのことは覚えていた。それはきっと母親が何度も彼女のことを話題にしていたからにちがいなかった。ともにKで始まる彼女のファーストネームと小さな町の名前が響きあうのを聞きながら、一種の連想が働いて、彼はヴェラ・フォルティーノヴァーにした質問と彼女が見たと言ったクレメントのことを思い出した。彼は彼女に挑戦するつもりであんな質問をしたのだった。やはり、ひょっとしたら身内のなかにクレメントという名の人間がいたんじゃないだろうか。すぐにでも確かめた方がいい。

――クレメント？　私の知る限り、いないわね……。どうして？

母親の質問に彼は不意をつかれた。

――別に理由はないんだ。テレビ局で古い記録を調べていたらリストの中にそんな名前があったんだ……。クレメント・スラニーという名前がね。それでひょっとしたら、と思って……。

――でも、スラニーなんて名前はたくさんいるじゃない。

――そうだね。でもその男は父さんの生まれた地域出身なんだ、と彼は話を粉飾した。

――オロモウツ〔モラヴィア中部の都市〕出身？　全然心当たりないわね。あの人、クレメントなんて人の話をしたことなかったし。あんたの調べた記録では、その人は何をしていた人なの。

――たいしたことじゃないから、この話はもう忘れて。もしかして、と思っただけだから……。

一瞬のうちに、安堵の気持ちが心の底からこみあげてきて、先ほどまで数時間にわたって陥っていた混乱した気持ちを追い払ってくれた。ああ！　すっきりした……。ルドヴィークはすべてを丹念に検証し終えていた。でたらめだったんだ。フォルティーノヴァーはハッタリをきかせたんだ……。彼女は自分の立場を利用して、クレメントという男が十八世紀か十七世紀に存在していたとか、今でも彼女が彼を連れまわしているなどと、主張することだってできるだろう。だが、そんなことはどうでもいい。彼女は彼が仕掛けた罠のひとつにかかったのだ、それを彼はいささか誇らしく思った。彼女は敵だという思いを強めた彼は、彼女の誠実そうな外見に騙されてはならなかった……。躊躇せずにどんな策略でも用いかねない天性の女優が自分の相手なのだということをいつも念頭に置いておかないといけない……。まさに、彼は自分が簡単に騙される人間ではないことを早いところ彼女に分からせようと決心していた。

――ところで、ズデニュカとはどうなってるの。少しは仲直りしたのかい。

仲直り……。出発しようとしていたときに、母親にそんな質問をされて、彼は面食らってしまった。当然、彼はパートナー、いや間もなく元パートナーとなる人間とどうなっているのか、終わりそうでいつまでも終わらないこの黄昏時の愛がどうなっているのか、よく知っていた。だが、もう今では本気で願っているわけではないだろうが、ずっと前から自分の孫が生まれることを期待していた老いた母親に、そんな話をするのは彼にとってかなり難しかったし、苦痛を伴うものだった。

――彼女はこれまでのことを総括しにどこかに三、四日ごとに出かけていって、それからまた戻って来るという生活よりは、決定的に別のところに定住しようとしているんじゃないかな。でも、今度こそ彼女はきっぱり決めたみたい。そういったところかな……。

――私の方から彼女に話してみようか。

――ありがとう。でも、それは絶対にしないで。

――彼女はもう愛してないの。

――いや、おそらく愛しているさ。俺のことではないけどね。

――それで……、その人に心当たりはあるの。

――ああ、彼女自身さ。自分のこと、自分のキャリアを彼女は愛してる。しばらく前から、俺はもう彼女のことが分からなくなった。一年前から、彼女が話すことといったら、自分のことか自分のキャリアのことだけだ。俺たち二人のなれあいの関係は粉々に砕け散った。彼女が考えているのはジャーナリズムのこと、そしてジャーナリストとしての自分のことだけさ。

彼は非難はしなかった。母親もまたしなかった。三十二歳で再び独身になろうとしている息子、おばあさんになりたかった母親……。まだ父親が生きていたら、こんな状況について何て言っただろう。母親がめそめそしないうちに息子は話を切り上げようと思った。


アパルトマンのドアを開けるやいなや、ルドヴィークはズデニュカの気配が漂っているのに気づいた。彼女がつけた香水の「ブラック・サタン」の匂いが裳裾を引きずるようにして空中に浮かんでいた……。ほんの短い時間、彼女はここに立ち寄ったにちがいない。それに、彼はすぐさま、どんな物が場所を移動しているか、どの引き出しがきちんと閉まっていないかをも突きとめた。ズデニュカには第六感ともいうべきものがあって、ほとんど間違うことなく、彼が家を空ける時間帯を見抜いてアパルトマンにこっそりと帰ってくるのだった。まるでモニターを使って、彼の出入りを監視しているかのようだった……。おそらく彼女は、足りなくなった下着や冬服や、最後に訪れたときにはまだ担当していなかった仕事関連の書類を持ち去ったものと思われる。こうしたきりのない出奔が彼の神経を逆撫でするときもあったが、別なときには、パートナーのためらいが、漠然とした辛いものではあったが彼に再び希望を与えることもあった。完全に出て行くことを彼女が望んでいるわけではないとも考えられたからだ。いつだって彼女は、出て行くときに、また戻ってくるための口実を残していった。でもそれならなぜ、彼が帰宅するのを待たないのだろう。なぜ彼に確実に会える時間帯には絶対にアパルトマンに立ち寄らないのだろう。彼はまだ、三年前、媚薬をふんだんに使った彼女に陥れられた魅惑の状態から脱しきれないでいた！　抵抗しがたい引力が彼をまだ彼女の軌道のなかに引き留めていた。そのため彼はテーブルや棚の上に自分に宛てたメッセージがないかどうか探した。それから彼は手を止めた、探した自分に腹を立てながら。

夜、何も起こらなかった。翌日も何もなかった。だが、翌々日の朝、彼が出かけようとしていたとき、電話が鳴った。彼はズデニュカからだと思った。いや、それは母親からだった。やれやれ、今度は何の用だろう？　彼はあまり母親と話をしたい気分ではなかった……。

——何の用ってわけでもないの、心配しないで。あんたがどうしているか知りたかったのよ。

——そう……。

——それから、フランチシェク伯父さんから電話があったということを言いたかったの。しばらく連絡がなかったものだから。あまりうまく行ってないみたい。

——そう……。

——覚えてるかな、パパが兄さんのヤンの話をしたときのことを。とても若くして死んだ兄さんのこと。

——なんとなくなら。

——フランチシェクはこれまで知らなかったことを教えてくれたわ。とっても小さいころ、ヤンは自分のファーストネームが急に嫌いになったんだって。彼はそれが嫌いで嫌いでしょうがないものだから、家族やクラスメートにも自分をヤンと呼ぶように強制したの。でも戸籍上はクレメントのままだった。でも、周りも最後は受け入れて、ヤンとしか呼ばないようになったの。それで、みな彼のほんとうのファーストネームを忘れてしまったというわけ。彼はヤン・スラニーという響きがいいと思ったのね。つまりそういうこと。それから彼は、あんたも知っているように、十一歳で悲惨な死に方をしたの。

　受話器を置いた後、ルドヴィークはしばらくの間、朝の黄金色のほこりが舞うなか、窓から小さな鐘塔の鱗型のスレート瓦を見つめながら、彫刻のように固まってしまった。彼はかすかに震えていた。母親に質問しようなどという変なことさえ考えなければ、すべては単純だったのに……。

「たった今、九歳か、十歳の男の子を見たのです、名前はクレメントだと言いました」。彼は自分を霊媒だと称する女の言葉を反芻した。たった今……。前方に向かって櫛を入れた茶色の髪、額の中ほどで切り揃えられた前垂れ髪、とヴェラ・フォルティーノヴァーは叙述した。密生した眉毛の下の明るい色の目、生き生きとした眼差し、端正な顔立ち、細い鼻、顔の美しさを少しばかり損なっているピンと突き出た耳……。クソ！　もし母がこの叙述とは全然違う金髪のクレメントの写真を見せてくれたなら、俺はすぐにでも気分が良くなるのに！　冬の初めにヤン＝クレメントは凍った湖の上に駆け出していった……。だがまだ完全には凍っていなかったので、薄氷は裂け、長男の体の重みに耐えきれなくなった。弟たちは遠くから兄の体がぐらつき、あっという間に沈んでしまうのを目撃した。弟たちは、自分もまた同じ目に遭うのではないかと足がすくみ、兄を湖底から救出するための努力をいっさいしなかった。そのため、生き残った二人の弟たちは、子どもの頃から、ずっと罪悪感を抱いたまま大きくなった。そしてその燠は間歇的ながらけっして消え去ることなく、赤々と燃えつづけた。それ以来、ヤン＝クレメントのことはだれも話題にしないようになっていた。

　以上が、クレメントについて母親がルドヴィークに語ったすべてだ。写真に関しては、思い出の品が詰まったトランクを調べて伯父さんが探してくれるまで待たなければならないだろう。もし、肖像写真が一枚でも残っていれば……。

　さしあたり、ルドヴィークは衝撃を隠しきれず、ヴェラ・フォルティーノヴァーが正しかったことを認めようという気持ちになった。それから彼の精神は反発した。おいおい！　どうして生前大嫌いだったファーストネームで死者が姿を現すんだ。それじゃつじつまがあわないじゃないか……。死者たちは穏やかに眠っていて、俺たちとは何の関りもない。あの女は、たとえ俺が探索の範囲を広げてでも、遅かれ早かれ、俺の家系の奥底からクレメントを見つけてくるだろうと考えて、よく使われているファーストネームの中から適当にクレメントを掘り出してきたんだ……。二世代、三世代、あるいは四世代前までさかのぼれば、どんな家にだって一人か二人必ずクレメントがいると彼女は考えたに違いない。写真に関しては、ルドヴィークは躊躇した。そのあげく母親に電話した。伯父さんに写真は探さなくてもいいと伝えておいて。おそらくルドヴィークは、ある日、美しい白黒写真に写った、前方に向かって櫛を入れた茶色の髪、額の中ほどで切り揃えられた前垂れ髪、密生した眉毛の下の明るい色の目、生き生きとした眼差し、端正な顔立ち、細い鼻、顔の美しさを少しばかり損なっているピンと突き出た耳をもった少年の視線と向きあうような目にはあいたくないと思ったのだ。

第二部

七

強権国家の秘密情報機関とジャーナリズムの関係について話そうとすれば、話のタネはつきないように思われる。そうした国家はジャーナリストたちを国家に奉仕すべき補充兵とみなしているし、その奉仕にたいして礼金が支払われることもある。同様に、現在のように、生まれつつある民主主義が強権国家に取って代わろうとしている過渡期や空位期についてもまた話のタネはつきないだろう。新しい規則がまだ明文化されていなかったり、されていたとしても、その適用が過去の精神をひきずったままで徹底されていなかったりというありさまで、文明と文明の岩盤どうしが横滑りするように、本来ならもう許されてはならないはずのものがいまだ許されている。何もかもが移行状態にあり、何もかもが横滑りする。何もかもが名前を変える。人々はころころと意見を変え、また別の人たちは置き去りにされる。新しい権力や新しい文明はそうした人たちを必要とはしない。彼らは一体何をしたためにそのような追放の憂き目にあうのだろう。理由はつねに明確というわけではない。彼らのなかには、現体制では非難の対象となるある程度の自己犠牲をすることで旧体制に仕えたと考えられている者もいる。そうした人たちは、男にしろ女にしろ、今後は別な仕事につくか、あるいは外国に行ってゼロから再出発する道を選ぶだろう。

四十五歳で離婚歴のあるパヴェル・チェルニーには道義的な責任があった——扶養手当を払わなければならなかったし、父親としての強烈な義務感もあった——、そのため、彼は国を離れる決心をすることはできなかった、というのも、そもそもどこに行ったらいいというのだろう。自分の言語と過去に囚われてしまった人間には、他に行き場などない。ロシア人だって彼に来て欲しいとは言わなかっただろう。彼は仕事も変えなかった、なぜなら、彼なりにその仕事に愛着があったからだ。ただ、彼はもはやひとつの国家や思想には仕えないことにした。今や彼は個人に仕えるミクロな秘密情報機関だった。こうして彼は探偵になったのだった。

彼の能力の一部は生来のもの、生まれながらの天性のようなものだった。というのも、彼は何ごとも忘れるということがないのだ。それは彼が恨みがましい性格の持ち主だからというのではなく、記憶力が並外れていて、何ひとつ、というかほとんど何も消し去ることがないからだ。第一級の共感覚の持ち主だった彼はリヒテルのような偉大なピアニストにもなれただろうし、比類のない数学者にもなれただろうし、何らかの科学分野の最先端の研究者にもなれただろう。そのような仕事を通して、認識がまだ未開墾にとどまっている領域に侵入し、精神の極限まで探究していったことだろう……。そこで道を開拓し、その後、そこで見たものを叙述した最初の人間として満足感を味わうこともできただろう。さまざまな説明や仮説を次々と素描することだってできただろう……。しかし、そうしたこともまた、彼はしなかった。彼は国家に仕えることを選んだ。というのも、実のところ、幼少のころから孤児だった彼のために、この国家が親代わりになってくれたからだ。早いうちから（それは孤児院でのことだったろうか、学校でのことだったろうか）、みな、彼の能力に驚き、彼を他の生徒たちのお手本にし、周りと区別した。彼らはあくせく勉強し、記憶するのに苦労したり汗水を流したりしなければならなかった。彼は「写真を撮る」ようにものを覚え、吸い込み、言われた時間に、はじめから終わりまで一篇の詩を読むように吐き出すことができた。結局、彼のしていることはそれに尽きるのではないだろうか。彼は彼ひとりだけでひとつの図書館のような存在だった。彼のクラスメートたちは彼を高く評価し、その才能を利用し、同時に彼を怖れ、避ける傾向があった。そのため、パヴェル・チェルニーは早いうちに孤独というものを理解していた。それは人が探したり、欲しがったりするような孤独ではなく、ガラガラを打ち振りながら町に入っていくらい病患者の孤独だった。彼はほんとうに天賦の才能を持っていたのだろうか、それはむしろハンディキャップではなかったのだろうか。この魔法使いのオーラが彼のもとから消えることはなかったし、要するに、それは彼に利益をもたらした。二十歳の時、彼は国家に奉仕するようにと提案された。とはいえ、それはどうでもいいような奉仕ではなく、内なる敵と戦うための奉仕だった。策略の裏をかくこと、未然に防ぐこと、妨害することが彼の日々の使命となった。監視して、陰謀の芽が地表に出るやいなやそれをより効果的に破壊すること。彼は人々が自分の新しい親、「国家」に危害をくわえようとするのが嫌だった。その「国家」を彼は一本の古木、その根が村や地区や小径のもっとも深いところまで、魂のもっとも深いところまで伸びている古木と同一視していた。他の多くの部署とは違って、諜報員たちにはふんだんに活動資金が与えられていた。というわけで、チェルニーには何であれ何かが不足しているということはなかった。彼はその同僚と同じように、密告者たちの集団を頼りにすることができた。

そこには、密告を出世の手段と考えている野心的な若者もいたし、人間嫌いもいたし、嫉妬深い人間もいた。さらには純粋な人間たちもいた、彼らは少数派ではあるが、恐るべき存在だった。というのも、彼らの耳はけっして休まずに働き続けているからだ。

そうした密告者たちのさまざまな亜種のなかに、国立ラジオ・テレビ局に入りたくて八方手を尽くしている、まだ駆け出しのジャーナリストがいた。名前はフィリップ・ノヴァークといった。彼はそれまでたいして重要なことは何ひとつ依頼されたことなどなかったが、小さな仕事はしていた。出世欲が強く、ほら吹きと思われていた彼にはどんな集まりにもなんなく入りこんで、うまく人々の信頼を得るという器用なところがあった。パヴェル・チェルニーは「ビレック」という暗号名で、ときどき手書きの原稿を郵送してくる男の熱意と資質をおおいに評価していた。そうした郵便物をスパイのチェルニーは、他の多くのスパイと同様、ＳｔＢが解体され消滅する間際に、自分の手元に残しておいた。後年、追いこまれて逃げなければならなくなったときのための備えとしてとっておこうと思ったのである。そんな文書を彼は自宅倉庫に十キロほど保管しているにちがいなかった。風向きが変わって攻撃に備えなければならないとき、あるいは、再就職するときなどに、その文書から情報を得ることができるのだ。

彼はいったいどれだけの臨時スパイが書き送ってきた情報をその紙包みのなかに保管しているのだろう。正確な目録を作ったことはなかった。ある臨時スパイはおおいに貢献してくれたし、そうでもない者もいた。また、ある者は冗長だったたし、別の者は簡潔だった。だが、総じて考えてみると、これらの情報には、あたかも彼の将来の安寧を約束する昔の紙幣のようなたいへんな価値があった。

フィリップ・ノヴァークは一級の貢献者ではなかった、このことは言っておく必要がある。彼が協力していた最後の二年間は、あまり熱意が感じられなくなっていた。五通の密告の手紙だけ、しかも、たいした価値のない情報ばかりだった。つまり、新時代の人間の目からすれば、強い非難に値するようなものなど何もなかった。唯一の心配事は彼が協力した最初の年に関することだけだった。というのも、彼はある使者の名前を明かしたのだった。その使者とは亡命したチェコスロヴァキア人で、伝言を渡すために定期的に非合法な形で国に戻っていた。男は反体制派の人間たちと会っている最中に不意をつかれ、逮捕され、八年間の禁固刑をくらった。ただし四年だけ服役した後、追放された。

体制が崩壊してしばらくたってから、チェルニーは、ビレックことノヴァークが時流を見失っていなかったということを見逃さなかった。ノヴァークは風向きの変化を感じながら、八九年の出来事の間、自分がデモ参加者たちの支持者に見えるように気を配った。この転換期を巧みに切り抜けたという事実と彼のとんとん拍子の出世とは無関係ではなかった。三年のうちに、彼はついに政治や裁判に関する調査やドキュメンタリーを扱うシリーズ番組を何本も牛耳るまでになった。見事な仕事ぶりだった。そしてパヴェル・チェルニーは、今後のおたがいの利益のためにノヴァークとはおそらく理解し合える余地が残されているだろうと踏んでいた。

実際、気持ちが大胆になったある日のこと、パヴェルは電話をかけて、ノヴァークとの接触を試みた。

——少しノヴァーク氏とお話ししたいのですが。

電話をかけるたびに、ノヴァークの女秘書は彼を追い払った、丁重なときも、つっけんどんなときもあったが。外で会合をしていますとか、単に会議をしていますとか、休暇中とかという理由でノヴァークを電話口に出さなかった。数週間後、探偵はうんざりしてきた。最後の弾丸を使うべき時だろうか。決心する前に彼は悩んだ。電話をしても無駄ですという女秘書にむかって、彼はノヴァークに簡潔な伝言を頼んだ。

――急ぎの用件だと伝えてください。ノヴァーク氏のほうから至急私に電話をかけなおせるかどうか尋ねてください。彼がよくご存じのビレック氏に関することです。

こうして二人の男は旧市街のカフェレストランで会った。二人が口頭で交わした契約の正確な条件は店内の喧噪にかき消されてよく聞こえなかった。ノヴァークさん、私にはあなたを脅そうなどという気は毛頭ありません……。探偵は、たとえ古い記録が開封されるようなことがあっても、ノヴァークはけっして怖れる必要はない、なぜなら、あなたに関する書類は、人目につかぬよう自分が銀行の金庫に保管していてあなたを守っているからだ、と単純明快な理由を述べて彼を安心させた。お分かりでしょう、あなたは枕を高くして眠れるんですよ。もちろん探偵は彼に何も要求しなかった、いや、やはりほんの少しばかりの要求はした、少し仕事が欲しいと。ノヴァークは不快そうな表情を見せ、最初は抵抗し、とりすました態度を取った。よくもまあ、そんなことを、そんな汚い手にはのらないぞ……。

――ビレックさん、何らかの情報を当局に伝えたということと、あなたがしたように、提供した情報で金を稼いだということとは全然別なことなんですよ、とパヴェル・チェルニーはほどほどにほのめかすような口調で話を進めた。みごとなやり口でしたね……。

――そんな口の利き方は赦さん！

――いえ、いえ、お赦しいただかねば。当然、あなたは私を赦してくださるはずですよ、ビレックさん。あなたの邸宅とは言わないまでも、あなたの美しい家について口さがない連中に噂をされるのは嫌でしょう。ぶどうの木々や枝の上に広がるトロヤの丘に建つ家について噂されるのはいやでしょう。屋根の上にはテラスがあって、夏の夜など同業者の度肝を抜くには十分ですよね。そこからだと川が蛇行するさまがよく見えますし、もっと遠くには大聖堂や「黒い山」、それに「白い山」も見えますしね。あなたはその家の建築資金が旧体制下の一ジャーナリストの給料だけでまかなわれたのではなく（もしそうだとしたら、偉業ということになりますが）、あなたが引き渡した（おっと失礼、売ったというべきでしたね）人間たちが喰らった何年もの刑務所暮らしや嫌がらせによって支払われたなんて話は聞きたくないでしょう、ビレックさん……。

こうして、チェルニーはできるだけ早く、自身の驚くべき記憶力と元スパイとしての能力をテレビ局やそこで働くジャーナリストたち、それに自分がまたたくまに入手可能な情報を必要としているすべての人たちのために役立てることができたらうれしい、とノヴァークに伝えた。

＊

隠れ家、尾行、あらゆる種類の秘密情報の収集。パヴェル・チェルニーは一年か二年もしないうちに、公共テレビ局のなかにあって、多方面にネットワークを張り巡らし、多彩な能力を持つ理想の執事として、その才能をいかんなく発揮し始めた。ノヴァークは彼をひかえめに使っていた。そして彼のことをあたかも自分の「秘密兵器」のように話した。そしてルドヴィーク・スラニーがヴェラ・フォルティーノヴァーを監視する必要性を訴えてきたとき、ノヴァークの頭のなかには、推理小説で同じような状況にある人物が口にするような言葉、お前が必要としている人間なら知っている、という言葉が浮かんだ。

　パヴェル・チェルニーは実際のところ、自分のことを尾行の専門家だと思っていた。それに彼はスルンナー通りにある粗末なアパルトマンを改造して、「尾行博物館」と呼ぶものを作り上げていた。それは二つとない博物館だった。具体的に言うと、彼がその納屋のような部屋の棚に展示していた所蔵品とは、ずらりと並べた靴だった。この仕事を始めて以来、チェルニーは使い古した靴を大事に保管し、年代順に並べていた。共同墓地に埋葬されている人たちと同様、それぞれの靴には二つの日付がついていた、使用開始の日と使用終了の日と。足には記憶力があるとか、とりわけ足にこそ自分のキャリアの大半の思い出が住んでいるなどと断言していたが、そんなとき、彼はきわめて真剣に冗談を言っているのだった。三番目の棚の中央には、彼の有名な（彼にとって有名ということだが）靴が王冠のように鎮座していた。それは闇市で入手した濃い灰色がかった緑色のイギリス製のショートブーツで、一九七九―一九八〇年という二つの数字が記されていた。それはまさに名品とも言うべき靴だった。彼は心からの尊敬の念とともに、その靴が当時彼に可能としてくれた歩行や尾行を思い出すのだった。なんてしなやかな靴だったことか！　当時、ぞっとするような恐怖のなかで足を引きずるようにして歩いていた「憲章七七」〔一九七七年一月一日、チェコスロヴァキア政府による人権抑圧に反対する改革派が発表した宣言ならびに反政府活動〕と対峙したときに、なんという切り札になってくれたことだろう……。その靴が紐まで擦り切れ、修理不可能になって納屋に片付けなければならなくなったとき、どれほど辛い思いをしたことか……。

　獲物を追跡することになった最初の日、探偵は新聞に掲載されたざらざらのひどい写真を前もって二枚渡されていただけだった。しかもそれらは正面から撮られた写真だった。必要なのは背後からの写真、あるいは斜め後方とか斜め前からの写真だった。彼はどこにでもいそうな女の容貌に慣れるよう努力した。ヴェラ・フォルティーノヴァーには特徴などというものはあまりなかった。彼女は社会主義政権下で作られる既製服を着ていて、髪型も五十代のチェコ人女性によくあるものだったので、雑踏にまぎれてしまうと、他の女性たちと区別がつかなかった。このどこにでもいそうな影はまるで尾行を逃れるために特別に考え出されたもののように思われた。そんな尾行は彼に気づまりな思いをさせたが、その一方で彼を魅了してもいた。要するに、これは本物の挑戦だった……。つまり彼は「どこにでもいそうなご婦人」を追いかけることを命じられたのだ。そしてそんな彼女のお陰で、彼は仕事の醍醐味を再発見することになるだろうと感じていた。それは困難や未知、危険を前にしたときの武者震いだった……。

その晩、十八時のナーロドニー大通りには人があふれていたが、チェルニーにとって格好のウォーミングアップとなった。彼は彼女の態度や歩き方を記憶しようと努めた。しかしこの面でも、彼女は少しも変わったところはなかった。秋の中頃に降る雨のため、尾行はいっそう難しくなった。人々はレインコートの襟を立て、頭を低くして急ぎ足で歩くからだ。色あせたレインコートやオーバーやトレンチコートや革のコートを着た群衆が、狭いユングマン広場やナ・ムーステクやヴァーツラフ広場、さらにはナ・プジーコピェなど考え得るありとあらゆる通りから勢いよく流れ込んでいた。雨傘が数十と花開き、ニワトリ小屋のメンドリのように押し合いへし合いしていた。ときどき、それらの傘が彼女と彼の間を遮蔽幕のようにさえぎった。彼にとって幸いなことに、その夜、彼女は雨傘を持たずに外出していた。ときどき、疲労困憊のあまり彼女のシルエットをもう追いかけることはできないと感じたとき、彼は自分が幻影に捉えられているのではないかと思った。ギラギラ光るハンチングや帽子をかぶって動きまわるそうした貧しげな人たちからは強いアクセントやそのほかの装飾音をともなったスラヴ的な言い回しが聞こえてきたが、そうした集団はまるで彼女のシルエットを呑み込み、必要な時間彼女を保護したかと思うと、探偵の監視ができないようなやや遠方に彼女を吐き出すのだった。それはもう超自然的とも言うべき現象だった。単にこの密集して湿った人ごみのせいで疲れたのだと理解できなかった彼は我が目を疑った。彼はとうとう、パラーツ・コルナ〔プラハのショッピングモール〕側のある建物に囲まれたムーステク駅の入口近くで彼女を見失った。群衆が彼女を誘拐したというのでないのなら、おそらく地下鉄の駅の入口が彼女を呑み込んだにちがいない。

監視一日目は収穫ゼロだった。だが、かくれんぼは明日も続く。そうそう、もしだれかが十年前に、お前は十年後、もう秘密警察ではなく、単なる私立探偵になっているだろうなどと予言したなら……、彼はそんな奴のいうことなど信じなかっただろうし、そんな将来の概要など、確実に拒絶したことだろう。だが、彼が尾行することになるのは、ショパンの口述のもとで音楽家が死後に作曲した作品を書き留め、それを世に知らしめたい、それを録音してCDにまでしたいと願っている女なのだと、しかもそのどこにでもいそうな風貌の女にメディアが熱狂しているのだなどと最後になって明かされたなら、彼のなかに潜んでいた気まぐれな部分が目覚めたことだろう。そして彼は心の中で言ったことだろう、よく考えてみれば、未来も考えてみるのに十分値するなと。そう、作曲家の訪問を受けていると自慢する女をある日尾行することになると考えたら、彼は自尊心をくすぐられたような気分になったことだろう……。その有名な死者、ショパンこそは閉店時間までカフェレストランにたむろしていた反体制派の人間たちを監視していた彼の気分を変えてくれるだろう。

尾行を始めて最初の二日間は怪しげなものは何も見つからなかった。私立探偵が見失うまいとしている背中はいくつかの食料品店に入る、またその背中は小間物屋や薬品雑貨商でも買い物をする。それが彼女のルーチンワークなのだ。それから眠気を引き起こしそうな背中は再び歩きはじめ、帰宅する。以上がパヴェル・チェルニーがルドヴィーク・スラニーに伝えるべきすべてだ。チェルニーにはスラニーがとりわけ興奮しているように思われる。

　ある日の午後、ナーロドニー大通りを歩いていた彼女が、その二二番地の建物に呑み込まれ、二階に昇ってカフェのテーブル席についたとき、彼のなかで警報のようなものが鳴りはじめた。彼の方は彼女に背を向けた状態で彼女よりも奥の席にすわった。ただし、彼は鏡に映った彼女の姿から目を離さなかった。彼女に合流する人物はだれもいなかった。そのまま一時間が過ぎた。彼女は新聞にざっと目を通し、手帳を調べ、ビリヤードに興じている人たちを観察している。おそらく彼女はチェルニーほどではないにしても、ビリヤードのことは何も知らない。だがプレイヤーたちの研究されたしぐさや集中力が見せる何かが彼女を魅惑しているにちがいない。彼らのゆったりとした動作だろうか。彼らの秘密の鍵は何だろう。外は温かくはないので、探偵はこの休息をありがたいと思う、作曲家のような風貌の人間がだれひとり現れないにもかかわらず。彼女はホイップクリームと卵リキュールの入ったココアをおいしそうに飲み、探偵の方はフェルネット・ストック〔ハーブで味付けした苦みのきいたリキュール〕を飲み下していた。さらに二杯目を飲む。彼にはこの「ありきたりなご婦人」の顔ともっとよく知り合いになるための時間がたっぷりとあった。遠くから観察しているにもかかわらず、彼女は五十代の終わりというよりはもっと年齢がいっているように見える。年配の人間に見える。そう十歳は老けて見える。おそらく老人特有の髪のセットのせいだ。つまり、彼女にはたくさん魅力があるというわけではない、にもかかわらず、チェルニーは彼女のことを高く評価し始めていた。というのも、この前の夜など、ムーステク駅で彼の尾行をまくのに成功したのだから。そんなことだれにでもできることではない。彼は彼女に腹を立て、自分に腹を立て、それから、自分のうぬぼれに毒づいた後、自分と和解した。彼女は彼の関心をひく。猟師が木立の藪から狩り出そうとする動物たちを好きになるように、探偵も見張っている男や女に大きな尊敬の念を抱くこともある。監視する者とされる者の関係は奇妙だ。彼の獲物は背中から彼に催眠術をかけることに成功したのだ。彼は針に食いついた魚のようなものだった。そのため、それ以来彼は自分が縛られているというよりは、おそらく結ばれている、彼女が彼を連れまわすところにはどこでもついていく準備ができていると感じている、そう、生活費をかせぐ必要に迫られてというよりは、目に見えない糸が漁師と魚を結びつけるように結ばれていると感じている。

彼女に合流する人物はだれもいなかった。彼女はいつものココアを飲むためだけにここに来たのだ。残念。彼女が死者に呼び出されて、ちびりちびりと飲みながらその死者と連絡を取っているのではないとしての話だが。壁にはめられた大きな鏡の中に映った彼女を彼は吸いつくように見ている。それでもやはり、ときどき彼の目は自分の顔を見つめ、自分はこの上流階級用の隠れ家のなかにうまく紛れ込んでいるのだろうか、あるいは浮いた存在ではないだろうかなどと考えてしまう。彼は中肉中背で、この地域のほとんどの男たちと同じ栗色の髪で、顔立ちも平凡なため、大体の場合、彼は人眼につかない。そのため、彼が会議にいたのかどうかだれも覚えていないことがよくあった。こうして何もかもが、人々が完全犯罪などと言うように、彼が「完全尾行」と呼ぶものを実現する助けになってくれるだろう。ただし彼は神経性のチックに悩んでいた。それは思春期に現れて、その後、姿を消していたのだが、昨年、離婚したのを期に長い昏睡状態から目覚めたようにまた現れた。抑えようと頑張れば頑張るほど、それはひどくなり、彼をあざけるようになった。ドアから追い出すと、窓から再び入って来るという状態だった。そのため、チェルニーはいつの日かチックが彼を裏切ることになるだろうと考えざるを得なかった。

*

翌朝、チェルニーはヴェラのアパルトマンの近くに青緑色のスコダ一〇〇を停めた（それが青なのか緑なのか、だれも、売り手さえも言うことはできなかった。彼自身もどちらなのか決めかねた）。彼は張り込みが長引いた場合のことを考えて魔法瓶《サーモス》にコーヒーを入れて持ってきた。というのも、前夜は氷点下近くまで気温が下がったのだ。そして十一月に入ったばかりだというのに、厳しい寒さになりそうな気配だった。

九時。九時半、九時三十五分、九時四十分。スパルタ〔タバコの銘柄〕の匂いがする車内で窮屈な思いをしながら午前中を過ごさなければならなくなりそうだと諦めかけていたとき、彼女が戸口に姿を見せた。今日は彼女は傘を忘れていなかった。彼は車を降り、距離をおいて後をつける。トラムに乗るのだろうか、メトロに乗るのだろうか。その日は万聖節の朝だった、それで彼は墓巡りをすることになるのではないかと怖れた。予想は間違っていなかった。だが、彼の想像力はまだすべての鍵を彼に与えていたわけではなかった。

ひとたびユゴスラーフスカー通りに出ると、彼女は平和広場に向かい、そこでメトロに乗った。少しして彼女がフローラで降りたとき、彼はどうしたらいいか分かっていた。ヒースの花を買った後、彼女は決然とした足取りで巨大な共同墓地の並木道を進んだ。彼も彼女の後を同じように歩いた。彼女を見失わないよう、支払いを済ませてつり銭は受け取らなかった。数分後、彼女は深刻そうな顔つきの男の姿が刻まれている墓石の上に花を置いた。〈ヤン・フォルティーン　一九三八―一九八四年〉。夫の人生は失敗だった……。木陰に半ば身を隠しながら、パヴェル・チェルニーはツァイスの双眼鏡で寡婦を観察していた。敷石のほこりを払った後、彼女はバッグから何本かの白いろうそくを取り出し、風よけのガラスカバーの下に置いた。その後で、ろうそくを墓石の四隅に振り分け、ライターで火をつけた。彼女は慎重にろうそくの入っていた箱の小さな金属製の蓋を閉め、黙想した。それから鉢植えの花を盛りが過ぎたと判断して並木の端にあるごみ集積場まで捨てに行った……。何かが探偵の気を引いた。ポリ袋がもうひとつあったのだ……。そのなかに別のろうそくがあるのが見えた。

ヴェラ・フォルティーノヴァーは再びメトロに乗り込んだ。だが、平和広場で降りずに、そのまま乗りつづけて、ムーステクで降りた。そこでB線に乗り換えて、カレル広場で降りた。おやおや、とチェルニーは思った。自分の考えを宙づりにしたまま、ラシーヌ岸に沿って彼女の後を追った。

オルシャニを出たとき遠くに見えていた鉛色の空は今や大きな雨粒でいっぱいになっていた。季節としては遅い雷雨が冬の入口で破裂し、雹が歩道を激しく鞭打った。彼は突如花開いた黒い雨傘のなかに彼女を見失うまいと必死になった。鉄橋の後のヴニスラフ通りを彼女が斜めに横断するところまではすべてがうまくいっていた。だがその数瞬間後、リブシナ通りに入るやいなや彼女は姿を消した。畜生、消えた！　と彼は呪いの言葉を発した。彼女は再び彼から逃れようとしていた。通りはカーブを描いていた。彼はヴラチスラフ通りにちらりと目をやった。そのとき彼女の姿を見たように思った。あれは彼女だろうか。突風が吹いて疑わしい傘をひっくり返してくれたので、彼は確信した。自宅を出て以来、彼女が彼の目の前から数瞬間姿を消すのはそれが初めてではなかった。そして彼はそうしたいわば点線状の尾行に慣れはしたが、その種の突発事が起きるたび、彼の視野に再び彼女のシルエットが実際に現れるまで冷や汗をかいた。

彼女は食料品店に入った。おかげで彼は短い休息をとることができた。彼はタバコに火をつけた。ジャーナリストは可能な限り、その日のうちに現状を報告するようにと彼に命じていた。彼は通りの反対側に公衆電話があることに気づいた。

二度目の呼び出し音で受話器が取られた。

――ルドヴィーク・スラニーさん？

数秒間、サイレンの音が彼の声を覆った。

――**私だ、チェルニーだ**、と彼はどなった。彼女が今店に入ったところなので、一分間だけ話せる。あなたのクライアントはいい脚をしている、人ごみの中で彼女を見失わないようにするのは容易じゃない……。そう、……。今朝、彼女は十時前に自宅を出て、夫の墓に花を供えるためにオルシャニまで行った……。そう、彼女ひとりだ。何も特別なことはない……。いや、ひとつだけ奇妙なことがあった。彼女は植木鉢を置いて、墓の枯葉を取り払った後で、かなりの時間そこでじっと立っていた。黙想しているみたいだった――そう言う以外、言葉が見つからないけど。

――何が変なんだ、夫の墓なんだから当たり前じゃないか。

――それはそうだが、彼女は、彼女を訪れる人物はショパンだけじゃないと言ったんだろう、ちがうか。子どもの時から、彼女は何度も死者たちの訪問を受けたんだろう。それなのに、その墓の前で長い時間とどまっているなんておかしいと思わないか、だって、彼女は自分の夫に前日か今朝、自分の家でおそらく会っているんだから。それどころか、夫と議論までしたかもしれないじゃないか。夫の墓に花を供えるのは分かるとしても、そこでぐずぐずしている理由はないだろう……。

この指摘はルドヴィークをひどく混乱させた。

――彼女は植木鉢を置いた後に、すぐまた出発するのはできないと思ったんじゃないのか。

――彼女は何もせずに両腕をぶらぶらさせながらそこにいたんだ。その前には、五分も敷石をきれいにしたり、苔をかき落としたりしていた……。

――彼女は長い間瞑想していたのか。

――時間を測ったわけじゃないけど、たっぷり十分は瞑想していた……。何だって……。**十分**だ！その後で彼女は再びメトロに乗った……。**メトロ**だ！　それから彼女はカレル広場で降りて……、クソ、彼女がもう店から出てきた……、**彼女がまた姿を現した**、と言ったんだ！　予想していた通りだ、彼女が向かおうとしているのは……。電話を切るぞ、またかけられるようになったらかけるから。

チェルニーはフ・ペヴノスチ通りを歩き続け、その後レンガ門から要塞の内部に入った。彼は今、彼女の二つ目の袋が何のためのものか分かった。シルエットは階段を昇り、城郭の壁に沿って歩き、共同墓地のなかを進んでいった。そこに埋葬されているだれと彼女は知り合いだったんだろうか。彼は彼女が二十メートルほど先を歩くがままにしておいた。その日は万聖節の日だったが、人影はまばらだった。彼はスラヴィーン〔ヴィシュフラドにあるチェコの有名人たちを埋葬した墓地〕を通り過ぎ、アーケードになった回廊の近くで彼女を見た。そこで彼女は立ち止まっていた。彼女から目を離さずに、彼は墓石や木々やツタや石の十字架に守られながら、もう少し先まで歩いた。奥まったところで、彼はだれか有名人の名前を探すふりをした。だがスラヴィークという名前もネズヴァルという名前も彼には全然ピンとくるものはなかった。一体彼女はあそこで何をしているんだ。だれが……。彼は彼女がどの墓の前でたたずんでいるのかをきちんと確かめた。そして今度は彼の方が身動きしないでじっとしていた。風が吹いて、そこまで遠くのクラクションの音を運んできた。

こうして、暗色のレインコートを着て十字架の森に半ば身を隠した四十代の男と、いつも変わらぬ髪のセットをした、すでに六十代に傾きかけている五十代の女との切っても切れない関係になった二人は新たな休息状態に入った。

灰色のコートをはおった彼女は墓石の前で数分じっとしていた後、その場を立ち去った。探偵は彼女が何らかの理由でまた戻って来るのではないかと用心しながら慎重に近づいた。いや、そうではなかった、彼女は決然とした様子で小扉に向かって進んだ。

ヴェラ・フォルティーノヴァーは三八番の墓の前でたたずんでいたが、それは近くにある他の墓よりもずっと古く、かつ、手入れが行き届いていなかった。幹が二つに分かれている一本の木の根元周辺に広がっていた雑草を彼女は抜いていたが、完全に取り除こうとはしなかった。苔の生えた墓石は黒くなっていた。長い時間が経って、古色蒼然とした趣になっていた。フォルティーノヴァー夫人はろうそくに火をともしていたが、その炎は金属の鐘の下で揺れていた。それは厳粛な雰囲気の墓で、そこには周囲の墓にあるような瀬戸物のプレートに印刷された故人の写真などはなかった。ここに埋葬されている人物には顔がなかったのだ。

突然、自分が奇妙なものを目撃していることに遅ればせながら気づいた探偵は感嘆の声を抑えることができず、口を手で覆った。本能的に、彼は並木道の奥を振り向いた、彼女が遠くから、驚いている彼の姿を見て喜び、ケープの下で笑っているのではないかとふと思ったのだ。いや、そんなことはなかった。彼女はもうそこにはいなかった。彼女はすでにその神秘の道を再び歩き出していた。突然戻ってきた蒼ざめた太陽の下で、パヴェル・チェルニーは神経質そうな手つきでカバンからポラロイドカメラを取り出し、慎重にフレーミング調整を行った後でシャッターを切った。写真はひどいできだろう、だがそんなことは問題ではない。

八

――ダナさん、ノヴァークが私にこのドキュメンタリー番組の制作を依頼した一九九五年には、メールやインターネットといった地球全体にクモの巣状に張り巡らされた巨大なネットワークのようなものは何もなかったんです。おかげで私の仕事はとても単純なものでした。ヴェラ・フォルティーノヴァーと何度か会った後、私は考えました、この女性は完璧なシステムを作り上げているので、昔ながらの諜報活動を数多くこなすしか事態を明らかにする方法はないだろうって。私は彼女がつきあっている生きた人間はだれかをつきとめようと思いました。ノヴァークも私と同じ意見でした。あの貧しい階級出身の女性は引っ越し業者みたいな手つきでピアノを弾くんですよ、そんな彼女が隠れた共犯者なしに行動するなんて不可能に思われました。あんなに複雑なショパンの音楽を彼女が模倣して、数百もの贋作まで作れるなんて想像できますか、無理な話です。それで私は、フォルティーノヴァーをみごとな芸術作品を偽造する詐欺集団の氷山の一角にちがいないと信じ、それを証明しようとしました。それ以来、私の仕事は宝さがしのゲームみたいなものになりました。ノヴァークは私に時間も必要な手段も与える用意ができていました。というのも、彼が私に言っていたのですが、私たちは他のメディアが満足しているものとは反対のものを作らなければならなかったからです。彼らは条件法でコメントし、表面的なことに終始していました、つまり、騙されていたのです。私たちは条件法を追い払わなければならない、と繰り返し彼は言っていました。それにその計画に私は乗り気でした。私たちはできることなら自分たちの考えを検証してから提案することにしていました。そして私はそのゲームに夢中になりました、なぜなら、自分でやってみたいと夢見ていたような仕事をする機会にやっと恵まれたからです。何ごとも無視せず、物事を徹底的に調べ上げるような仕事にね。

そう、ノヴァークと私はうまく波長があいました。それはロマンのいい影響だったのかもしれませんね、彼はつねに分別がありましたし、そんな彼の見方は私よりもすぐれていましたから。ノヴァークは私には誠実な男に思われました。それでまもなく彼にたいして抱いていた疑いは晴れました。彼は私が自由にふるまうのを許してくれましたし、私の邪魔などしませんでした。私はいろいろと妄想にふけってはいましたが、罠に墜ちるのではないかという当初の怖れは消えていました。やはり、彼は自分でそのドキュメンタリー番組を作りたかったんだと思います、もし彼に編集の総指揮を執る責任がなかったり、その責任を別人に任せて数週間撮影現場に行ったりすることが可能だったとしたらの話ですが。彼が自分でせずに私に任せた仕事は毒入りのプレゼントではありませんでした。ただのプレゼントだったのです。誇大妄想は終わり、というわけです！　こうしたことは恋人のズデニュカとは何の関係もありませんでした。ある意味で、私はノヴァークの代わりに行動しようとしていたのです。彼は私を信用し、彼の行きたいところへ私を連れていったのです。私が想像していた以上に彼は私のことをよく知っていたと思います。だからこそ彼は私を選んだのでしょう。私の科学的精神を彼は私を選んだ理由に挙げましたが、それはおそらく口実にすぎなかったのです……。私は彼の手の平の上の小さくて愚直な操り人形だったにちがいありません。

ノヴァークと私は霊媒だと称する女を、どうしたら自分たちのもっとも近いところで監視できるかと想像し合いました。郵便物の開封。電話の盗聴。訪問客たちの追跡。彼女の行く先々での尾行。私たちが思いつかない手段で彼女は連絡を取り合っているのかもしれない。こんなにみごとにだれかに「似せて」作曲できるような人間は、男であれ女であれ策略の専門家にちがいありません。どんな理由があるにせよ、彼あるいは彼女は策略がばれないようにあらゆる対策を立てていたはずです。

一九九五年はまさに情報科学の原史時代に属していました。新しい技術はまだ初期段階にあり、私たちはまだ伝統的な手段で我らが詐欺師を篭絡しようと考えることができたのです。監視すべきメールなどはまだ存在しませんでした……。チェコスロヴァキアが角砂糖みたいに二つに割れたとき、ダナさん、あなたは何歳でしたか。こうしたことは何もかもとっても遠い昔のことのように思われます、二十年も前のことです……、奇妙な時代でしたね……。私たちはみな幸福感と問いかけとの間にあって、びっくり仰天していました。前夜、一つの国で寝ていたのに、ある朝起きてみたら、二つの国にまたがっていたんですから。一方にはチェコ人、他方にはスロヴァキア人と分けて、分裂増殖によって繁殖した単細胞動物みたいに、ほんの少し前から二つに分裂した国。後悔の念はすでに化膿し始めていました。そしてまさにそんなときに、フォルティーノヴァー夫人やその墓の彼方からの郵便物と立ち向かわなければならなかったのです……。私は彼女のことはほとんど何も知りませんでした。こうして私は家政婦をしたり給食を作っていたりしたことのある、音楽的にとりわけ優れた耳を持っているわけではない女性と知り合いになったというわけです。ショパンが犯したミスキャストのせいで私は悩まされました。おかげでこの件はいっそうきわどいものになりました。

ノヴァークは冷戦時代に匹敵するような監視作戦を実行するにあたって私に白紙委任状を与えてくれました。張り込みにせよ尾行にせよ……。私は監視をいくらしてもそれだけではおそらく不十分だろうと知っていました。どんな手段も許されなければならないだろうと。必要とあらば、法に抵触することをしてもいいという保証を私はノヴァークから得ていました。彼女の電話を盗聴してもたいした問題にはならないだろう、情報局に願い出てさえいればだいじょうぶだと彼は考えていました。情報局は私たちが一般に公開する前の情報を彼らに前もって伝えておくと、見返りとして私たちにちょっとした便宜を図ってくれたものです。それに、彼女の郵便、ノヴァークは彼女の郵便を忘れるなとしつこく迫ってきました。彼はむきになっていました。それをもっとよく見きわめることに成功しないと大変なことになるだろうと考えていました……。

ダナさん、私はあなたよりもずっと有利な立場で仕事をしていました、すなわち何もかもが曖昧な時代に行動することができたということです。袖の下を使うことは、当時、頻繁に行われていました。それはどの分野であれ、生き延びるための条件反射みたいなものですから。共産主義者の時代に使われていた方法は、まだ新しい方法に完全に場所を譲ってしまったわけではありませんでした。私にはあなたが持つことはないだろう自由な裁量がありました。あなたは規則やおたがいの私生活や法を順守しなければなりません。役人や警察を買収して、都合よく見て見ぬふりをしてもらうことはもうできません……。

よく考えてみれば、私はこのドキュメンタリー番組を理想的な瞬間に実現したということになります。あと十年早かったら、明らかな理由で、実現不可能だったでしょう。あと十年遅かったら、何もかもがもっと難しくなっていたでしょう……。ダナさん、私はあなたの意気込みをくじこうとしてこんなことを言っているわけじゃありません。あなたは意気揚々と戦場に向かっている、私以上にこのおかしな仕事を信じている、それはまったくもってあなたの名誉になることです。でも、あなたにひとつだけ警告しておかなければなりません。あの女性に興味を持つことによって、あなたはどれほど目に見えない幕が彼女と私たちを隔てているのかに気づくだろうと思います。もっとも成功した私の「失敗作」のことを話している今の私の姿を、いずれ思い出すこともあるでしょう。あなたは若い。あなたと私とでは、このテーブルのそちら側とこちら側とでは、言葉がぴったりと同じ重さと同じ意味を持っているわけではありません、このテーブルは今の私たちの会話以前に他の数千もの会話を聞いてきたわけですが。ビールのおかげで私の口はすっかり軽くなってしまいましたね。今晩あなたに話しているのは、この仕事を始めて以来私をもっとも豊かにした失敗のことです。他人の生活を探る仕事をしている間に私をもっとも豊かにし、自分のことをもっとも明るみに出してくれた失敗のことです。私は自分のエゴにたいする失敗のことを話しているのではありません。それは別の話です。私はあなたにこのドキュメンタリー番組の話をしているのです。それはヘラクレスの偉業のように途方もない仕事でした。後で説明することになるさまざまな状況のなかで、ついにその仕事を終えることになってしまいましたが。今私は、深淵に落ちるのではないかという恐怖を抱きつつも、さまざまな危機があるおかげではじめて前進することのできる自我の側からあなたに話しかけているのです。

ロマンは私がいたるところにオオカミを見ていると思っていました。彼はノヴァークと私が取るに足りないことを勝手に想像しては興奮していると考えていました。いつでも彼は、物事を単純に見るようにと私にアドバイスしたものです。でも私は単純にという言葉の意味がよく分かりませんでした。君は陰謀説を打ちたてているけれど、どこにも陰謀なんてないじゃないか、と執拗に彼は言ったものです。ああ、でも彼は私に反発されるのが嫌だったので慎重でした。私が的確な方向に入りこんでいるということ、そして私がとても頑固なことをよく知っていたからです。ということは、君の考えでは、彼女は毎日午後のお茶の時間にショパンを迎え入れ、おやつを食べた後、作曲家は最新作を彼女に口述するというわけだね、とある日、つっけんどんな口調で彼に言い返してしまったことがあります。そういうと、私のカメラマンは逃げ腰になってしまいました。

《俺はそんなことは言ってないよ。悪く取らないでくれよ。からかわないでくれよ、俺だって一生懸命……》

《俺はただ君の言うことを単純に一生懸命理解しようとしているだけさ、君が単純なんて話をしたからね》

《君が想像している詐欺と彼方の世界からの訪問との間には、おそらく余白のようなものがあるんだ、別の可能性というか、そうは思わないかい》

――たとえば？（好奇心をそそられて、そう質問したのはダナだった）

――ダナさん、私には時間が必要でした。何度も危機の瞬間をむかえ、何度も問題を問い直しました……。みなが受け入れ可能なものの領域を拡大するには多くの時間が必要でした……。何度も殴打に耐えた精神は、最後にはとてもしなやかなものになるのです、不思議なことですが。歳を取ると、体はこわばりますが、精神はしなやかになります。あなたは、「たとえば？」と質問しましたね。私の話をもっと聞いてください、私といっしょに何杯もビールをお代わりして飲んでください、そうしないと、何が起こったのか明確には分からないんじゃないかと思います。私が今の時点で絶対的な真理と思っているものというよりは、説明のほんの始まりにすぎないと思っているものをあなたは発見することになるでしょう。そして私のドキュメンタリー番組に登場しなかったものが何か分かるでしょう。私が自分用にとっておいたもののすべてをね。あなたの微笑みのおかげで、私はもっと話したい気分になりました。あなたの微笑みが気に入ったので、その微笑みの命令に従ってお話ししますよ。

九

その朝ルドヴィークは、ヴェラ・フォルティーノヴァーのアパルトマンに向かう階段を昇る前に、共同墓地でスラニーが撮った写真をカメラマンに見せておこうかと考えていたが、カメラマンは珍しく、約束の時間には行けないので、彼女といっしょに撮影の準備をしておいてほしいと連絡してきた。あやまりながら、二十分以上は待たせない、どんなに長くても三十分以上は待たせないと言った。

写真はまだルドヴィークを混乱させていた。写真がポケットのなかにあることを彼は指先で確かめていた。三時十五分にいったん目覚めてからなかなか眠れないでいるとき（不思議なことに、数カ月来、彼はぴったりとこの時間に目覚めていた。それは不眠症患者の夜特有の弱点ともいうべきもので、彼は五時か六時にならないと再び眠りにつくことはなかった）、彼は単刀直入にその写真を彼女本人に見せたらどうなるだろうかとあれこれ考えた。彼女がその写真を見ている間、カメラは彼女の反応を、その顔立ちや目が漏らしてしまうあらゆるサインを記録するだろう。試してみようか。彼女にその写真を見せたら、業界用語で言う「衝撃映像」が確実に撮れるだろう。だが、同時に、そんなことをしたら、監視の対象になっていることを彼女に教えてしまうも同然だ。こちらから仮面を脱ぎ捨てるにはまだ早すぎる……。おそらく、それはもっと後になってからだ。それまでにきちんとした説明が得られなかったとしての話だ。

いや、その日ルドヴィークがヴェラ・フォルティーノヴァーに用意していたサプライズはまったく別のものだった。それは最初に出会ったときにも漠然と考えていたものだが、最近の不眠に乗じてまた思い浮かんできたので、彼にはそれを考える時間の余裕があったというわけだ。ルドヴィークは自分の考えに酔っていた。つまり、彼はこのあまりにも落ち着き払った女性に不意打ちを喰らわせようと考えていた、そして、自分のカメラマンにも同様に不意打ちを喰らわせたかった――それは遅刻してやって来ることの代償をきちんと払わせ、チームのなかで指揮をしているのは自分であることを思い出させるための彼なりのやり方だった。しかしそれには危険がともなった。彼女が強く反発したり、罠が仕掛けられているのを見抜いたりしないよう、物柔らかな態度で接し、細心の注意を払わなければならなかった。

その日は、もしショパンと交信が始まったなら、口述内容をメモすること、そしてその間もカメラは回しつづけるという取り決めが彼女との間でなされていた。その後で、彼女はショパンと協議のうえ採用したと主張する方法に従って、メモの内容を五線紙に鉛筆で、しかも前もって演奏することなく書き写すという取り決めだった。

対談はそんなふうに展開するはずだった。彼女は自分がショパンと交信して、「死後の世界の楽譜」を筆写していると信じさせることができるのだから、彼女にとってはおおいに利益になるはずだ、とルドヴィークは考えた。そして、彼女は比類のない才能でコメディーを演じるのだろうと確信していた。

直感は彼を裏切らなかった。ロマンが到着して、二回目の対談が始まって三十分後、彼女は突然話すのをやめた。

——彼がそこにいます。

——彼が見えるのですか。

——ええ。ときどき交信状態がとても悪くなりますが、今はだいじょうぶです。完全なまでにくっきりと見えます。作曲したものを渡してくれるように提案してみましょう。

——その前に、あなた方に、あなたと彼にお願いがあるのですが。

袖の下にずっと隠していた切り札を見せるときがついに来たとルドヴィークは思った。ロマンにカメラを自分に向けるようにと要求しながら、彼は居間の壁に飾られている子どもたちや亡き夫を描いた肖像画を指さした。

——ヴェラ・フォルティーノヴァー、私たちはすでにあなたがすばらしい芸術的才能をお持ちなことを確認しました。この部屋のなかに飾られたみごとな肖像画がその証拠です。そして今、あなたは私たちにショパンがあなたのそばにいて、その姿を見ることができるとおっしゃっているのですから、ここでちょっとした実験を提案させてください。それはあなたの一点の曇りもない誠実さを、まだ疑っているかもしれない人たちに向かって証明するのに役立つことでしょう。あなたの訪問者が同意して、少しばかり辛抱してくれそうなら、今朝彼があなたにはどのように見えているのか、見えるがままの姿を私たちのためにデッサンしてくださいませんか。

驚愕の表情がカメラマンの顔に浮かんだ。ヴェラ・フォルティーノヴァーの方はどうかというと、冷静さを保ったまま、絵を描く道具がないのを理由に断った。

――ご存じのように、私はもうデッサンをしないのです……。この数年、私はもう何も描いていません、たくさんのものを失わなければならなかったのです……。私はもう絵を描いていないので、クレヨンもありませんし、……。

――必要なものはみんな持ってきました、とルドヴィークは彼女をさえぎり、カバンから必要な道具を取り出した。時間を十分とってくださってかまいません。その目的は、すでに言いましたように、あなたの誠実さを証明するためのものですから……。

――分かりました、と彼女は数秒後に同意した。でも、私は何も保証できませんよ。私はずっと素人として、写真を頼りに、絵を描いてきました。ですから私には時間がたっぷりあったわけです。モデルさんにじっとポーズを取らせたことなど一度もありませんので……。

あなたのモデルには永遠の時間がありますよ、と応えようとしたがルドヴィークはとどまった。彼女は引き受けざるを得なかった。そして彼は自分の仕掛けた罠に満足していた。ロマンは身動きひとつしなかった。もしそうでなければ、彼はロマンをいつもの彼の場所に躊躇せずに戻したことだろう。

なんとか撮影開始にたどりつくことができた。

ルドヴィークはデッサンを描いている彼女がサロンと台所の境の通り抜け扉の枠のなかの空虚な一点をじっと見つめていることに強く好奇心が刺激された。というのも、彼自身はそこにいかなる存在も見えていないのに、彼女はそのモデルがあたかもそこにいると信じこませようとしているように思われたのだ。ヴェラの目は紙とその一点との間を往復していた。ジャーナリストは考えた、なんとまあ首尾一貫した贋作者だろう。彼は紙の上でクレヨンの方向を決定している彼女の左手を、次に、床から一メートル六〇から六五センチほどの高さの一点に没頭している彼女の目を見つめた。そしてショパンの身長がどれほどだったのか伝記を読んで調べないといけないなと考え、驚き、いらだった。いらだった、というのも、そんな考えを持つことによって、つまりショパンの実際の身長を確かめようなどと考えることによって、不注意にも、知らず知らずのうちに敵の術中にはまっていたからだった……。そう、彼は、一瞬のことだったとはいえ、思考のコントロールを失った自分に腹を立てた。このいらだちの発作が過ぎると、彼は彼女が消しゴムで消したり、描きあぐねたりしているのを見て喜んだ。彼女はびくついている、と彼は思った。おそらく彼女は、なんとか切り抜けようとして、ウジェーヌ・ドラクロワやアントニ・コルベルク〔一八一五—一八八二、ポーランド出身の画家、ショパンの友人〕の描いたショパンの肖像画を思い出そうとしているにちがいない。彼女は俺をうらんでいるだろうか。彼はまさにこの瞬間、彼女の頭のなかで起こっていることが書かれた台本があったならどんなに高い値段でも買うぞ、と思った。

　追い込まれた彼女は、もっともらしい理由をつけてすべてを中断しようとするだろうか。こんなに長い時間注意力を維持することはできないとか、交信状態がよくないとか言うのだろうか。彼女は、短波放送から流れてくる声が突然消えたり、再び現れたりするように、亡霊の輪郭があまりにもぼやけてきたので、具体的なものは何も描くことはできないなどと口実をつけるだろう。うろたえてしまったとか、ショパンは水蒸気で曇ったガラスの後ろに隠れてしまったなどと言いわけするだろう……。

しかしヴェラは何も言わなかった。彼女は同じ一点に目を凝らし、そうして時間が過ぎていった。紙はかすかにきしむ音を立てていた。

彼女は奮闘していた。ルドヴィーク・スラニーは彼女がこんなに長時間耐えられるとは思ってもみなかった。彼がすわっている肘掛け椅子からは（彼はその椅子から立ち上がることができなかった。ヴェラの邪魔をし、インタビューが突然終わってしまう責任を負わされたくなかったからだ）、紙の上で何が起こりつつあるのかを追いかけることはできなかった、ただし、厳かな沈黙のなかで、昆虫の歩みや地震計の針にもたとえ得るようなかすかにきしる音が聞こえていた。彼に見えていたのは、彼女の顔が変化する様子だった。彼女は眉をしかめたり、額に皺を作ったり、目を細めたりした。それから、麦畑の上を通り過ぎる雲のように、彼女の顔の上につかの間現れる表情があった。そうした表情のかなりのものは、倦怠であり、失意であり、さらに、わずかではあるが、混乱のはじまりを示すようなものもあった。それにしても彼女はなんてすばらしい女優なんだろう、とルドヴィークは思った。彼はそのときになって初めて、アパルトマンにリラの香りが漂っていることに気がついた。

ある瞬間、彼女は沈黙を破った。ショパンの顔立ちは捉えられるけれど、その他の部分、たとえば髪の毛とか耳とか、襟巻のなかの首などは粗削りなままにするが、それでもいいかと尋ねてきた。ルドヴィークは顎を動かして同意した。彼は敗走中の彼女の邪魔をしたくなかった。彼女が身動きできなくなってほしかった。白い紙が流砂のように彼女を捕えて離さないでほしかった！　興奮した様子がヴェラの皺を寄せた額にますます見られるようになった。しかし彼女は強情だった。まるで、新たにエネルギーが注ぎ込まれたかのように、彼女はデッサンを始めたときの集中力を取り戻したようだった。彼女の目のなかにときどき稲妻のような光が走った。それからさらに長く張りつめた時間が過ぎた。その後で、彼女は振り向きもせずに二人に言葉をかけた。

——彼の表情を捉えることができたと思うわ。目はやっぱり一番難しいわね……。目と唇！　それさえ描ければ、あとの部分はひとりでにできてくるものよ……。ご自分でも見てください……。どう思いますか。

彼女はあいかわらずカメラが回っていることなど忘れて、二人に紙を見せた。今まさに出現しようとしている顔の断片を前にして、ルドヴィーク・スラニーは震えた。単に彼女は立派な女優だっただけでなく、絵を描く才能も失ってはいなかった。彼はその目が間違いなくショパンのものかどうか言うことはできなかっただろう。しかし、それは彼女がごまかそうとして、自分の純粋な想像の産物を描いたものではなかった。そのため、彼女が続きを描き始めたとき、ジャーナリストは少し気分が悪くなった。今のところ、彼女はショパンの「顔の一部」を描いたにすぎなかった。目と小鼻と……。そして、今度は口に挑戦してみると言うのだった。

しかしデッサンの時間はその後それほど長くは続かなかった。まるで、目の表現が捉えられた後(彼女の言うように)、その他の部分は降参したかのようだった。彼女が虚無から奪い取ってきたものが、まるで現像液にひたされたかのように、少しずつ紙の上に現れてきた。唇を完成させながら、ヴェエラは両目との接合作業に取りかかり、鼻筋を完成させた。それから髪型や耳や首を素描した。彼女はこうした顔の近郊部分はあまり重要ではないと感じているのだ。そしてその努力の成果をルドヴィークに差し出したとき、彼女は微笑んだ。彼は自分の右手がポケットの底でポラロイドの写真を握っているのに気づいた。「封印」を振りかざす用意はできていたが、彼は自制した。復讐の料理を彼女に食べさせる喜びはさらに後の時間まで待たされることになった。

彼女のデッサンを見て、そこに少しだけ横を向いたショパンの姿を認めないためにはよほどの悪意がなければならなかっただろう。彼の目の穏やかな謙虚さ。特徴的な鼻の隆起。ロマン・スタニェクは思わず感嘆の叫びをもらした。そのうえ、辛抱強くデッサンされたショパンはそれとなく冷笑的な表情を浮かべていた。

　この息苦しい沈黙を早く破らないと……。呆然自失したルドヴィークはこの不愉快な感覚を排除しようと、この沈黙の後の瞬間を埋める必要があった。

――これはどちらかというと若い時のショパンですね……。

――二十七とか、せいぜい二十八じゃないでしょうか。いずれにせよ、まだ病気や苦痛に苛まれていないころのショパンです……。

――バレアレス諸島での試練以前〔ショパンは一八三八年から三九年にかけて結核治療のためにバレアレス諸島のマジョルカ島にジョルジュ・サンドとともに滞在している〕ということですね。

――一八三六年か一八三七年でしょう。

――あなたにはこんなふうに見えるのですか。彼はいつも同じ様子ですか。あなたにたいして彼はどんな振る舞いをするのですか。

――いつでもこんな感じです、確かに。ライトブルーの美しい目をしています。彼の態度はどうかというと、それは二つの言葉で言い表すことができるでしょう、上品さと慇懃さですね。ときどき、私は感じるのですが、彼は私がもっと早く理解して書くことを望んでいるのです。でも人間はそう簡単には変わりません、私は音楽について行くのがやっとです……。でも彼はけっして我慢強さを失うことはありません、声をあらげることもありません……。私の不注意を二人で笑うこともあるんですよ、それに、日常的なテーマで冗談を言いあうこともあります。私たちは音楽のことしか話さないわけではないのです……。生前の彼はこんなだったのでしょうか。私に会いにやって来るショパンは不機嫌そうではありません。憂鬱の犠牲になったロマン主義者などといったところは少しもありません。最初、それが私をいささか当惑させ、驚かせました。

デッサンが彼女を疲れさせたので、彼らは口述された曲を書き取っている場面の撮影計画を翌日に延期した。通りに出たルドヴィークは、歩きながら、ほとんどささやくようにカメラマンに話しかけた。

——どんなことをしたら、あれほど正確に人の顔を完璧に記憶して再現して見せられるんだろうな。彼女の記憶は俺にはハッタリをかけているように見えるんだが、君はどう思う。

——記憶力だって？　ここで記憶力なんて関係あるのか。

突然、ルドヴィークは自分が独りぼっちだと感じた。ロマンはいい仕事をしてくれていた。しかし、この件に関していえば、二人の波長は合っていなかった。それがいらいらの原因だった。どうしてこれほどまでにロマンはヴェラ・フォルティーノヴァーに「魅せられて」いるのだろう。ルドヴィークは考えこんだ。推論する能力が変質してしまったのだ、と彼は判断した。ロマンはジャーナリストとして自分の扱う主題を冷静に考察するために保つべき距離を取れなくなっているのだ。おそらく期待していた支持が得られなかったために、ルドヴィークはロマンにポラロイド写真を見せた。

——これは何だい。

——彼女は夫の眠るオルシャニの墓を訪ねた後、もうひとつ別の共同墓地に行ったんだ。万聖節の日だったけれど、彼女はその墓のところでじっと瞑想したんだ。その写真を撮ったのはチェルニーだ。彼もまたどういうことなのか事態がよく分かってないみたいだ。

——この墓石には名前が書かれていないな！

——そう、そこなんだよ。間違えるわけがない、チェルニーは断言している。彼女はそこにしばらく残って、瞑想したり、枯葉を払ったりしていた……。その墓石はアーケードの列のすぐ近くにあるので、探し当てるのは簡単そうだ。

——これはヴィシュフラドにあるのか。

——そうだ。

——君は説明を求めなかったのかい。

——フォルティーノヴァーにかい。

——そう。

——そんなことをしたら、彼女を尾行していると教えてやるようなものさ。まずは、探偵に仕事をさせておこう。彼は俺たちにおもしろい情報を提供し始めているからね。

十

こうして私たちは日々のページを一枚一枚めくっていく、その日固有の味わいをくみつくすことなく。それら小さな宝石の数々は、私たちが安堵のため息をつく前に、私たちの元から去ってしまう。私たちはそうしたページにざっと目を通しただけで、すぐにその続きを知りたがる。それでも欲求が満たされないので、あるいは「冬」、あるいは「夏」、「春」、「秋」と題された次の章に移っていく。そうこうしているうちに、もう「新年」という次の部に来てしまった。こうしてページも章も、ワルツやマズルカ、あるいは新しい局面を予告する序曲のリズムに乗ってむさぼり食われてしまう……。それらのメロディーはタイタニック号のオーケストラが最後まで乗客たちの気を紛らせようとしたように、私たちを楽しませてくれる。葬送行進曲を待ちながら、気分を変える必要がある。

デッサン用紙の上にショパンが姿を現した翌日、ルドヴィーク・スラニーとそのカメラマンはフォルティーノヴァー夫人を再び訪ねた。今度は音響の専門家もいっしょだった。口述された曲を書き留めているときの彼女を映像に収めようとの魂胆だった。彼女は意図的に曲を一曲暗記したのだろうか、そしてそれをあたかも発見したかのような顔をして見せるのだろうか。録音の機材や「マンダリン」やカメラなどを目にして、ルドヴィークは笑いたくなった。そう、彼女なら相手が合理主義者だろうが、デカルト主義者だろうが、作り話でだまして、やりたい放題だろうさ！　お好みの手品で俺たちを唖然とさせるさ、帽子のなかからウサギの代わりにショパンを取り出して見せるさ！　みなさん、このピアノをよくご覧ください……、何も見えませんね。でも五分したら、ピアノからマズルカが聞こえてきますよ、するとみなさんは私に言うでしょう、こんな曲、これまで聞いたこともない……。

すべての準備が整い、待ちに待ったものが沈黙のなかで始まったとき、ルドヴィークは罠を仕掛けた猟師のような気分になった。だが、彼は知っていた、相手はとりわけ狡猾な動物だということを。「Schadenfreude」〔他人の不幸を喜ぶ気持ち〕、このドイツ語にぴたりと対応するチェコ語は存在しないが、そのときの彼がこの語を翻訳したとしたならば、それは「ヴェラ・フォルティーノヴァーがつまずくのを見る喜び」とか、「彼女が仮面を剥がされ、メディアから忘却され消え去るだろうと考える喜び」とでもなっただろう。この語が彼の頭に浮かんだのは、気まずそうな顔をしている彼女を目にしたからだった。

彼はその日、撮影が始まってしばらくした後に、彼女が交信がうまく行かないふりをして、後日また試みたい、天空の妨害機器のようなもののスイッチが切られたときにまた試みたい……などと切り出してくるのではないかと予期していた。もし監視が実を結び、詐欺をついに証明することができたなら、映像に付けるコメントで彼は次のように言うことだってできるだろう――よくご覧ください、まさに今、彼女は国境の向こうから使者がやって来るのを待っているふりをしています。その境界線はもっとも堅固な国境で、これと比べたら、ベルリンの壁なんて大工仕事にすぎません……」。ルドヴィークはそんな思惑を抱いてじっと待っていた。しかし、彼は自分のなかでそれとは違う何かが蠢いているのを感じていた。それは、まだ名前のないもの、彼の精神がこれまで一度も抱いたことのない新しい好奇心だった。まるで、学校の中庭の低くなったところに作られたトイレのなかで初めて仕切り壁にあいた小さな穴からのぞき見しようとする子どものような気分だった。

彼女は、部屋のなかでこのように撮影スタッフに動きまわられたら、何もお約束できないわと前もって彼らに通告していた。しかし、彼らはほとんど待たないですんだ。五分後、彼女はいつもの肘掛け椅子からピアノ用の椅子に移り、そこで、体を前に傾け、左手で音楽ノートを譜面台に押しあてて安定させてから、書き始めた。彼女は紙と五線以外は何も見ずに集中して書いた。これらすべての音符、五線の上に置かれたとても小さな全音符はまるで電線にとまった燕のようだ、とルドヴィークは考えた。「スケルツォになりそう」と彼女は予告した。「何かキラキラ輝いて、生き生きとしたものを今日私たちに渡してくれるよう、お願いしてみました……」。彼女は鉛筆で二分音符、四分音符、八分音符を書いていた。そしてときどき、よく理解できなかったときには、彼女はそれら黒鉛の塊を消した。「作曲されたものが間違いなく彼の手によるものだと証明できる指標のようなものを何か曲中に滑り込ませることができるかどうか尋ねてみました。音楽学者を納得させることのできるような目印とでもいうか……」。

線の数を数えるときのその独特なやり方から、彼女が自信満々なわけではないことが伝わってきた。ときどき、鉛筆の先を紙から数ミリほど浮かせたまま、書き取りの作業を中断することもあった。その後、再び紙がかすかに軋る音が始まった。ルドヴィークとロマンは、咳や咳払いをして邪魔することになってはいけないと思い、ほとんど息をすることさえひかえた。ここで演じられていることは後々まで影響をおよぼしかねない問題だ、とルドヴィークは考えた。この疑わしきショパンは自分の作った音楽がショパンの曲だと信じさせないかぎり、みなの同意を得るチャンスはないだろう。そのため、ルドヴィークはその曲がどのようなものなのか早く聞いてみたかった。今生まれつつある楽譜は作曲家の肖像が入った偽札にすぎなかった。しかしその偽札造りに才能があるかどうか、それはまだ分からなかった。もうすぐ、もうすぐ、といらいらしながら、彼は彼女が書き留めたものを聞いて、その鑑定を専門家に依頼したいと考えた。

今や彼女は、音符を、しかも八分音符の符尾やそれらを結びつける線をも手を止めることなく書いていた。なんて規則正しい動きだろう……、とルドヴィークは驚いた。彼女が紙の上にばらまいている点はひとつ上のオクターブに向かってよじ登るかと思えば、また別のときには下に向かって転げ落ちていた。書く手を止めずに、彼女は自分がしていることにコメントをくわえることもあった。まるで、脳の一部を使ってこの世の中を動きまわりつつ、別の一部を使ってあの世を動きまわることができるかのようだった。あるときには、「そう……、ほうらできた……」と、彼女が独り言を言うことがあった。さらには「ソ……、レ……」と音符を口ずさむこともあった。彼女はまず左手のための五、六小節を書き、それから右手の楽譜を同様に書いた。集中しつつも、彼女はけっしてそのにこやかな表情を失わなかった。「この通りだとは思わないけれど……」。そう言って彼女は二、三小節演奏して、低い声で結論づけた。「これでいいわ……。私が書いているものはときどき変に思われるでしょうね……、でもそういうことなのよ……、ミスは簡単に犯してしまうものだから……」。

四十五分ほどたったとき、彼女は残念そうな顔で彼らの方をふり向いた。「彼はもうそこにはいません。コンタクトがなくなると困りますね。おそらく私は少しばかり緊張しているんだと思います」。

彼女はパニックになっているわけではなかった。こうしたことはよくあるのだろう。ヒューズが飛んだので、換えたら、また電気が復活するということなのだろう。彼女は緊張を緩めて、何もせずに鍵盤を見ていた。それから、しばらくした後、安心したような声で彼らに言った。「大丈夫、私にはまだ彼が見えています。こんなふうにすわったら前より調子がよくなりました」。

少し前から、ルドヴィークはなんとも定義しがたい気分の悪さを追い払うことができないでいた。ズレという言葉が彼の頭のなかに浮かんでいたが、彼はそれを論理的な言葉遣いのなかに正しく位置付けることができないでいた。おそらくそれは、頭で前もって考えていたことと、実際に見て確認したこととのズレなのだ。その場面を観察し、彼女を観察することによって、そうしたズレがおそらくは、彼女が自分のしていることに完全に没頭しているということに由来するのだと彼は思った。心の奥底では、彼はそれを認めたくなかった、しかし、彼女のしていることのすべてを自分の目で確認した彼は、彼女が芝居をしているわけではないということが分かった。

あるときなど、彼女はあいかわらず少しからかうよう調子の声で、彼らにこう言った。「うーん、彼はもっとスピードアップするように要求してくるのよ……。これ以上早くなんて無理なのに……」。

そして彼女は記譜の作業を続けた。

「曲はまだ完成してません。あまりにも難しくなり、ますます聞こえが悪くなったので、ミスを犯しそうだったわ」と、彼女は書き始めてからほぼ一時間経った後に作業を中断してそう言った。心残りがあるように見えた。とはいえ、必要以上に残念がっているようでもなかった。「《今半分くらいのところです、あと数日もすれば終わるでしょう。今日そこに書いたものは演奏にして四、五分ぐらいにあたるはず》と、ショパンは私に言いました」。

数小節足りないと彼女は考えていた。ただ、だからといって彼女が不安がっているというほどではなかった。ショパンは口述を終えるとき、三十二小節分を彼女に伝えたと言ったのだった。ところが彼女が何度数え直しても三十小節しかなかった。「交信の間に二小節消えてしまったんだわ。次回にでも彼と二人でその点を確認しないと……」。

だれも彼女にそうして欲しいとほのめかしたわけでもないのに、彼女は全体を弾いてみたがった。そして自分は経験豊かなピアニストではないことを念押ししつつ、それほど苦労もせずに演奏しはじめた。ルドヴィークはカメラの存在を忘れるほどに演奏に没頭している彼女を観察した。彼女が書き写したものはとりわけ困難なものだったに違いない。というのも、数小節弾いた後で、彼女は急にやめてしまったからである。

――ごめんなさい。今日はもうこれ以上きちんと注意を集中させることはできないわ。練習しないと……。

――ちょっと失礼。

そのとき、これまでじっとしていた録音技師がピアノの方に進んだ。

――自分はもう定期的にピアノを弾くことはないんですけど、昔から楽譜を解読しながら弾くのはずっと好きだったので……。ピアノ、弾いてもいいですか。

電線の上の燕に似ていた音符はこの録音技師の合図によって音になった。ルドヴィークは、この瞬間、カメラマンもまた自分と同じような状態に陥っただろうと考えたはずだ。それは自分が囚われの身になっていると感じる、定義しがたい状態だった。それは驚嘆から称賛へと向かう一本の線上のどこかに位置する状態だった。どうして自分が聞いて美しいと思ったものを自分に隠す必要があるだろうか。それは想像力を欠いた素人が真似て作ったような単純な和音などとはかけ離れたものだった。ルドヴィークの顔は青ざめていた。ロマンが大丈夫かと聞いてきたので、録音技師にあんな才能があるとは知らなかったよと答えるだけにとどめた。それから技師に感謝を示して、初めて聞かせてくれてどうもありがとう、この……、その……、——ここまで話して言葉に詰まった彼は文を最後まで続けることができなかった。

＊

ロンディーンスカー通り五七番地の入口の通路は暗くて長かった。しめた、とパヴェル・チェルニーは以前にも来たことのあるその場所を見てつぶやいた。廊下の壁は一面郵便ボックスで覆われていたが、郵便配達夫がそこにやって来る時間は五線紙のように厳しく決められていた。つまり、毎朝九時四十分きっかりだった。その数分後、配達夫は建物を出て、次の建物へと向かうのだった、あたかも大昔からそれしかしたことがなかったかのように。

チェルニーの一日の最初の仕事は、ほとんどの場合、郵便配達夫が建物を離れるやいなや郵便物を引き抜くことだった。彼は通路の奥に入っていって、照明のタイマーも押さずに、長くて細い指を使ったり（彼の母親は、お前はピアニストの手をしているとよく言ったものだ）、あるいは、ピンセットや鳥もちを先端に塗った鉄線を使ったりして、その日の郵便物を捉え、ボックスから抜き出していた。手練手管を心得ているこの男には、それは数秒もかからない作業だった。当然のことながら、だれかに不意打ちされることを考えて、彼は前もって対応策を用意していた。というのも、彼はいつでも広告のちらしを一束持参していて、万一の場合、それを配布しているふりをすることもできたのだ。

とはいえ、彼の「ミッション」が邪魔されることはめったになかった。そのまれなケースが起こったのは、ある晴れた日の朝で、入口のドアを開けると、逆光の中に二人の男が立っていた。照明のタイマーが入れられ、チェルニーが自分の出資者、つまりテレビ局のジャーナリストとカメラマンの姿を認めたとたん、アドレナリンの突然の噴出は収まった。二人とはちらりと視線をかわすにとどめた――仕事中はおしゃべりなどしないものだ……。そしてもちろんのこと、二人を彼女の家まで追いかけることもしなかった。その日、ヴェラの家に着いたルドヴィークは、亡霊の関心事項についていくつか質問をした。ショパン（ルドヴィークは亡霊のことをそう呼ぶことに決めた。それはその方が便利だし、霊媒のヴェラを味方につけるためでもあったが、そのことにためらいがないわけではなかった）は、自分の作品がどのように受け入れられているのか、それがどのように演奏されているのか知りたがっていますか。一部の人たちの演奏の仕方に何か意見を言うことはありますか。

そうした質問が繰り広げられていた頃、パヴェル・チェルニーは帰宅して、郵便物に蒸気をあてて開封し、中身を調べてから、再び封筒に糊を塗ろうとしていた。そうすることによって、翌朝、その日の郵便物をボックスから引き抜いた後、前日の郵便物をボックスのなかに滑り込ませることができるのだった。

それより三階上のところで、ルドヴィークは、探偵は今ごろおそらく郵便ボックスから見知らぬ男が送ってきた楽譜を抜き出しているだろうと考えていた。その蓋然性が彼に落ち着きを取り戻させた。彼はあいかわらず取り乱すことのない、誠実すぎてこちらがどぎまぎしてしまいそうなヴェラ・フォルティーノヴァーへのインタビューを続けていた。だが、最後に笑う者が勝者なのだ、彼女を追い詰めてミスを犯させることもできるだろう、と考えた。彼は人生でつらかったときに彼を支えてくれた言葉を自分に向かって言い聞かせていた。その言葉は座右の銘にまでなっていた。「勝利は他人より十五分長く耐え忍ぶことのできる人間のものだ」。この一文は彼が考え出したものではなかった。日本の偉大な戦略家、乃木大将の言葉だとされていた。乃木は長期にわたる包囲の後、旅順でロシア軍を降伏させた人物だ。こちらを唖然とさせるほど自然にふるまう奇妙なフォルティーノヴァー夫人より十五分長く苦しめば勝てる、かわいそうなルドヴィーク大将はそう考えた。というのも、さしあたり、彼女は苦しんでさえいないように思われたからである……。

ジャーナリストはしたがって、ショパンが当代随一のショパンの弾き手、サンソン・フランソワやホロヴィッツやアルゲリッチやポゴレリッチといった人たちのことをどう考えているのか、彼女が語るのを聞いていた。彼は彼女の言葉に耳を傾けながら、これはすばらしいドキュメンタリー番組ができるぞと喜んだ。愛好家たちはなんとしてでもこの場面を見たいと思うだろう。あなたと同じように霊媒の才能を持っていたハンガリー出身の女性ヴァイオリニストは、ウィージャ〔心霊術で使う占い盤〕を使ってロベルト・シューマンの霊を呼び出し、いくつかの作品について最良の演奏手法は何かという明確な質問を投げかけました、とルドヴィークはヴェラ・フォルティーノヴァーに話をした。あなたはショパンの口述筆記をするとき、その女性音楽家がしたように、こうした点を問うことはあるのですか。

——私はすべて言われたことを書き写そうと最大限の努力をしているのです……。私がミスをすると、彼は私をしかります。ときどき、どうしようもなくなることもあります。交信が混濁してくると、その日はもうそれでおしまいです……。私は可能なかぎり自分の集中力を維持しようとしていますが、すでに言いましたように、私は音楽教育を受けたわけではありません。私はしばしば自分が無力だと感じます……。実際、よく考えるのですが、ショパンが私を選んだ理由は――そして、たとえば、あなたが今話されたハンガリーのヴァイオリニストのような人に目をつけなかった理由は、私が音楽など何も知らなかったからではないでしょうか。そう思いませんか。私にはどんな個人的なアレンジも加えることなどできません。私はけっして変形したり、作り直したり、要するに議論したりする誘惑にかられたことは一度もありません。ですから、私は彼にはいっさい質問などしないのです。

――それはおもしろい……。彼は完璧に愚鈍な人を必要としたのですね。

――彼はそういう賭けをしたのです、そう私は確信しています。私みたいに善良で間抜けな老女に訴えた方がよかったのです……。

彼女はずるがしこそうに微笑んだ。明らかに彼女は自分の言っていることを信じている、と改めてルドヴィークは認識した。彼女がすばらしい役者ではなく、逆に、自分の話していることを心底確信しているのだとしたら。この仮説は彼をいらいらさせもしたし、また同時に誘惑もした。

ジャーナリストたちは彼女のアパルトマンを辞した。彼らは三人とも、夢見心地でゆっくりと歩いた。録音技師の車の前で別れようとしていた。そのとき、録音技師が沈黙を破った。

――こんなこと信じられないや。でも彼女の書き留めたものを解読しながら演奏し始めたとき、なんというか、自分がショパンの作品のなかに入りこんでいるような気がしたな。

彼らは三人とも深刻そうな様子をしていた。ロマンがみんなの気分を盛り上げようとして、こんなことを言った。

——俺たちに欠けているものは、プロスペロ・ラパゲーゼ〔ブラジルの科学者〕が開発しようとしていた機械だけだな……。聞いたことないの？　それがあれば今のようなときにおおいに助けになっただろうな。彼の機械は肉体から分離した魂の声を録音し、写真に撮ることをめざしていたんだ。もしそれがだめなら、ジョルジュ・ミーク〔アメリカの技師、発明家〕のスピリコンを試してもいいんじゃないか……。

——交霊術者君、分かったよ、もし君がドキュメンタリー番組制作の責任を取り、このままずっとあの気ちがい女の言うことを鵜呑みにするというのなら、俺の地位を君に譲ってもいいんだよ……。

怒りを爆発させることが大嫌いだったルドヴィークは、こう言った後ですぐに後悔した。状況が自分の手に余り、圧力鍋のように心が不安で沸き立つようなとき、こうしたことが彼に起こるのだった。

*

いまのところ、郵便ボックスからはいかなる疑わしい痕跡も発見できなかった。諜報の世界とメディアの世界との間に昔から存在している近親相姦的な関係のおかげで、そして、そうした関係に法的な曖昧さがなおも残っていたおかげで、フォルティーノヴァーの自宅の電話は盗聴されていた。監視態勢は完璧に機能していて、彼女の住む建物の近くになんなく停めることのできる車のなかから、チェルニーは毎朝監視しては尾行を続けていた。今や、彼は彼女のひいきの店がどこなのかも知っていたし、この熱心に歩きまわる女性の頻繁にたどる散歩コースを目を閉じたままでもひとりで歩くことができるほどだった。マサリク岸、でなければ別の堤、ヤナーチェク岸に沿って彼女は歩くのだ。そこを歩いた後で、彼女は左岸の小径のなかに消え、それからペトシーンの丘に登り、そこで彼女は歩く速度をゆるめてぶらぶら歩いてから、丘を抜けて、ロプコヴィッツ宮殿の上に出る。寒さが彼女の気をくじくことはなく、雨が降ろうが彼女は何とも思わない。天気がいいときは、このソーラー電池を装着したような歩行者は活力を倍増して歩き回るので、彼女はチェルニーを疲れさせようと心に誓っているのではないかと思わせるほどだった。そんな彼女をチェルニーは呪っていた。

　彼女は定住者兼孤独者であった。尾行する人間にとって祝別されたパンのようだった、というのも、彼女は町の外に出ることはけっしてなく、タクシーに乗らず、ひたすら歩きまわるだけで、公共交通機関を使うにしても町の中心から外れたところに行くときに限られていたからである。

　彼女は孤独な女性だった、だがいつもそうというわけではなかった。彼女には二人の女友だちがいて、彼女はその友だちと町の中心のカフェで会っていたが、二人いっしょのときもあれば、別々のときもあった。まったくもう……。彼女はその女友だちのうちのひとりとルツェルナで定期的に会っていた。それは時間を気にせず延々とチェスをするためであった。彼女たちは、いつもアーケード街の天井の大ガラスに近いテーブルの席を占めていた。チェルニーはカウンターのバーに肘をついて、部屋を二つに裂く船首像のように怪物じみて暗い様子をしていた。探偵はそこに長居する気はないとでもいうように黒革の上着を着たまま、「人民新聞《リドヴィー・ノヴィニ》」〔プラハで発行されている日刊紙〕の紙面に没頭し、最初から最後まで読んでいるふりをしていた。実際は、正面の大きなガラスに映った彼女から目を離さなかった。ときどき、ざわめく声が部屋に通じる階段の方から聞こえてくることもあった。それは隣の映画館の上映が終わったときだった。探偵は我慢した。こうしてまた無駄な一日を過ごしてしまった。彼の鼻先をつかんで引きずり回す女は彼より数手先にいて、おそらく引き出しのなかに贋作を数十と隠し持っているのだ、それゆえに彼女はこうしてのんびりとチェスをしていられるのだ……。それなら、こんな監視をしたって何の役に立つのだろう。カウンターのスツールの上で長時間殉教者の状態を強いられたチェルニーの背中も尻も悲鳴をあげていた。映画を観終わった集団が階段を降りてくるとき、彼はときどきそっと抜け出て、ヴォディチュコヴァ通りやシュチェパーンスカー通り方面に立ち去ることもあったが、建物の二階ではポーンやナイトが常軌を逸した長考の末にやっと動かされたところだった。

どれほど多くの午後の時間を、パヴェル・チェルニーはピアノや入口をうかがいながら、カウンターや遠くのテーブル席で過ごしたことだろう。彼には頭のなかで手榴弾がはじけるような、場違いで突飛な考察に身をゆだねてしまう時間がたくさんあった。ストップ、パヴェル、ストップ、時代は変わったんだ、お前はもう探偵小説のなかにいるわけじゃないんだ、と彼は自分を鎮めようとした……。ある日、彼はフォルティーノヴァー夫人のチェスの相手のポーンの動きは贋作曲の音符を伝えるための一種の暗号なのだと確信した。ストップ、お前は変だぞ、と彼は繰り返し自分に言った。ミサイル基地の図面を盗みにきたわけじゃあるまいし。もし彼女の友だちが楽譜を持っているのなら、封筒に入れて手渡ししただろう、そしてそれですんだ話だろう……。探偵はこう考えた、あの女はお前をいらいらさせる、お前が以前追い詰めていた体制の敵たちは全員ここでもう降参していたというのに……。

彼女の外出に「付き添った」夕方のこと、これから再び彼女が外出することはないだろうと確信した彼は車に滑り込み、冷えこんだ車内で、四階の窓に明かりが灯るのを待った。明かりがついた瞬間、はじめて彼はエンジンをかけてもいいと判断した。彼はラッシュアワーの時間帯に自分のアパルトマンのあるジーチャニ方面まで長い道のりを走らねばならなかった。彼はほっとした気持ちでエンジンキーを回して、風呂に入ることを夢見た。二度、三度とキーを回したが、エンジン特有の音は後部から聞こえてこなかった。反応なし。なんてことだ。クソ、彼はののしった。それは雪の溶けた晩で、十九時を過ぎていた！　彼はその夜、公共交通機関に乗って帰宅する自分の姿など想像できなかったし、元妻が彼をブラックリストに載せて以来、予告なしに友人知人を訪ねていって呼び鈴を押したところで、だれが彼を泊めてくれるのか、もう分からなくなっていた。六〇年代製のオンボロをその場で修理しようという考えは、一秒たりとも脳裏をかすめることはなかった。彼は街の女さえ顔を赤らめるような呪いの言葉を呟きながらハンドルを何回か激しく叩いた。縦長のネオンサインが憤った顔を間歇的に青く染めた。フロントガラスに身を傾けて外を見まわしていたとき、彼は自分が車を停めているのは五〇番地にあるルニーク・ホテルの近く、実際は五七番地の正面だということを思い出した。なあんだ、そこだったんだ！　まだホテルに部屋が残ってさえしたら……。彼にはホテルに特別な用件などなかった、だがそんなことはどうでもよかった、一晩だけなら。

十分後、彼は獲物が住んでいる階のほぼ正面の五階に腰を落ち着けていた。毎年今ごろの時期は、ホテルの半分は空っぽなので、部屋を選ぶことができたというわけだ。身分証明書に記載されている住所はもう正しいものではない、今はチェスケー・ブジェヨヴィツェ街に住んでいる、と彼は受付で言った。そして記入用紙にいいかげんな住所を書きこんだ。何泊お泊りですか、と聞かれたとき、彼はもう少しのところで、一晩、ほんの一晩と答えそうになったが、考え直して、明日知らせるから、と答えた。問題ありません、ご存じのように、十一月は……。

そして今、彼はロンディーンスカー通りと故障して放置した自分のスコダを上から見下ろした。彼はチェスをする女からおそらく二十メートルも離れていない闇のなかに潜んでいた。見つからないように部屋の明かりをつけないままでいた。だが、そもそも、ここにはずっと前から宿泊客がつかの間の隣人として次から次とやって来ては泊まっていったわけだから……、今さら彼女はそんな隣人たちに全然注意など払わないに違いない。

ルニーク・ホテル。どうしてもっと早くこのホテルのことを思いつかなかったんだろう。ありがたいことにあの車のエンジンは信用がおけなかった……。ムラダー・ボレスラフ〔チェコの中央ボヘミア州の都市〕の工場は結局のところいい仕事をしたということになる。

彼は乳汁色の光が部屋の内部にまで入りこんで自分の存在がばれてしまうのではないかと怖れ、レースカーテンを前もって引いておいた。望遠レンズをのぞいている彼は、正面に見える彼女の居間のピアノの近くに腰を下ろしているのも同然だった。彼女に贋作を渡そうとしてやって来るどんな訪問者でも不意を襲って捕まえることができるだろう。それに五七番地の入口を俯瞰して見ることができるので、建物に入ってくる人間も出て行く人間もみな写真に撮ることもできるだろう。何日間かここに留まるのも悪くはないな、必要とあらば、一、二週間いよう、と彼は考えた。ノヴァークも気前のいいところを見せてくれるだろう。

その夜、ショパン夫人は、チェルニーもまた彼女のことをこのような綽名で呼び始めたのだが、右側の台所で夕食を取っているにちがいない、そのため、居間は優しい薄明かりにひたされていた。奥の方では、廊下の明かりが黄色い四角形を浮かび上がらせていた――それはアパルトマンの他の部分との連絡口だった。この元秘密諜報員にとって、探偵からパパラッチに変身するのに三十分もかからなかった。世界のだれも自分がどんなところで密航者になったのかを知る由もないと考えただけで、彼はちょっとした幸福感のようなもの、いくつかの香水がもたらすことのできるくらくらさせるような幸福感を味わった。そのせいで彼はうっとりとした気分になった。みんながいると思っているところにはいず、だれも考えもしないところにいるという考えに。

　ホテルの近くですばやく夕食をすませ、三十分もしないうちにまた帰ってきたが、部屋の明かりはつけなかった。あいかわらず、彼女のアパルトマンの居間の奥には黄色の四角形が見えていた。その黄色の四角形の奥に、もうひとつ別のドアが見えていた。彼女の寝室は建物の後方、おそらく樹木が植えられていたり、車が停められたりしている中庭に面しているにちがいない。そちらの方が落ち着けるので、彼女は夜をそこで過ごすはずだ。そのため、探偵はついにはストールを下ろして、ブドヴァル〔チェコの南ボヘミア州で醸造されるビールの銘柄〕を飲みながら、テレビ・ノヴァで外国のシリーズ物を見た。彼はすぐに眠りについた。朝になって、前夜、もっと長く彼女を監視しなかったことを後悔した。ほんの数分のちがいで、謎を解く鍵を取り逃してしまったのではないだろうか。

十一

ポラロイド写真と探偵から提出された報告をもとに、ルドヴィーク・スラニーはアーケード回廊近くの、南東の角に位置する墓へと足早に向かった。その日はじめじめとして、水たまりに浸かった枯葉の煎じ茶のような匂いがしていたが、もう黄昏時になろうとしていた――十一月にもなれば夜明けからずっと黄昏のようなものではあるが……。ヴィシェフラドの丘。聖ペテロ・パウロ教会の鐘楼が十六時を告げた。ここは一時間後に閉まる。何を期待して、彼はわざわざここまで足を運んだのだろう。写真が嘘ではないということを確認したかったのだろうか。おそらく、そうだ。昔から信奉する科学的唯物論の賜物だろうか。自分の目で直接確認しない限り、彼の理性は信じることを渋っていた。「西側」が完全に幻影というわけではないと彼が認めたのは、一九九〇年、初めて「鉄のカーテン」の向こう側に旅行したときのことだった。それと同様、あたかもルーン文字の書かれた石を撫でるように、昔の文字や日付の跡を見つけようとして無名の墓石を指で撫でたとき、初めて彼は探偵が言っているのはほんとうのことだと信じたのだった。

混沌とした思考のなかにはまり込んでしまった彼は、長い間、そこにとどまった。その後、後ろ髪を引かれながら、「Pax Vobis」と書かれた碑文を頂く出口へと向かった。平和があなたとともにありますように！　もしこの件が彼を平和な状態にしておいてくれたなら……。守衛の姿は見えなかった。守衛室も見えない。近くにある唯一の建物のなかにはカフェがあったが、どう見ても閉まっているようだった。彼の右手の、シスター専用の土地の一角に、ひとりのシスターがいることに気づいた。彼女はいくつかの墓石の手入れをした後で、柵に南京錠をかけて立ち去ろうとしていた。この墓に埋められているのがどなたかご存じですか。いいえ、全然思い当たりません。ルドヴィークはネオ＝ゴチック様式の教会の周囲を一回りして、別の入口を見つけた。その間、だれともすれちがわなかった。彼はできるものならこの霊園全体の鬼籍を日々更新している文書係に会って、気がかりな疑問の答えを聞き出したいと思った。第十二区画の三八番の墓に埋められているのはだれか。この点に関しては、最後まで答えが得られないままだろうか。とうとう彼は、吸いさしをくわえながら舗装された並木道をほうきで掃いている年配の男を見つけた。しかし、尋ねると、男が眉をつり上げたり、肩をすくめたりしたので、男は探している文書係ではない、全然違うということが分かった。ルドヴィークは彼の鼻先をつかまえて引きずりまわす女にたいして急に怒りが込みあげてきた。彼女は音楽で栄光を勝ち得た人たちが数多く眠るこの共同墓地に、わざわざある無名の天才の墓の前に頭を垂れにやって来たのだ、そしてその天才は、生前、彼女に数十もの偽の楽譜を伝えたのだ、ショパンの亡霊として、そしてその亡霊は二十世紀末の今にいたるまで消えないでいたのだ、などと彼はむなしい幻想をふくらませた。無名作曲家の墓……。そしてそれから何があるというのだ。どうしたら間違いようがあるんだ……。あの女は俺を狂わせようと決めたにちがいない。
共同墓地を離れながら、彼は葉を落として裸になった垣根に挟まれた舗道を進んだ。ヴィシェフラドの丘の上から見ると市街地は干潮時の海のように引いて見えた。もうシスターも、死者たちに涙を流しにやってくる墓参りの姿も見えなかった。風のひゅうひゅうと鳴る音以外、何の音も聞こえなかった。鐘楼の音も聞こえてこなかった。時が歩みを止めてしまったにちがいなかった。寒さが骨に沁みた。そのため、夜のとばりがまだほんとうに降りてはいないにしても、数分のうちに降りることは確実だった。彼は子どものころに読んでとても怖いと思った白い婦人の伝説を思い出した。それで両襟をきつく合わせながら、歩を早めた。ヴィシェフラドの丘はいわば市街地の上に位置する巨大な要塞で、さまざまなおとぎ話や噂の種になっていた。何度彼は共同墓地の暗がりのなかに白い婦人が浮かんでいるさまを、王女リブシェ〔プラハの町を作ったと言われる神話上の王女〕の使者である頭のない騎手の姿を想像したことだろう。こうして年齢も名前も書いていない墓石のおかげで、今度は彼が幻想の奇想天外な風車を回すのだった……。

翌日、ルドヴィークは女性のアシスタントに調査にかかるよう命じた。彼女は第十二区画の三八番の墓に埋められている人物についてさらなる情報が得られるまで、役所に次から次と電話をかけまくった。彼女はその日の午後のうちに彼に電話をしてきた。その墓の所有者は不明、使用期限が満期を迎えている、そこに長い休息の場を見つけた亡骸がだれのものかも不明……。彼女があまりにもしつこく質問するので、疑り深いある公務員はその墓の所有者になりたいのかとか、なぜ相続人のない区画について知りたがるのかと尋ねてくる始末だった。

その間、ルドヴィークはシューマンやショパンの演奏で有名なあるピアニストと再び連絡を取り、その人物にヴェラが書き取った楽譜のいくつかを渡していた。ルドヴィークの電話の相手は困惑していた。そう、ピアニストはそれらの楽譜をじっくりと時間をかけて検討したのだ。楽譜のうちのひとつはショパンの曲のように思われたが、簡略的とは言わないまでも軽いように思われた。なぜなら、最初から最後まで、数カ所の転調をのぞけば、トニックとドミナントの二つの和音の連続しか使っていなかったからである。それに引き換え、マズルカの方は、彼にはきわめて深く掘り下げられた仕事から生まれたものに思われた。そしてショパンのいくつかの作品に類似していた。これ、どこで見つけてきたんですか、とてもできのいい贋作です。これを産み落とした男は音楽アカデミーの作曲法のクラスで優秀な成績をおさめた人間に違いありません。そう言って、彼は漠然と疑っている何人かの同僚の名前をあげた。

これを産み落とした男……。もし、この古き良き男性優位論者が自分の鍵盤で演奏したはずのこの「とてもできのいい贋作」の中心にいるのはひとりの女性だと知っていたなら……。さらに、学校の食堂で働いていたことのある女性だと知っていたなら……。ピアニストはなんとしても教えてほしいと言った。だが、ルドヴィークは言い逃れをしつづけ、それはポーランドのある古い図書館で発見されたもので、まだ専門家たちは本格的な調査を開始していない、もう少し待たねばならないなどと答えた……。それらの作曲はショパンによるものではないかとも思われるが、まだ何も確証はない、とも答えた。そしてそうした専門家たちが、おそらくずっと後になって結論を出す前に、――もし仮に彼らの意見がいつの日か一致するとしての話だが――、ルドヴィークはそのピアニストの意見を聞いておきたかったのだ。ルドヴィークは現在ショパンの作だと思われているいくつかの作品、たとえば、

「イ短調のワルツ KK IVb 11」や「変ホ長調のワルツ KK IVa 14」、さらに「ノクターン（ハ短調）KK IVb 8」などに、本物なのかどうか多かれ少なかれ疑念が提出されていて、音楽学者たちはまだほんとうに疑念を消し去るにはいたっていないなどと大げさな話をした。

そのピアニストの意見を聞いて、彼は不安になった。彼はさらにもう二人、別の「専門家」にも意見を求めていた。もし鑑定を依頼した作品にたいして、二人が中高生によるきわめて凡庸な作品だと断言してくれたなら、すべての問題は解決されるだろう。そして、すべてを霊媒とみなされた女の潜在意識の責任にして、ヴェラ・フォルティーノヴァーの野望を粉々に打ち砕くことができるだろう。この古き良き合理主義の大地にまたひとりペテン師が出たということが証明され、何もかもが元通りに収まるだろう。おお！　懐疑的であることのなんという快適さよ、シルクのシーツのように柔らか……。

二日後、ルドヴィークがあてにしていた二人の音楽学者のうちのひとりから電話があった。この音楽学者は直ちに、ショパンの和声進行や彼の独創の徴だけでなく、当然のことながら、スフマート〔本来は絵画に関する用語で、周囲の空間との境をぼかして描く技法〕やルバート、さらにショパンの作品をかなり弾きこんでいないかぎり気づくことがないはずの模倣不能な癖のいくつかを認めたと言った。彼はまた、そこにショパンの幻想の感覚も感じ取れたし、彼の表現をそのまま使うなら、それらの作品を「表面的にスタイルだけを模倣した作品」と明確に区別する「卓越した作曲技法」にも気づいたとも言った。したがって、音楽学者はなんの留保もつけなかった……。彼が目にした作品はかなりショパン特有の作風に類似していた。そしてそれが発掘された昔の手書き原稿なら、ショパンの作と判断されたとしても、驚くにはあたらないと言った。

ルドヴィークが意見を求めた二番目の音楽学者はあくまでも留保的な態度をくずさず、警戒しているように思われた。遠回しな言い方をした後で、その音楽学者は検証を依頼された作品がどこから来たのかが問題なのだということを隠さずに言った。俺はいい男を捉まえたぞ、とルドヴィークは考えた。この男は作品にたいしてきわめて否定的な意見を持っているのだが、だれのことも敵に回したくないのだ。彼をなだめるのは俺の仕事だ、そうすれば彼は話し始めるだろう……。ルドヴィークは、何を言ってもオフレコだし、贋作の作者はチェコの音楽界の人間ではないと保証してやると、この音楽学者は少しずつ自分の印象を話しはじめた。彼は次のように言った。

——これらの作品の作曲者はベルカントが好きなようだね、ショパンのルバートのなかと同じように、その「影」が感じられる……。それからこの作曲者がモーツァルトの愛好家なのも分かる、そのことはきわめてショパン的な自由なリズムの背後に察することができる。あなたが私に判断を委ねた作品のルバートはどうかというと、もっとも表情豊かな音がとりわけ引き立つように作曲されている……。これをショパンに似せて作曲した人間は才能豊かだと思う。対位法やさまざまな形式を研究したはずだ……。だけど、これは音楽学校の学生たちに教師が課題として出すごくありきたりな訓練法のひとつで、同じようなものを作る才能の持ち主なら、チェコに百人、ひょっとしたら二百人はいるよ。それはそう……、それはそうなのだけど、この作品にはショパン独特のちょっとした仕掛けがたくさんあって、それらをきちんとマスターして弾くのは簡単じゃない。びっくりだね。ワルシャワで開催されるショパン・コンクールが贋作にも門戸が開かれ、この作品がそこで演奏されたとしたら、どんな反応が見られるだろうか、知りたいもんだね……。

五線の余白に書かれた指示に関して、音楽学者は一呼吸おいてから、次のようにコメントした。

——興味深いことがひとつある。メロディーの最初のところで繰り返される数小節は、あなたから受け取った紙片の上では鉛筆で囲まれていた。実はショパンもまた同じことをしていたんだ、おそらく、繰り返しに注意を引こうとしたんだと思う……。それは彼の自筆譜のファクシミリ版を見れば確認できる。それを書いた人間は、間違いなく模倣することにかけては卓越した感覚を持っているはず……。

——それはよく知られていることですか。

——え？　鉛筆で囲む習慣のこと？　ファクシミリ版を見に行くほどの好奇心を持った人なら知っている、たしかに。でも、それは特別なことではないし、そんなに意味のあることでもない。まあ、細部の指摘ということで。

三人とも……、彼らの意見はほとんど一致している。無力感に捉われたルドヴィークはそう要約した。最初のピアニストだけは、わずかながら留保を示した。だけど、それは一曲にたいしてだけだった。三人の意見のなかで、証拠資料として使えるものは何もなかった……。こちらの方面をこれ以上追求してもむだだ、苦杯をなめつくすまで推し進める気なら話は別だが、俺としてはそれは避けたい……。他の専門家に尋ねたところで、同じような印象を聞かされそうだ……。つまり、俺の相手はずぬけて才能がある模倣者というわけだ。それが彼女のわけはないいんだ……。フォルティーノヴァー夫人が受けたというごく初歩的な音楽教育ではあのようなハイレベルの音楽を作曲することなんて無理だと三人とも断言したのだから。

フォルティーノヴァー夫人……。何度か、彼は彼女のことを頭のなかでそんなふうに呼んだ。というのも、打ちのめされていたにもかかわらず、そして、自分の望んだ方向に現実を捻じ曲げることに成功しなかったにもかかわらず、彼は彼女にたいして一種の尊敬の念のようなものを抱き始めていたからだ。たしかにそこには苛立ちも苦々しい気持ちも混じってはいたが、称賛の念も混じっていたのだ。そのことは認めざるを得なかった。

嫌なものからはどうあがいても逃れられないとでもいうように、同じ日、スプラフォン社が「ショパンからインスピレーションを受けた」という慎重な言い回しを使いながら紹介することになっている作品をイギリスの世界的に有名なピアニスト、ピーター・ケイティンが弾くことになったという知らせが入った。ケイティンは単に六十歳代のベテランのピアニストというだけでなく、ショパンの専門家だ、ということはスプラフォン社が出すレコードにはある程度本物だというお墨付きが与えられることになるだろう、とノヴァークは電話で彼に話した。現状はこういうことになっている、とノヴァークは結論づけた。耳が半分聞こえなければ、ノヴァークの声にひそむ非難めいた調子に気づかなくてもすんだのに、と彼は思った。

それはとどめの一撃だった。霊媒とペテンの世界は今や、ロマン派の曲の大演奏家による保証、騎士叙任を受けようとしていた……。

ルドヴィーク、君の方はどうなっているんだ、監視の方は、とノヴァークはせきたてた。何か結果は得られたのか？　それにたいして、ルドヴィークはぼそぼそと答えた、もう少し待ってください、予想していたよりも時間がかかりそうです、尾行の方は、さしあたり……、音楽の専門家たちの意見はというと、私が思うに……。

突然小さな地震が起こったように、地面が踊り出した。ルドヴィークが辛抱強くじっくり頭のなかで整理してきたものがかなり揺さぶられた。昨日までは、自分の確信が勝利を収めるものと思っていたのに。ところが、内心奥深くに秩序のようなものを取り戻そうとしても、いっさい元通りにはならないように思われた。彼は、世界を説明し、世界のありとあらゆる構成要素にラベルを貼るためのたった一つの方法などないことを発見してしまったのだ。彼が確信していたことのいくつかはすでに揺らぎはじめていたのだ。もしそれらが崩れてしまったなら、おそらく立て直すことなどできないだろう。彼自身は気づいていなかったのだが、一体いつから、そうした確信は虚無の瀬戸際でかろうじてバランスをとっている状態にあったのだろう。そんな状態のなかに長らく身を置いたのはこれが初めてだった——知的船酔い、自分にたいする嘔吐。

＊

電話が鳴った。

——こちら、スラニー……。ああ、ロマンか、こんにちは……。そう、そういうこと、明後日の約束は予定通り、彼女の家で十時半……。もう少し遅い方がいいって？　彼女の方はだいじょうぶだと思う……。十一時……。彼女に確かめてから君に……。ところで（こう言いつつ、ルドヴィークの声は低音になった）、昨日と今日、音楽学者たちから返事が届いた……。どうなりそうかって？　彼らの意見を聞いても問題の解決にはつながりそうにないな……。少なくとも彼らの意見には一貫性のようなものはある……。いや、電話では簡単に説明できない……。ほんとうはノヴァークに報告する前に君とこの件で話ができたらいいと思ってる、もし……。俺はもう何が何だかよく分からなくなった……。俺としては君のようにカメラの背後にいて、撮影しろと命じられたことを、あれこれ悩むことなしに撮影するほうがどれだけいいことか……。そう、そうなりたいよ。提案してくれてありがとう……。君のいいときに一杯やろう、何もかも議論する必要があると思ってるんだ……。十六時ごろだね、了解。

　二人はスパーレナー通りの古本屋で待ちあわせた。ルドヴィークはそこの書棚と書棚に挟まれて時間をつぶすのが好きだった。それから二人は、目に飛び込んできた最初のカフェに入り、店の奥に腰をおろした。注文したガンブリヌス〔ビールの銘柄〕が来るまで、二人は口をきかなかった。どこから話を始めたものか。

――ヴィシェフラドの丘に登ってきた、とルドヴィークが口火を切った。名前の書かれてない墓石を見た。その後で、音楽学者の意見をいくつか聞いた……。彼らは口裏を合わせてる。あり得ないことだ！　俺としては彼らの意見が分かれて、殺し合いを始めてくれた方がよかったよ。いっとき、俺は彼らの意見が一致して、彼女の作品が贋作だと言ってくれるのを夢見たくらいだ、そうすればあの女を追い込むことができるからね。ところが彼らの意見はそれとはまったく反対だった。出口が見つからなくて俺の方が追い込まれそうだ。いいかい、たしかにあの音楽学者たちは彼女を天才だなどと叫びはしなかった、けれど、俺が見せたものがとても興味深くて、贋作だと軽々しく排除できるようなものではないと考えているという点で一致している。彼らは好奇心を刺激されて、どこであの楽譜を見つけたのかを知りたがっている。

——それは君が期待していた方向とは違うということなのかい。彼らは君が期待していた判断を下さなかった……。もう少し辛抱するんだな、そうすれば我らが探偵が遅かれ早かれ偽造の証拠を持ってくるだろうさ。そしてどんな抜け目のない天才が、毎朝俺たちが彼女の家で撮影している操り人形を動かしているのか分かるさ……。

——俺には、彼が天と地をひっくり返したとしても、何も見つけられないんじゃないかと思えてきた。何かあるとしたら、彼はもうその手がかりを嗅ぎつけているはずだ。いや、たとえ見つけたとしても、彼女を危うい立場に追い込むようなものは何もないんじゃないかと俺は思ってる。もう少し待とう。天才的な茶番劇を想像したりして、俺はあまりにも現実離れしていたと思う。ドキュメンタリー番組を完成させたとしても、結局フォルティーノヴァー夫人の宣伝にしかならないんじゃないだろうか。

——だれだっけ、「ジャーナリズムとは、ある考えを持って出発し、別の考えを持って帰って来るもの」と言ったのは。

——俺を不安にしているのは、ほんとうはもうドキュメンタリー番組じゃないんだ。それを諦めるようなことになったとしても、俺はいずれそこから立ち直ることができるだろう。そうじゃないんだ。

——じゃあ、何が問題なんだ……

——自分でもよく分からない。自分のなかの何かが死んでしまったみたいだ。それなのに、俺はそれを認められないでいるというか。

——いいかい、君はその死ぬというタブーの言葉を口に出すことに成功したんだ。君は、もう今じゃ何度目か数えきれないほど大昔から実行されている芸術上の詐欺に立ち向かうと信じて、意気揚々と出発した。そして毎朝君は、質問をすると死のことを語るひとりの女にぶつかる。ところがその死はありきたりな死、ペストのようにだれもが怖れるような死ではない。いや、タブーとするような死、見まいとしてカーペットの下に滑りこませてしまうような死ではない。彼女の語る死は君の不意をつく、君はその死をなかなか理解できない。それはある意味で「幸せな」死なんだ。それは家族の秘密として隠したくなるような死よりもさらに調子を狂わせる死なんだ。君は単なる好奇心で死にたいと思ったことは一度もないのかい。

——好奇心だって……。君は好奇心で自殺するのか。

——そう、単なる好奇心で自殺するんだよ。この忌まわしい閉じた扉、だれにとっても一度しか開かない扉の向こうにいったい何があるのか見るためにね。

——どういうことだい。

——扉の向こうに何かあるかどうかを確かめて、もしあるとしたら、それが何かを発見するのさ。

——もし何もなかったらどうする。君だって心の底では知ってるじゃないか、何もないって、そうだろう。あるのは自分が不死不滅だと信じたい人間たちのロマンチックな欲求だけだよ。そうすることで、自分たちの恐怖を少しだけ鎮め、自分たちの人生を少しは耐えられるものにしようとするんだ。

——君はほんとうに人間がその扉をそこに作ったのは無駄だったと信じてるのかい。

——地球が人口過剰になるのを避けるためさ、それだけさ。純粋に生物学的な規則さ。君はそんなふうに、精神を開放することによって自殺したいのかい。

カメラマンは大きく笑ったが、少しばかりわざとらしかった。そしてルドヴィークの方はどうかというと、あたかも自分に向かって話しかけるように、弱々しい声で続けた。

——君の言う扉の向こうに俺の父親がいて、俺を待っているという確信があったら……。俺は父親に一度も会ったことがないんだ。もし俺が父親を知ることができるという確信があったら……。俺は科学的な質問に関しては絶対に妥協しないし、生物学的には無神論者だけど、こと父親に関しては、何でも信じ、君の言う扉を開ける覚悟ができると思うよ。

——好奇心で死ぬってことは……。つまり君に言いたかったことは、たとえ君が最後の最後まで偽造という観念にしがみついたとしても、死を喚起し、生と死を分かつ神秘的な境界を喚起することなしにはもうこれ以上一歩も先に進むことはできないだろうということなんだ。そしてそこで、君は現代のタブーに立ち向かうことになる。どうしてもそうなるな、君が死を楽しいものにしないかぎりはね、壁抜け男みたいにさ。頭蓋骨をピンクに塗ってみたらどうだい、ひょっとするとうまく通り抜けることができるかもしれないぞ……。

ルドヴィークはロマンの言うことをおぼろげに、ときどきよく考えもせずうなずきながら聞いていた。壁抜け男か……。彼はそれより六年か七年前に亡命したり、追放されたりした人たちのことを考えていた。彼らは架空の出国査証を押されたパスポートを持って汽車に乗り、目的地に着いたら手紙を書くと約束したものだ。彼らもまた好奇心が原因で死んだ。こちらに留まった人間たちは列車が夜の何時に闇に包まれた国境に停止するのか、正確な時刻を知っていた。軍人たちが、すべての車両のすべての扉を見張っていることだろう。他方、列車のなかでは、看守たちが身分証明書を子細に調べ、スーツケースのなかを探り、ランプの光を座席の下や可能なところならどこにでも向けるだろう。車両の下にも、というか、とりわけ車両の下にランプの光があてられるだろう。それから、しばらくたって、列車はゆっくりと彼方へ向けて旅を続け、現代のスティックス〔三途の川〕を渡るだろう。「西側」

は存在するのだろうか。当時、彼はしばしばその存在に疑いを抱いた。西側から戻ってその存在を確証してくれる移民などひとりもいなかったからだ。検閲を受けた手紙や、蒸気を使って開封され、その後に再び糊で閉じられた手紙はどうかというと、そこには空虚なもの、幽霊のようなものがあった。まるで、それらの手紙は、もはや読者が行間しか読まなくなったインチキ新聞が作られている体制側の仕事場で考え出されたもののようであった。何も書きようのない手紙、美しすぎて本物ではありえない消印が押された手紙、それらはほんとうに出国した人たちが出した手紙だったのだろうか。

ルドヴィークは夢想の底から浮かび上がってきて、ロマンに注意を向けた。彼はウェルギリウスの話をしていた。

——……太古の時代には、地獄から戻ってきた稀な人間たちはそれをやってみせたよね。文学の世界で、ギリシャやローマの作家たちは自分が馬鹿者扱いされるのを怖れなかった。それで彼らは登場人物たちを死者の国に派遣した。ウェルギリウスはアエネイスのために地獄の門を開き、その後で、彼をそこから帰還させた。ホメロスはユリシーズに同じことをした。続いて、ダンテも同じようなことをした。今日、いったいいかなる知的権威がこうした境界線は一度越えたら、もう二度と戻っては来られないなどと決めたんだろう。もう俺たちは地獄から戻って来られないんだ。ルドヴィーク、聞いてるかい。ヴェラ・フォルティーノヴァーは一種の吟遊詩人で、ショパンはその登場人物なんだ。そのことを君のドキュメンタリー番組で話してもいいんじゃないか。その方が、君の探偵が明るみに出そうとしていることより千倍も真実なんじゃないか。フォルティーノヴァーは現代のカロンなのさ、死者の川の舟守なんだよ……。彼女は俺たちのところに死者たちを呼び寄せて、彼方の情報を俺たちにもたらしているのさ、スティックスの対岸で死者たちがしたことを俺たちにもたらしているのさ。高い見地から問題を考えてみたらどうだい！

――今日の君はすばらしくひらめいてるね、ロマン。俺を元気づけようとしてそう言ってくれてるのなら、感謝するよ。

――全然ひらめいてなんかいないさ。君だって差し迫った死や脳死の状態から生還した人たちが話している映像を見たことがあるだろう。俺たちは奇妙な合理主義の時代に生きているんだよ。俺たちは目にしているものしか信じたいとは思わないんだ。十九世紀、ヨーロッパに交霊術がやって来たとき、人々は今ほど注意深くはなかった。たとえば、ヴィクトル・ユゴーを見てみなよ。亡命中の彼とその仲間を。彼らは会合の様子を書き写していて、シェイクスピアだとか、過去のあらゆる偉人と交信したと言っている……。ユゴー相手に、つまらないことでけちなんかつけないものなんだ。なぜって、彼には「クラシック」という肩書があるからさ。彼がシェイクスピアと対話したって？　よかろう。ナポレオンと対話したって？　それも問題なし。それはオーケー、すべてオーケーってわけさ。彼の言うことはすべて作り話だったんだろうか。彼は誠実だったんだろうか。だれもあえて疑いを口に出そうとは思わない。それはユゴーだから、偉大なユゴーだからさ。それに彼はひとりではなかった、彼は交霊術のサークルに属していたんだ……。ある日、イエス・キリストまで姿を現した。まったくもう！　でかけりゃでかいほど、オーケーというわけさ……。でもみな、フォルティーノヴァーには容赦しない。なぜかって、それは彼女が交霊術では無名の戦士だからさ。彼女の言うことを単に信じないだけでなく、死んだＳｔＢを生き返らせ、スパイを再び馬にまたがらせて、調子はずれな音〔調和を乱すもの〕――言葉遊びを赦してもらうけど――を見つけるまで彼女にしつこくしがみつくように命令する。しかも、テレビ局はそんな探偵に一日二十四時間分の報酬をまるまる払おうとしている。こちらは一束五百枚の紙を買うだけでも口うるさく言われるのに、彼女を監視する予算は無制限にあるんだからね、そうだろう。

＊

帰宅したルドヴィークは驚いた。ズデニュカ、ここで何をしてるんだ。彼女は自分専用のアパルトマンが見つかるまで、女友だちの家を転々としていたが、もう泊めてくれる友だちがいなくなったのだと答えた。迷惑かしら？　いいや、そんなことはないよ、と彼は断言した。そう答えつつ、彼は内心それとは反対のことを考えているのかもしれないなと自問した。ただ、今夜、僕はあんまり愛想よく振舞えそうにないんだ、僕たち二人の問題に取り組むことも、君の話を聞くこともとてもできそうにない。どれぐらいここにいるつもり？　彼女は肩をすくめ、眉をつり上げた。それはかつてしばしば最悪な事態が起こる前兆だった。たしかに、このアパルトマンは君のものでもある、まだ売ったわけじゃないからね。ただ、君には僕がここで住んでもいるんだということを考慮してもらわないと、と彼は彼女を非難した。それに容易なことじゃない、状況が……。

しかし、彼女は今戦う気分ではないらしく、黒曜石のような瞳は火花を散らしてはいなかったし、顔に特別な緊張の表情が浮かんでいるわけでもなかった。今は休戦の時だった。そして彼女は無理して笑おうとさえした。彼は彼女の肌がどんな反応をするのか確かめるために、できるものなら触れてみたいと思った。そんなことをしなくなって、もうかなりの時間が経っていた。彼は話を聞いてもらいたかった。そのため、自分の思惑をはっきりさせようとため息をついた。彼女は理解した。

――鬱状態ってわけね、ルド、違う？

慎重な態度をくずさないまま、彼は思い切って自分でもよく把握していないテーマについて話をした。そのテーマを先ほどはロマン相手に話したばかりだったが、今度はそれを彼女に聞いてもらおうというのだった。ノヴァークに依頼されたドキュメンタリー番組については何も言うまいと心に決めていたにもかかわらず、彼はその話を初めて彼女にした。遅々として進まぬ調査、失望の数々。確信が揺らぎ、彼がほとんど支配できないもの、つまり疑念に捉えられたということ。専門家たちの意見は、彼が証明しようともくろんでいたものと矛盾するものだったこと。ショパンにたいして憎しみのようなものが生まれてくるのが感じられたこと、それに、もっと深いところ、彼の存在を作っている原始の泥土のなかに深い居心地の悪さがあること。

――調査の糸玉をほどけないでいる、こんなの初めてだ。なにもかもがこんがらがっているんだ、と彼は言った。

彼は彼女が自分の話に興味を持ってくれたようだと感じた。

――トゥルパ〔チベット語で一般的に変化身、化身を指す〕みたいね、どこからやって来るのか分からないあんたの作曲家。

――何だって。

トゥルパについて、彼女はとぎれとぎれに、かなり不明瞭な説明をした。ほんの少し前から秘教的な東洋学に凝りはじめていたズデニュカは明晰さの才能を「天」から賦与されてはいなかった。そのため、彼女はしばしば、今回のように、自分の宇宙の入口のところに困惑した元彼を置き去りにした。ルドヴィークは別な話題に移りたかった。禅の初心者の彼女と、古いスタイルのマルクス主義者の俺はいったいどんな錬金術を試みたんだろう……。なんとまあ、彼女も俺も、愛の力を過大評価していたことか！　そう考えて彼は微笑んだ。それは今度は自分が停戦を受諾するという彼なりの表現法だった。

――数日したら出ていくわ、と少しして彼女は言った。今、アパルトマンを共同で借りようと思って交渉しているところなの。心配しないで。

十二

今や、ルドヴィーク・スラニーがルニーク・ホテルの薄手のカーテンの後ろに潜んでいた。ルニークという名前は月の周りを回る観測機を思い出させたが、彼は月ではなく、正面の窓に面と向かっていた。パヴェル・チェルニーは重度のインフルエンザにかかり、プラハ近郊の自宅に戻っていた。ルドヴィークにとっては都合のいいことだった。というのも、ズデニュカが最終的に家を出て行く決心をする間、アパルトマンを彼女に任せるという理想的な口実ができたからである。以降、正面の塹壕の観察に没頭するために全神経を集中させた。そのため、彼の精神に寄生していたもろもろの雑念は追い払われた。それに、事務所から遠いところにいるので、ロマンの説教を聞かないですんだ。彼には結局のところ、ルドヴィークをいらだたせるところがあったのだ。ルドヴィークとしては彼のおせっかいな助けなしに、自分ひとりでドキュメンタリー番組に決着をつける方がずっといいように思われた。ときどき、電話が哀れっぽく鳴ることがあった。気分がいいときや退屈しているとき、ルドヴィークは受話器を取った。もしもし？　それはノヴァークからだった。ルドヴィークは報告するのを忘れていた。だが、ホテルの壁に囲まれた生活が続いたせいで、彼は報告を一日のばしにしても、以前ほど後ろめたさを感じないようになっていた。ノヴァークは最近までルドヴィークにどんな自由も許していたのだが、今や期限を設けようとした。ノヴァークは執拗だった。初めて具体的な最終期限日を持ち出してきた。ルドヴィークは理屈にもならない理屈を並べて、あと数週間欲しいと言い、電話を切るための口実をでっちあげた。彼女が今建物の外に出るのが見えたので、切ります、と彼は言った。

寒さが増すにつれ、彼女はめったに外出しなくなった。しかし、ある朝、気づかれるのではないかという怖れを抱きつつ、彼は遠くから彼女の後をつけた。もし気づかれたら、何と言ったらいいだろう。前もっていろいろと釈明の言葉を考えてはみたが、どれもみなほとんど説得力のないものばかりだった。だが、何はともあれ、彼は彼女の後を追わねばならなかった。もし今回だったらどうしよう、今日こんなふうに歩いた後で、チェルニーが暴くことのできなかった陰謀を自分が発見してしまったらどうしよう。

人は簡単にのぞき魔になる。いや、そうではない、のぞき魔になるのではない、人はみなのぞき魔なのだ。どんな人間のなかにもスパイがひとり潜んでいる。お前はお前の隣人を探るのだ。その朝、トレンチコートを肩に引っかけた後、ルドヴィークは買い物袋をさげた主婦を追いかけた。食料品店、パン屋……。あとは肉屋しか残っていなかった。彼女は肉屋にやって来た、しかし、それは薬局とティル広場に立つぱっとしない市場をまわった後のことだった。距離をおいてはいるが、店から店と回るたびに、彼女の買い物袋が膨らんでいくのが見えた。俺はなんてみじめな秘密警察なんだろう、と彼は思った……。彼の方を振り返り、人差し指で彼を告発するように指さすといった、彼が怖れていたようなしぐさを彼女がすることはなかった。だが、ある考えを抱いている自分にふと気がついた。それは、ショパンがお前を見て、二十メートル先の主婦に、用心しろ！　とお前を告発するかもしれないじゃないかという考えだった。それは自分ではない別の精神によって放たれた矢のようだった。彼が我ながら恥ずかしいと思いつつ、知らないうちに自分のなかに移植してしまった「外の思考」だった。彼はそうした思考を見つけるやいなや、追い払った。そんな考えに捉えられたのは一秒の何分の一の間でしかなかったが、それからだいぶ時間が経ってからも、そうした考えに注意を払った自分を思い出しては腹を立てた。

　ベッドメイキングがなされたホテルの部屋に戻った彼は、無駄に彼女を連れまわしたという印象を抱いた、彼女の方が彼を散歩させたのではないとしての話だが。その日の残りの時間、彼はその輪郭が分からないだけにいっそう不愉快な不安に浸っていた。ある考えが再び頭によぎった。何か別なものがあるに違いない。何だろう？　これまでの事件の理解のしかたでは、彼はいまだ、そして今後もずっと袋小路にしか行きつかなかった。きわめて抽象的ではあるが――あたかも曇ったガラス窓越しにシルエットは見えるけれど、だれなのかが分からないように――、状況をこれまでとは違った光のもとで考察する決心ができないかぎり、不安は消えないだろうということを彼は理解していた。それに、そうした手続きは彼のなかの深いところでもうすでに始まっているのではなかっただろうか。ルドヴィークは、今はこれまでの勢いにまかせて航路を続けているものの、すでに船内では方向を変えるための操作が開始されている大きな船に似ていた。目が見えなくなっている彼はまだ新しい観点から状況を見ることができずに苦しんでいたが、まもなくすべてが変わるだろう。彼を怖れさせていたのはおそらくそれだった。しかし、彼はそれを知っていた。

この犯罪はだれに利益をもたらすのか。まさにこれこそ彼が長い間放っておいた問題であり、かつ今後彼が答えなければならない問題であった。

その日以降、彼はその問いに時間のほとんどを費やした。見張りの時間を中断したときなど、彼は自分の好きな活動に没頭した。それは人々に質問したり、さまざまな仮説を試したり、考察することなどであった……。彼は音楽関連の出版社がショパンのものとされた楽譜で一儲けしようと画策していると思いこんでいた。ほんの少し前から何人かの作曲家の著作権が消滅したので、出版社は損失の穴埋めをするために多額のお金を必要としていた。ルドヴィークはこの件の根底にあるのは金以外にはありえないと自分を納得させようとした。しかし、ヴェラ・フォルティーノヴァーが金で動く出版社の隠れ蓑になっていると結論づけることを可能とするような説得力のある証拠は何もなかった。ノヴァークは自分の自由に使える二人の若いジャーナリストの助けを借りて調査を早期に完成させようとしていたが、彼らは主に金の問題の解明に取り組んだ。しかし、フォルティーノヴァー夫人はいかなる出版社とも契約を交わした痕跡はなかった。また、チェルニーの元タレコミ屋の何人かは銀行で働いていたが、そのチェルニーは夫人の口座には年金以外のいかなる払い込みもないと保証した。

そう、この犯罪はだれに利益をもたらしたのか。この女は何食わぬ顔をしながら、どうやってあれほど多くのメディアや音楽学者にハッタリをかけることに成功したんだろう。どんな特別な燃料を燃やして、彼女は何カ月も自分の世界を動かすことができたんだろう、その間、だれも陰謀を暴くことができず、だれも王様が裸だということを示すことができなかっただなんて。もしこうしたいっさいが、金など全然絡まない無償の神秘化だったとしたら。おそらくそういうことなのだ、とかなり困惑したルドヴィーク・スラニーは、二つ星ホテルの部屋でひっきりなしにタバコを吸いながらとうとうそんなふうに考えはじめた。みごとなもんだよ、といらだった彼は灰皿の底に吸いさしをぐいぐい押しつけながら、考えを要約した、疑いの余地はない……。そして、午後にせよ夜にせよ、ピアノの前にすわって演奏しているシルエットに気づくと、彼のところまで音は聞こえてこなかったが（今、窓を大きく開け放つ季節でないことを彼は残念に思った）、彼は称賛の念に近い気持ちを彼女に抱くのだった、そこには短い怒りの発作も混じってはいたが。チェルニーはヴェラとスプラフォン社との契約の写しを入手していた。そこにもまた、たいしたことは何もなかった。彼女に期待されているものはまったくもって理にかなったものだったし、彼女に支払われる金額はかなりひかえめなものだった。

ときどき、彼はズデニュカとの会話を思い出した。彼は彼女の勘が大胆なことを知っていた。そう、おそらくそちらの方面もまた探ってみないといけないだろうな、と彼はぼんやりと思った。照会してみよう。彼女には何も言わないでおこう。もしかしたら彼女は自分の意見を言うことで、俺にちょっとした「別れのプレゼント」をしようとしたのかもしれないな。

ヴェラ・フォルティーノヴァーがみんなに嘘をついているというのでなければ、そして、ある人たちが示唆しているように、彼女が自分で主張している以上にかなり進んだ音楽教育を受けていたのでなければの話だが。これこそ、尾行を再開しようとしている今、チェルニーが取り組むべき課題となるだろう。今後の彼の尾行は表の道だけではとどまらなくなるだろう。洞穴探検用のランプを持った彼を暗闇のもっとも深いところまで、過去の深淵にまで連れて行くだろう。ルドヴィークの精神の一部はまだ偽造だと信じたがっていた。彼はまだ最後の手段を残していた。それを使うのは、次回彼女と会うときだ。

十三

——今日は、お話ししていただかなくてもけっこうです、後でお願いすることになるかもしれませんが……。これから、私が少し前からどうしてもあなたにお聞かせしたいと思っていたテープを流します。まずはお聞きください、その間、カメラは回っています。その後で、感想をお聞かせくださいーーお聞かせいただかなくてもけっこうですーーその間もカメラは回っています。よろしいですか、とルドヴィークは尋ねたが、彼は彼女の返答を待たなかった。

ほんの数瞬間、彼女はこれまでにないような不安そうな様子を見せた。それを見た彼は、彼女を動揺させることができたと考えてほくそ笑んだ。見慣れていた彼女のいつもの冷静さが消えていた。あたかも自分の弱さを意識しているかのように、彼女は自分の気持ちを落ち着かせて、次のように言った。

——ええ、もちろんですとも、どうぞお好きなように……。

テープレコーダーの「再生」のボタンを押しながら、ルドヴィークは、今度こそは彼女を罠にかけるチャンスはおおいにあると考えた。すべてがうまく行っていた。その時になって初めて、彼はアパルトマンにリラの匂いが漂っていることに気がついた、おそらくいつもより少しだけひかえめではあったが。彼は彼女に尋ねた。

——英語は分かりますか。

——ほとんどだめです。

——それはそれほど重要なことではありません。一つの点にだけ、これから聞くことになる声にだけ集中してください。

テープがこすれる音を立てながら回転し始めた。カメラが回った。

数秒後、しわがれた声が聞こえてきた。タバコを吸う男のような声だった。すでに若いとは言えない男の声。男はきちんと発音しようと努力しつつも、スラヴ風のアクセントを隠そうともせずに耳ざわりな英語で自分の意見を述べていた。《ほんとうの音楽、ほんものの音楽、偉大な音楽は、あなた方の世界を越えて存在するのです、それは人間の霊的次元に由来します。神様の偉大さと神様との一体化の理解です。偉大な音楽はほんとうに精神のなかで生まれ、再生されますが、それがあなた方の世界ではおそらくかなりひどい再生が行われているのです》と、声は言った。そのおどけたような調子には数多くの抑揚があった。

ヴェラ・フォルティーノヴァーはまばたきひとつしないでいた。まるで天気予報を聞くときと同じくらい穏やかにテープの声に耳を傾けていた。声は今、話していると考えられる人物自らの死の話をしていた。《ただ私は自分が重病で床に就いていたことを覚えています。友だちの何人かが私の枕元にいたのですが、しだいに何もかもが穏やかになりました。まるであらゆるものから離れて私が漂流しつつあるかのように、すべてが進んでいきました……。そのときです……》

ルドヴィークは「停止」を押した。カメラは撮影を続けていた。彼は何も言わず、ヴェラ・フォルティーノヴァーから目を離さずに、彼女が口を開くのを待った。

すぐに彼女は口を開いた。

――フリントが作成した録音ですね。

――その通りです。以前にも聞いたことがあるのですか。

――いいえ、でも、その噂は聞いていたので、いつの日か、聞かされることになるのではないかと思っていました。だいぶ前に作られたものですよね。

――五〇年代の終わりだと思います。声の方はどうですか。

――ショパンですね。あなたは何を期待していたのですか。その声が私を不意打ちするとでも？でも私はその声をほとんど毎日、何年も前から聞いているんですよ……。フリントの録音が例外的なのは、魂が肉体から離れた人たちの声を聞かせることに成功したからです……。あなたは私がショパンの声を聞きわけられないとでも思ったのですか。

――あなたがレスリー・フリントのしていることを耳にしたのはいつのことですか。

――三、四年前だったと思います……。かつて、向こう側でどんなことが起こっているのか知ることが難しかったことをあなたもご存じでしょう……。

――ということは、あなたが今聞いた声は、あなたの家で、あなたがショパンと交信しているときに聞く声に間違いないということですね。

——その通りです。

——縁日の見世物みたいに帽子のなかから取り出してきたあのフリントだとか、墓の彼方の声だとか、いったい何のつもりだい。俺はしがないカメラマンだけど、一言前もって説明してくれてたら、びっくりしないですんだのに……。いっしょに仕事ができる仲だと思ってるのに……。

ロマンは二人が道路に出るまで、ルドヴィークにたて続けに不平をぶつけるのをひかえていた。

——悪かった、その通りだ……。次回は必ず前もって君に知らせるよ……。実は、あれは土壇場になって思いついたことなんだ。フリントというのはイギリスの偽霊媒で、四、五〇年代、死んだ有名人を呼び出して、その声を聞かせることができると主張していた男だ……。オスカー・ワイルド、チャーチル、ルドルフ・ヴァレンチノ、ガンディー、それ以外にもたくさん。ショパンも含まれている。編集部の人間はみな、今俺がどんな仕事をしているのか知っているので、この男に俺の注意を向けてくれたというわけさ。そしてラジオのアーカイブを探していたら、そうした「声」のいくつかを発見したというしだいだ。交霊術者の世界ではフリントは崇め奉られている。でもそのミクロコスモスの外では、彼を誹謗中傷する人間はごまんといる。彼らはフリントがずっとハッタリ屋で、その間、さまざまな詐欺を働いたと遠慮なく暴露している。彼には腹話術の才能があって、それで自分の取り巻きをだましていたと考えられている。彼はまた、完璧な暗がりのなかで仕事をしなければならないと言っていた。そのため共犯者を使うことは容易だったんだ……。別の人たちは、前もって用意しておいた録音を彼は使ったと言っている。つまり、いろいろ言われているんだ。この男はペテン師というゆるぎのない評価を得ている。それなのに、君も見たように、フォルティーノヴァー夫人は俺が聞かせた声が彼女を訪問する「ショパン」の声に間違いないと保証した。ということは、二つのうちのどちらかなんだ。一つ目は、フリントが実際に魂が肉体から離れた人たちの声を呼び出したということだ。その場合、なぜこれほど人々が彼は詐欺を働いたと言ったり、彼のペテンぶりを告発したりしたんだろうという疑問が残る。二つ目は、俺たちがさっき聞いた声は全然ショパンの声ではないということだ、俺はそう確信しているんだけどね。そしてその場合、彼女がさっきの声をショパンの声だと言ったとき、彼女は図々しくも嘘をついていたということになる、なぜ嘘をつくかといえば簡単な話で、彼女はもともとだれの声も聞いていないからさ……。

——でも彼女が躊躇しなかった点はすごいよね。まばたきひとつしなかった……。

——その通り。彼女は落ち着きはらっていた。それは認めなければならないね。彼女にはフリントとは別のものがある……。さっきは「ショパン」の録音のすべてを聞かせたわけじゃないんだ。フリントが死者たちの声を呼び寄せるのは公開の場で行われたんだ。ところで、ある時、会場にいただれかが「ショパン」に英語で話す代わりに、ポーランド語で何か言ってくれと要求したんだ。すると彼方の声は、《ああ、あなたは私を試そうとするんだね》、と答えた。その声はあざ笑ったんだ。でもポーランド語はたったの一言もしゃべらなかった……。これは暗黙のうちにペテンだと告白してるようなものだろ。

初めて、ルドヴィークは自分が優位に立っているという快感を味わった。彼女に肖像画を描かせた日には敗走したが、彼は挽回しつつあった。彼女は知らないうちに罠にかかっていたのだ。だが、それだけでは不十分だった。たしかに重要な指標であることは確かだが、彼にはまだ医者の診断のようなものがなかったし、ましてていわんや証拠がなかった。自分の敵に向かって、チェックメイト！ 降参しなさい！ と言うことのできる瞬間はまだまだ先の話だった。彼女にだれが楽譜を供給しているのかを明らかにする作業が残っていた。そしてもし、彼女自身があの楽譜を生み出しているのだとしたら、いつどこで彼女がそのような模倣の才能を身につけたのかを明らかにする作業が残っていた。

彼女は自分の過去について真実を話したのだろうか、すべての真実を。

*

パヴェル・チェルニーは仕事に復帰していた。ルドヴィークはホテルの部屋で彼に引継ぎ事項を伝えた。探偵は監視の仕事を中断している間、別の形の調査に没頭していた。彼は「鉱脈に降りていった」。水平的な調査――尾行――と並行する形で、もう一つ別の調査、垂直的な調査が進んでいた。チェルニーは女の過去を調査している最中、彼が以前秘密警察のスパイとして働いていたときに享受していたあらゆる便宜を再び利用することができた。まもなく、こうした歯止めのないのぞきが許された幸運な時代は、今の「民主主義」とともに過去のものになるだろう。彼はそれを知っていた。そのため、影を消してほしいと頼まれたところはどんな片隅であれ明るい光で照らすために、まだ使える間はそれを利用したのだ。歩道に落ちた脂まみれの紙とか枯葉をかき集める人たちのように、これまで彼は影を掃除する人間であったし、今後もそうあり続けるだろう、そして国家の敵が隠れそうな襞などどこにもないようにするだろう。

パヴェル・チェルニーは忙しく働いた。今度の使命は悲劇的な終わり方はしないだろうと予想されただけに気安いものに思われた。彼の戦争はもう終わっていた。ヴェラ・フォルティーノヴァーは、彼が彼女について何を発見しようが、獄舎で一生を終えることはないだろう。彼のやり方はあいかわらず昔風だったが、彼の調査の結末はもはや死をもたらす類のものではなくなっていた。

毎日、彼は電話でルドヴィーク・スラニーに報告した。するとルドヴィークはそれをメモした。ときどき、ルドヴィークが微笑むこともあった。それは満足、あるいは安堵の笑いだった。眉をしかめることもあった。調査はたしかに進んではいたが、ますます複雑の度を増していった。調査は彼が期待していた方向には進んでいなかった。そのため、受話器にくぎづけになった彼は悔しそうなふくれ面を見せた……。彼女の学業はどうかというと、学業という言葉が適当かどうかも分からなかった。ヴェラ・フォルティーノヴァーの受けた教育は高校のレベルを超えていなかった。高校での成績はかなりひどいものだった……。パヴェル・チェルニーは彼女の成績簿を子細にわたって調べあげた。高校生ヴェラ・コワルスキーはみごとなまでに一貫して凡庸な生徒であった。そしてあまりにも低いところに落ちたこともただの一度もなかった。彼女の点数を表すグラフの線は驚くほどに水平を保ち、進歩したいという熱意を示すような一時の盛り上がりさえもなかった。いや、フォルティーノヴァー夫人はルドヴィークが期待するような隠れた天才ではなかった。その方面を追うのは諦めなければならない、と探偵はルドヴィークに言った。それに、彼女は間違いなくきわめて貧しい家に生まれていて、学校では何の役にも立たなかったポーランド語を自由に使いこなせるという以外、彼女には何の才能も何の情熱も認められない、と探偵は確証した。念のため、探偵は彼女が音楽学校に登録したことがなかったかどうか知りたいと思った。記憶力や絶対音感の能力の高さで周りから注目されていたなどということがあるかもしれないと思ったからだ。旧体制は、将来真珠のような逸材に成長する可能性のある人物を下層の人間のなかに見つけたときには、気前よくお金を払ったものだ。いや、彼女はオストラヴァでもここでも、音楽の名前に値するいかなる講義にも登録などしていなかった、とチェルニーの調査はたちまちのうちに明らかにした。そして、そう言うことによって、彼はルドヴィークを絶望の淵に落としているなどとは少しも気づいていなかった。

彼女は個人レッスンを受けることができただろうか、できたとして何歳からだろう。チェルニーの調査はそこで困難にぶつかってしまった。彼女が個人レッスンを受けなかったと絶対の確信をもって言うことはとても難しかった——それに、ヴェラ・フォルティーノヴァー自身、子どものころピアノのレッスンを受けたと認めていた。問題は、その個人レッスンがどれほどのレベルまで進められたのか、きわめて限られた音楽教育しか受けていないとフォルティーノヴァー夫人が言ったとき、嘘をついていたのかどうかを知ることだった。最初、音楽など何も知らないといったとき、彼女は嘘をついたのではないだろうか。しかし、ルドヴィークは彼女の両親がきわめてささやかな収入しか得ていなかったこと、そしてチェルニーがかき集めてきた情報によれば、彼女の父も母も楽器をひかなかったということをけっして忘れてはならなかった。

「どうやってそんなことをすべて知ることができたんだい」と、ルドヴィークが質問したとき、チェルニーは歯を見せずに笑った。まつ毛が衝立の役目をはたしているため、目は見えなかった。彼は答えなかった。

カメラマンの方はどうかというと、彼は世界をありのままに受け取るという様子をしているだけでなく、いかにも自分を馬鹿正直な人間のように見せているため、ルドヴィークの神経を怒りで激しく燃え立たせるという才能があった。

——だれだってさえない模倣品なら作れるさ。でも、説得力のある偽物作りに成功するには熟練した音楽家の芸術がないとできないものさ、とロマンは繰り返し言った。模倣は学校でも教えられているんだ。それ自体音楽の一ジャンルで、研究もされているんだ。この国にはショパン風に作曲できる音楽家はたくさんいる。君は彼らにマズルカの作曲を依頼することだってできる。彼らはたいした時間もかけずに、君にマズルカを渡してくれるだろう、ピザを配達するみたいにね。でもそのために、彼らはこれまで何年も何年も鍵盤に汗水を垂らして、優れたレベルに達したんだ。フォルティーノヴァーの場合はそれとはわけが違う、分かるだろう。

——もういいから。そんな話、聞き飽きたよ！　ということは、俺たちが知っていることをもとに推論すれば、彼女には多少なりとも高度な和声を持った「ショパンの曲」を作曲するピアノの能力など全然ないということになる、そういうことだな？　だとしたら、君の結論はどういうことになるんだい？

——もし君がどうしてもインチキがあるという考えに執着するんだったら……。

——どうしても執着するって、どういうことだ！　俺は何にも執着なんかしてないさ。俺は調査しているだけだ。そして反証が出てくるまでは、死者が彼女を訪れてくるなどという彼女のホラ話が本物だとは断じて言えないんだ！　そんな幽霊話のせいで俺は気が変になりそうだ。もう君はそうなってるけどな。君がそんなにうぶだとは知らなかったよ……。

十四

中央ヨーロッパは、あたかもなだらかな坂の上を押されるように少しずつ冬へと向かっていった。そして地表すれすれの雲から機銃掃射のように雹が落ちてきて、道行く人の顔にあたったり、渋滞中の車のフロントガラスの上でバチバチと音を立てたり、飛行中のミヤビシギをいらつかせたりした。ルドヴィークは後で自分の好きな古本屋をあさろうと考えていたので、パヴェルとはスパーレナー通りのカフェレストランで待ち合わせをした。その午後、テーブルについていたのは探偵というよりは、StBの元スパイだった。そのことをルドヴィークは二言、三言、彼と言葉を交わした後ですぐに理解した。

――フォルティーノヴァーの夫のことで面白い話がある。

――ヤンだね、たしか十年ほど前に死んだ。

――そう、死んだのは八四年。たまたま私は短期間だったがヤン・フォルティーンに関わることになった。彼が死ぬ三年前の話だ……。彼がＶＯＮＳ〔一九七八年に結成された不当迫害防護委員会〕の会合に参加しているという証拠を得るために、彼を尾行するよう依頼されたんだ。何晩か続けて私は彼の後を追った。上司が必要としていた情報を渡すのにたいした時間はかからなかった。というのも彼は正規の会員ではなく、単なるシンパだった。ＶＯＮＳは主に知識人で構成されていたが、労働者の世界にもその下部組織を広げようとしていた。

――彼のことを知っていたのに、どうしてこれまで話してくれなかったんだい。

チェルニーは大きな笑みを浮かべたまま、椅子に深く腰かけ、落ち着いて一呼吸してから答えた。

――スラニーさん、私がそれらの期間に関することであなたに言わなかったことのすべてを、もしあなたが知ったとしたら……。フォルティーンに関する私の仕事は上司が欲しがっていた証拠を渡すこと、それだけだった。すでに死んで埋葬されているこの男は、それ自体として見れば、今私たちが関わっている件とは何のつながりもない。それに彼を尾行して反体制派の巣窟のひとつまで行ったこともあるが、そんな話をあなたにしても有用だとは思えなかった。そうは見えないかもしれないが、私みたいな人間でもときどき後悔に捉われるんですよ。私のロッカーは死体でいっぱいだ。フォルティーンは私のせいで刑務所に入った。いずれにせよ、あなたは彼が刑務所にいたということは知っていたわけです――ということは、その点で私の情報はあなたにとって新しいものではなかったはずです。

――その通りだ。

――ＳｔＢで働いていたころ、私にとってヤン・フォルティーンの運命などどうでもいいものだった。私の管轄ではなかったから。私の使命は先ほども言ったように、証拠を集めること、ただそれだけだった。それ以上深入りすると、こちらにも害が及んだかもしれない。それに、ほんとうのことを言えば、逮捕された連中がその後どうなるかなんてことは、私にはどうでもよかった。ところが、最近、捜査を進めているうちに、彼はほんのわずかな期間しか拘留されず、有罪判決さえ出されていないということが分かった。訴訟も起こされていない。何もなし。この点が私の関心を引いた。フォルティーンは三週間豚箱にいて、釈放された。当時の基準からすれば、これはあり得ないことだ。確かに彼は職を失ったが、刑罰としてはかなり寛大だった。それが何を意味しているかというと、明らかに……。

——彼が協力的な態度を見せたということだね。

——そういうこと。

——彼は反体制派の友人について話してしまったんだ。

——ふつうは、だれでも自分自身について作成された書類にならアクセスできるが、他人に関する書類にはアクセスできない。ただ、私はまだいい人間関係をある程度保っているので、フォルティーンに関する書類を閲覧することができた、もちろん私も彼らに奉仕しているわけだけれど。確かに彼は定期的に情報を提供することを受け入れていた。だけどその情報というのは、奇妙なことに、反体制派の友人に関するものではなかったんだ。彼はVONSという小さな星雲の下っ端にすぎなかった。彼が情報の提供を承諾していたのは、実は自分の妻に関するものだったんだ。

——でも彼女は政治には全然関わっていなかったはずだ。

——おっしゃる通り。活発な役目は何も果たしていない。

——どういうことだろう。

――つまり、おそらくある役目は果たしていた、受身的な役目は果たしていたということだと思う。彼らは彼女に霊媒の力があることを知っていた。公式の見解では、現在の体制は無神論だ。体制はその思考や決定のひとつひとつをすべて情け容赦のない科学的なマルクス主義の上に打ち建てた。それは確かなことだ。だがそれは看板だけの話。店の奥はもっとニュアンスに富んでいる。四年前、自分の死が近いと感じたグスターフ・フサーク〔一九一三―一九九一、チェコスロヴァキア共産党第一書記、大統領〕はある司祭に告解したと言われている。それがどういうことか、分かりますね……。フォルティーノヴァー夫人の霊媒の能力に関して言うと、彼らはその能力のことを知っていただけではなく、さらに知っていたんだ、彼女が……。

――彼ら、ってだれだい。

――高い地位に――トップに――いた何人かの指導者たちですよ。彼らは彼女が死者たちの訪問を受けていることを知っていた。彼らはずっと自分たちが脅迫されているように感じていた。彼らはいたるところに陰謀を見ていたし、その裏をかくためならあらゆる手段を使った。それで彼らはヤン・フォルティーンに依頼して、妻を見張り、彼女がだれと「つきあっているのか」、彼女が彼方の世界で言われているどんなことを耳にしているのかを報告するよう命じたんだと思う。フォルティーンの逮捕や、彼が刑務所で過ごした三週間は、おそらく彼の協力を得るために仕組まれた……。

――彼は同意したのかい。

――彼は報告書を提出している。私はそれを閲覧してきた。彼らはおそらく、生きた人間よりも亡霊の方を用心していた。彼らの多くはその手を血で汚していたからね。彼らは罪を犯したり、自分の「友人たち」を刑務所に送りこんでは、すべてを、そしていいかげんなことを告白させたりして、頂上まで昇りつめた人間なんだから……。

――それはまさに青天の霹靂だけど、よく分からないのは、どういう点で……。

――彼らは自分たちに殺された者たちの声を怖れていたに違いない。何かを暴露されるんじゃないかと。一時は同志だった大臣や反対者や委員会の書記や暴君やその他の期待の星が次々と拷問を受けて死んだり、でっちあげられた糾弾で不興をこうむったりしたからね。となると、もちろんのこと、溺死者が水面に浮かんでくるのを怖れる人間もいたということだ……。

――妻が潜在的に危険人物というのなら、どうして夫ではなく妻を刑務所に入れなかったんだろう。あるいはどうして、彼女を抹殺しなかったんだろう。事故かなんかであっという間に始末することくらいできたはずなのに……。

――彼らは、死者たちの間にも支持や証人が見つけられると考えていたのだろう。助言者というか。おそらく、彼らは自身が陰謀をたくらむのを助けてくれるような新事実が出てくるのを狙っていたんだと思う。すでに言った通り、彼らはまさにシェイクスピア的な雰囲気のなかで生きていた……。そして彼らもまた、亡霊が彼らに接触して、秘密を暴露してくれることを期待していた……。「さあ、ハムレット、聞くんだ！　俺が蛇に噛まれたという話が、俺が庭で眠っている間に広められた。こうしてデンマーク中の耳が、俺が死んだという作り話でだまされた……」。考えてもごらんなさい。この体制の下で、フォルティーノヴァー夫人は過去との通用門、嘘や真実や陰謀や恨みといったあらゆる人間の虚栄心の血膿をすきま風のように通るがままにしている回転扉だったんだ……。

――こうしてグスターフ・フサークや体制側の他の権威者たちが彼女の言うことを本気にしたというわけか……その時から……。彼女に関して集約された書類のなかで、「しかじかの」出会いが問題になっているかどうかは分かっているのだろうか。

――体制によって迫害された人間や他の犠牲者たちが彼女と接触したかどうかということだね。実を言えば、それに関する証拠は全然ない。そうしたことは秘密の報告書でも言及されていたんだろうか。問題になっているのは匿名者やおそらく近親者たちだけだ。上流階級の人間も、反対者もひとりも言及されていない。

――ヴェラ・フォルティーノヴァーはいつか自分に関する書類を閲覧したんだろうか。

――彼女はこれまで一度もそんな要求をしていない。そんな書類があることさえ彼女は知らないと思う。彼女はそれほど政治には無縁だったから……。

――とすると、彼女は今でも夫に見張られていたことを知らないわけだ。

――その方がいいとは思わないか。刑務所を出てすぐに、夫の方が知らせたのなら話は別だが……。

こうして、無神論体制を主導する頭脳集団はフォルティーノヴァーという謎を尊敬の念をもって考察した。彼女をほら吹き女とか気ちがい女と考えるどころか、彼らは彼女にたいして当時存在していた最高の栄誉のひとつをもって迎えた。つまり彼女にスパイを放ったのである。それはショパンとはたいした関係がない、とルドヴィークは考えた。たいした関係はない、と同時に、おおいに関係するかもしれない……。どうして俺は軽率にも彼女がインチキ女だと決めつけてしまったんだろう、共産党のお偉方たちでさえ彼女を信頼しているというのに。

ルドヴィークはライターを探して、ポケットを次から次とひっくり返すような男に特有の気がかりそうな様子で椅子から立ち上がった。二人は古本屋の方向に歩き、その前で別れた。チェルニーはルドヴィークが仕切り壁いっぱいに本が詰まったアリババの洞窟のなかに呑み込まれていくのを見送った。彼はよそでは見つからない何かをここで探そうとするのだろう。「ここに用事があるので、失礼するよ」と、ルドヴィークはチェルニーに言った。あたかもチェルニーにはこれ以上いてほしくないということを理解させるためであるかのように。それから彼は本棚の後ろに姿を消した。国立劇場に沿って歩きながら、チェルニーは数日前、図書館に行くからといって、ルドヴィークがだしぬけに面会の日を延期したことを思い出した。彼はその日ばかりでなく、次の日も、また次の日も図書館で過ごした。

十五

　チェルニーがルニーク・ホテルのカーテンの背後で監視を再開してから四十八時間が経った。この間、警戒すべきことは何も起こらなかった。疑わしい人物のシルエットを明確に区別できないのに、時間の果てるまで正面の窓ガラスや光の照り返しを観察しなければならないという刑でも宣告されたのだろうか。霊媒の女性は彼にこのような奇妙な監視を命じた二人のジャーナリスト以外の訪問客を迎え入れたことはなかった。こんなに平凡で予測可能な存在を監視するのに、ここまで努力し時間をかけなければならないなんて……。それは自分がかつて刑務所に送りこんだ全員の魂から受ける懲罰だろうか。自分は今や地獄か煉獄にいて、一九八一年のある日、当時通りの向こう側に住んでいた男に不利な証拠を提出したがために、二つ星ホテルの一室に永遠に閉じ込められるという刑に処せられているのだろうか。

　午後の半ばごろ、ジャーナリストたちが去ってしばらくたってから、彼は彼女のアパルトマンの廊下に明かりが灯ったことに気がついた。それはいつもなら彼女が出かける準備をしているという徴だった。そのため彼は吸っていたスパルタの火を灰皿に押しつけて消した。朝から彼はうずくまった野獣のようだったが、彼女が外に出てくる前に道路に姿を現した。いつもと同様に、おそらく近くで買い物でもするのだろう。だが、ありがたいことに、少なくともこちらの滅入った気分を解消するには役立ちそうだ……。やっとあの小さな地獄を去る許可が得られのだ。この喜びを大切にしよう。外に出てきた彼女はユゴスラーフスカー通りに向かい、そこを横断して、右側の歩道をくだっていった。彼は歩を早めた。というのも、彼女がトラムに乗ったからだ。扉が閉まる瞬間に彼も体を滑り込ませた。ということは、彼女は近くに買い物に行くんじゃないな。

トラムは川を渡り、スミーホフ地区に入っていった。そこで彼女は降りる合図をし、曇ったガラスをのぞきこんで、なんとか帽子を整えてから立ち上がった。数十メートルほど歩いた後、彼は彼女がポーチをくぐるのを目撃した。それで彼も彼女に続いて身を滑らせた。そこで、彼女は三階建ての集合住宅とその各階にしつらえられた回廊にぐるりと囲まれた中庭を横断した。しかし、彼女は上の階には向かわず、一階で呼び鈴を鳴らした。パヴェル・チェルニーは後からそこに書かれていたダニエル・ブレシュという名前を書き留めた。

ヴェラ・フォルティーノヴァーは二時間後、再びポーチの下に姿を現した。そして来たときと逆方向のトラムに乗った。彼女のカバンに音楽帳が入っていないかどうか確かめるには、スリがカバンを奪わなければならなかっただろう……。翌日、チェルニーはスミーホフ地区の中庭を再び訪れ、以前からずっとやってきた演習、偽りの近隣調査に没頭した（「近くに部屋を借りようと思っているのですが、とっても静かな場所を探しています。ときどき楽器の音が聞こえてくるというようなことはありませんか」）。こうして彼はいくつかのドアをノックし、若干の返答も得ることができたが、いかなる楽器も近隣の静けさを乱すようなことはなかった。そのため、彼は危険を冒してダニエル・ブレシュのドアの呼び鈴を鳴らして同じ質問をした。

ダニエル・ブレシュは六十歳代の不愛想で、疑り深そうな男だった。チェルニーは、大学の教授がここに住んで、完璧に静かな環境のなかで講義の準備をしたり、答案を採点したりすることを望んでいるのですが、この建物全体は静かでしょうかなどというでたらめな質問を口にしつつも、ブレシュの住居の一部を観察した。だが、男は警戒し、心を閉ざしていた。探偵はこうした不安な表情をこれまで何度も目にしてはいたが、彼に話をさせようと作り笑いまでして見せた。無駄だった。

その後、チェルニーはブレシュがＶＯＮＳの元会員であることを発見したが、驚かなかった。死んだヤン・フォルティーンの友だちなんだろう、と推測した。その友だちと未亡人は関係を保っているのだろうか——遅まきの恋愛だろうか、友愛だろうか。俺が街をうろつきまわっていた二時間、二人は彼の家で何をしていたんだろう。ブレシュはＶＯＮＳの元会員なので、彼に関する大量の情報を得ることは容易なことだった——彼に関する書類はちょっとした金の鉱脈だった。ブレシュはその委員会に参加するまで、独身で、なんのトラブルも起こさず、ひかえめな教員生活を送っていた。書類には、楽器を演奏するとの記載はいっさいなかった。それに彼の貧しい生活では音楽教育を受ける余裕などなかったはずだ。会合に参加したことが知られるやいなや、彼は学校を追われた。そして臨時の仕事をいくつもつないで細々と生活していたが、九〇年の新学期に公教育に復帰した。またもや役に立たない手がかりだ、と探偵はため息をついた。彼は結論をルドヴィークに伝達したが、そこには明確に「誤報」というタイトルがつけられていた。

探偵が並行して続けていた郵便ボックスの監視からも何も疑わしいものは出てこなかった。請求書や、女友だちやいとこたちからの何通かの手紙。彼はついには筆跡を見て、だれからの手紙か分かるまでになっていた。気がすむように、彼はすべてを自宅に持ち帰り、圧力鍋のような蒸気を出す機械を使って封筒の糊をはがした……。ある日のこと、「十七枚のCDに収録されたフレデリック・ショパン全集、破格値」と書かれた広告に出くわした。

尾行の方はどうかというと、泣きたくなるほど惨憺たる結果だった。こちらに食料品を買いに行くかと思えば、あちらに日用品を買いに行く、さらにルツェルナにチェスをしに行き、スプラフォン社での会合に向かう。そこには異常なものなど何もなかった。そのため、ルドヴィークはチェルニーに尾行の中断を求めた。

撮影をともなうインタビューも間隔があくようになった。彼らはこの問題に飽き飽きしはじめていた。あるインタビューの最中、彼らのコーヒーをいれるために彼女が台所に姿を消したすきを利用して、ルドヴィークは低いテーブルの下に金属製の小さなバッタを固定した——バッタという以外の比喩を思いつくことができなかった——、そのバッタの腹部の下には吸盤と小型の電池が付いていた。そのマイクの長さはせいぜい二センチほどで、そこからは尻尾のような小さなアンテナがはみ出ていたが、全体として数グラムを越えないはずだった。ウイルス、微生物、マイク。人間はいつでも無限小の罠にかかるものらしい。一週間後、ルドヴィークはこっそりとバッタを外して、まだ騒音も声も音符も経験したことのない別のバッタを固定した……。帰宅して、彼は聞いてみた。信じがたいほどに退屈なものだった。旧時代のマイクは完璧な働きをしていた。そこからは、ときどきヴェラ・フォルティーノヴァーが電話で話す声や、ある日、娘が訪れて来たときに娘に話しかける声が聞こえてきたが、音符を口述したり、偽作者を明かしたりするようないかなる疑わしい声も聞こえてこなかった。

*

その当時のある夜のこと、ルドヴィークは夢を見た。暴風雨が吹いて地獄の川面に巨大な波が立ち、カロンの舟は岸につながれたままだった。苦悩する魂たちは、小やみになって川が渡れるようになるのを願いながら渡し場でじっと待っていた。ときどき、カフェのなかで、死者たちはラジオの天気予報に注意深く耳を傾けていた。夕方、そうした死者たちの多くがキャバレー・スティックスにいるのが見られた。そこでは、ひとりの男が、悲しい眼差しをした上品な若者の弾くピアノに合わせて、ベルカントの曲を歌っていた。その若者は作曲家のショパンだとみなささやきあっていた。あんなところで何をしてるんだろう。死んでから長い時間が経っているのに彼はまだ川を渡らなかったんだろうか。彼はまだ生きた人間のいるこちら側ですべきことが残っているのだろうか。ルドヴィークはやっと座れる席を見つけて、飲み物を注文しようとした。だが、彼はウエイトレスの注意を引くことができない。しばらくして、やっと彼女は彼の方をふり向いた。するとまもなく、警報が鳴り渡った。

目覚めたとき、寝ていた人間が夢と覚醒状態の境界線を再び越える間に、彼はウエイトレスの役を演じていたのはヴェラ・フォルティーノヴァーだと分かった。ラジオ付き目覚まし時計は七時五十分を指していた。ルドヴィークは半分眠った状態で受話器を取った。ノヴァークが機嫌の悪いときの声で彼を呼んでいた。

――ルドヴィーク、編集部に着いたらすぐに私のところに来てくれ。今、すぐに、いくつかの問題を解決しておかなきゃならない。進捗状況が分かるように、報告をしてくれ。チェルマークも同席する。スタニェクといっしょに来てくれ。

——彼は……。

ルドヴィークが言い終わらないうちに、ノヴァークは電話を切ってしまった。単なるブリーフィングだろうか。仕事の進捗状況を報告しただけで彼らが満足するとは思われなかった。チェルマークがわざわざノヴァークの執務室にまで来るということは、事件が焦げ臭くなってきたというのではないにしても、きな臭くなってきたということだ。オーナー社長はめったにしか姿を現さなかった。ルドヴィークは年初からまだ二回しか彼と話していなかったはずだった。

——ルドヴィーク、事態は急展開している。私たちは今や、彼らのリズムに合わせて後を追いかけざるを得なくなっている。スプラフォン社が発売予定のCDにピーター・ケイティンが何曲か弾くことが確かめられた。彼らはかなり難度を上げたことをやっている……。彼らは信じているんだ……。どんなことでもする気だ。販売開始は一カ月半後のようだ……。こうした情報はみな政治部門のクチエラから入手した。彼の奥さんがスプラフォン社で働いているんだ……。あっという間に何もかもが一気に暴走しはじめるだろう……。彼らは綿密に事を進めている……。フォルティーノヴァーは君に話さなかったのかい、チェコの精神科医が何人もいるところで一連のテストを受けたことを。彼女はまた、これもスプラフォン社の事務所でだけど、ユトレヒト超心理学研究所の教授たちに会っている。彼らの見立てでは、彼女は健康で、何の異常もないそうだ。潜在記憶に苦しんでいるわけでもないし、彼女は自分の記憶のすべてに何の障害もなく自由にアクセスできるそうだ……。オランダ人たちは、彼女には自分を売りこもうという気はさらさらなく、まったく健全な人間だということを明らかにした……。いかなる虚言症も、嘘をつく癖もない。彼女を検査したのは、七〇年代にユトレヒトで権威があったと思われるテンハーフ教授〔ウィルヘルム・H・テンハーフ、一八九四—一九八二〕の弟子たちだ……。以上が、昨夜クチェラが私に知らせてきたことだ。彼らはこういった「人を安心させるような」結論のすべてを遠慮なく使ってくるだろう。ショパンのものと考えられている楽譜の出どころに関しては、彼らはきわめて慎重な態度を見せている。フォルティーノヴァーがきわめて均衡のとれた人物なのを考慮して、彼らは自分たちに観察可能な音楽の霊媒力の分野で、彼女はもっとも興味深い症例のひとつだと言うにとどめている。以上だ……。こうしたことはみな雰囲気を盛り上げるために仕組まれているんだ……（ノヴァークは深いため息をついた）。ルドヴィーク、君には好きなだけの時間をやったはずだ。私たちの気持ちも分かってくれ、もうまわりくどい方法はやめにして、どんな展開になっているのか教えてくれ、とりわけ、どんなアングルのドキュメンタリー番組になりそうなんだい。

——ええと……。あちらに傾くかこちらに傾くかを明確に決定するのに必要な要素がまだいくつか欠けている状態です……。私たちが仕上げたものはとても叙述的で、深遠で、とても興味深いと思います。でも、まだ偽造の証拠を探している段階で、それは……。

——ということは、ずっと君は明確な考えができていなかったということなのか。君は何をしているんだい。君はかなりの予算を自分の思い通りに使ったことを少しは考えてみたかい。それなのに、シャーロック・ホームズは、どれだけか知らないが、まだ時間を必要としていますなんてぬけぬけと言うとは、あきれたもんだね。

まさにこの瞬間、ルドヴィークは自分の上でおそらく罠が閉じられつつあると思った。それはたぶんパラノイアではなかった、つまり……。ノヴァークは何週間も前に彼に罠を仕掛けていたのだ、ズデニュカゆえの遺恨から、たぶん憎しみから。それは確かだった。彼は知っていたのだ。そしてルドヴィークは草と枝でできた超軽量の床を不注意にも踏んでしまい、それが彼の体重を支え切れずに落ちようとしていた。もう一方の男は、目をギラギラ輝かせ、高みから彼を見下ろしていた。そしてどんな細かなことでも容赦なく攻め立てようとして、ここにチェルマークまで呼んで、二人の男の争奪戦を目撃させたのだ。しかし、ルドヴィークはパニックに陥らなかった。おそらく、彼が数日前に見たかすかな光が彼にトンネルの出口を示していたからだ。単にパニックに陥らなかったばかりでなく、彼は自分のなかに、この罠はたぶんうまく機能しないだろう――相手が期待しているほど機能しないだろうと考える理由のようなものまで見出していた。

――もう少し時間をください。その後なら、何が問題なのか説明できます。そして彼女が嘘をついているのかいないのか言うことができます。

驚いたカメラマンは何も言わずにルドヴィークの方をふり向いた。

――そのときには、すべてがまやかしにすぎないのかどうか私たちに言えるんだな、と不審そうに、疑り深そうにノヴァークは言い返した。

――はい。

――で、あとどれだけ時間が欲しいんだい。

――二週間ください。撮影は終わっています、というか、ほとんど終わっています。

――ロマンは明日から全然別な仕事の方に行かなきゃならない、締め切りが迫っているんでね。どうやってひとりで乗り切るんだい。

――ひとりでもだいじょうぶです。補足のインタビューをいくつかするだけなので。

――分かった、二週間やろう、それ以上は一日たりともだめだ。二週間後、君からみなに口頭で説明してくれ、それからみなで議論して、放送する日を決定しよう。モンタージュにどれぐらい時間がかかるか、分かるかい。手早くやる必要がある。時期を逸してしまっては何にもならない、ここではそういうことがあまりにも多過ぎる……。スケジュール通りにいかないと、すべての責任が私の上に降りかかってくるからな、とノヴァークはそれが会談の終わりを知らせる言葉であるかのように言いつつ、少しだけオーナー社長の方に体を向けて笑みを浮かべた。

その後、ロマンとルドヴィークはホールまで降りて、それぞれがタバコに火をつけた。空が砕けて固い小片になり、勢いよく大窓にぶつかってカチカチという音を立てた。そのとき、冬が来たと町中の人が窓のカーテンを持ち上げながら同時に心の中でつぶやくのだった。

――あれは、いったいどういうことだい、今すぐに説明してくれ。何日も連絡をくれず、図書館に閉じ込もって、だれか分からない人間にインタビューして、モンタージュを遅らせているじゃないか……、しかも、二人の仕事が終わったのか、まだ俺の助けを必要としているのか、俺を待ってる別のプロジェクトに移ってもいいのか、何も言ってくれないじゃないか。最近、あんたは何を考えてるんだい、まったくもう、どうなっているんだ。

――すぐに分かるよ、ロマン。俺は説明の糸口を手に入れたような気がしているんだ――手に入れた、はたぶん言い過ぎで、気づいたの方が正しいとは思うけど。心配はいらない。君はすべきことはすべてしてた。俺が今横断している霧は伸び縮みするんだ。あるときは広がるけれど、今は消えようとしている。まもなくすれば、消えてくれるさ。

ルドヴィークとロマンの最後の共同作業はヴェラの二人の子どもを別々にインタビューすることだった。ルドヴィークとロマンは町の中心部にあるカフェでヤロミル・フォルティーンを見つけたが、彼はカメラに映ることを拒否し、最後まで不審そうな様子を保ったまま、口数少なだった。

——あなたのお母さんは記憶の一部を喪失することにつながるような事故に以前あったことはありますか。

——知っている限りでは、ないな……。

——あなたはお母さんの能力を受け継いでいますか。

——いや……。子どもの頃、とても小さいときは、受け継いでいたかもしれないけど、その後は、衰えて、消えてしまった。べつに後悔などしてはいないけど。何はともあれ、僕はふつうの生活をしたかったんだ。

姉のヤナの方は、カメラの前で話すのを承諾した。思慮深い彼女は言葉を慎重に時間をかけて選んだ上で、率直に答えた。すでに弟にした質問にたいして、彼女は弟とほとんど同じような答えをした。しかし、いくつかの注目すべき言葉があったので、ルドヴィークはなんとか留めておこうと努めた。

——母はこれ以上ないくらい質素な人です。彼女が育った謹厳な家庭環境では、だれも自分が目立ちたいなどとは思いませんでした。野心的という言葉ほど母に似合わない言葉はありません。母は自分の身に起こることを、あたかも予期していたかのように、ごく自然に受け入れる人です。母は虚言症とは反対なのです……。とても安定した人で、怒ったところなど見たことがありません。

ヤナ・フォルティーノヴァーの仕事の休憩時間が終わろうとしていた。彼女は高校を去って以来売り子として働いている靴屋に戻らなければならなかった。彼女に感謝した後、二人は機材を置くためにロマンの車のところまで歩いた。

——二人とも母親が絶対に誠実だと信じてるね。

——君は彼らが母親を守り、隠すのを助けているとは思わないか……。

——いいや。あんたは？

——俺もそうは思わない、とルドヴィークは少しも躊躇せずに答えた。そして一瞬沈黙した後で、事は決したという感じだな、と付け加えた。

＊

インタビューに続く日々、ルドヴィーク・スラニーはずっと勉強し続け、編集部にはほんの短い時間しか姿を見せなかった。彼は熱に浮かされたように仕事をし、ドイツの専門家にインタビューをしにドレスデンに行ってくると告げた。何の専門家か、彼は用心してそれを言わなかった。やっと見つけたトンネルの出口が彼を魅了し、捉まえて放さなかった。そうしたすべては疲労困憊させたが、彼にはその自覚がなかった。こうして彼は奇妙な状態をいくつか横断した。医者に診てもらい回復し、少しだけ休息を取った。彼は自分が執行猶予の状態にいると感じていた。俺には時間が残されているだろうか……。怖れていたことがとうとう起こってしまった。電話のノヴァークはこれ以上ぐずぐずするのを許すような雰囲気ではなかった。以来、彼は要求した。催促した。モンタージュはどこまで進んでる？　ルドヴィークはその段階までまだ行っていないことを告白する勇気はなかった。

——この間も、彼らはどんどん計画を進めているんだぞ！　彼らは「ショパンから霊感を受けた」CDの発売を予定より早めたところだ。一カ月後、各地でコンサートが予定されているし、プロモーションの段階に入っている……。そういうわけだから、私には放映日がいつなのか知る必要がある。今だ。もう待てない、ルドヴィーク。いったい、君はどこに行ってたんだい。君は編集会議で私たちにブリーフィングして、どんなアングルからドキュメンタリー番組を作ったのか、どんな結論を出したのか言わなければならなかったんだ。

ルドヴィーク・スラニーは思い切って次のように答えた。

——水曜の朝、そちらにうかがいます。それでいいでしょうか。九時半に会議室で、了解です。分かりました。すべてを解決しましょう。さまざまな日付等々を。時間が必要だったのです。予想していた以上に時間がかかりました。でも今私にはくっきりと見えています。すべてを説明するつもりです。ヴェラ・フォルティーノヴァーがショパンを見たのかどうか、コンサートで演奏されようとしている曲がだれによって作曲されたのかを話すつもりです。

——最終期限は水曜の朝、それでいいな。君の説明を楽しみにしている。

——了解です、フィリップ。

第三部

十六

絹のように滑らかで早口の彼女の声を電話で聞いて以来、彼はそわそわしていた。その声の響きから、彼は美しい体つきの、黒髪で目のかなり青い女性、そして、せいぜい三十歳になったばかりの女性の姿を想像した。美人だろうか。きっとそう。だがそれはまだ分からなかった。彼女はフォルティーノヴァー事件を再度取り上げ、彼女の没後十周年の機会に、ルドヴィークのテレビ局とはライバル局の予算で新たなドキュメンタリー番組を制作する計画があるので、どうしても彼に会って話がしたいと言った。それは彼にインタビューをするのが目的ではなく、証人としての彼の供述を聞き——司法官ならそう言ったに違いないが——、その主題について、さらにそれにどのような方法で取り組み、「あなたの領分に入りこんでいくか」について——彼女は少し儀式ばった説明をした——、同僚として意見を交換するのが目的だった。その点において、彼は自分の行った調査について、彼女がきわめて寛大な判断をくだしていると感じた。だがそれはすべて、もうずっと昔のことだった……。自分のキャリアの奥底に沈殿した泥をどうしてまた今になってかきまぜようとするんだろう。彼はためらった。

彼が彼女に待ち合わせの場所として指定したカフェレストランは川の堤に面していた。フォルティーノヴァー事件は二十年前のことで、その間、橋の下をたくさんの水が流れていった。そして今、彼は台座の上に立って忠実に自分の持ち場を守っている暗い色の制服を着た橋の歩哨たちを眺めていた。絹のような声をした見知らぬ女は時間通りに来るだろうか、それとも少し遅れるようにして来るだろうか。やはり、彼にとっては、彼女が来ない方がいいのではないだろうか。一九九五年から二〇一五年。この間、彼はいくつかの町で生活した、そして、そうした町を流れる川の橋の下を大量の水が流れていった……。数年間、通信員としてベルリンに勤務し、また別の何年間はウィーン勤務だった。結婚し、離婚もした。そして今、少し前から、彼は出世コースを上りつめ、テレビ局で、かつてフィリップ・ノヴァークが占めていた地位についていた。結局のところ、ノヴァークが彼に制作を命じたドキュメンタリー番組はキャリアに傷をつけることにはならなかった。それどころか、おそらくそのドキュメンタリーは、彼自身のありきたりな証言によれば、彼のキャリアや評価に奇妙なテイストをもたらすことになった。

ルドヴィークは川岸に面した眺めのいい席を自由に選べるよう、早めに約束の場所に到着した。川面は高く、氾濫しそうだった。そして水は上流の浸水した土地で根こぎにした木々の枝を押し流していた。大量の水がすさまじい勢いで流れていたが、水面に映った町の影をいっしょに持ち去ることにはけっして成功していなかった。町が漂流することを彼は予期していたのだろうか、水に映った町の影が河口まで降りてゆくことを。彼はこの種の物語を書けるものなら書いてみたいと思ったが、自分には無理だと諦めていた。そんな物語のなかでは、それぞれの町の影が水面から切り離され、川下の次の町まで漂流することになっていた。

彼のいる客室に女性が同伴者なしで姿を現すたびに、彼はびくっとして、自分に問いかけるのだった、彼女だろうか？　彼はこうした瞬間が、この種の会合の前に漂う、まるで気密室のなかにでもいるような先の読めない瞬間が好きだった。警戒状態にある自分の感覚、何もかもが可能なように思われる時間帯が好きだった。女が入って来るのを見たとき、彼は声の主が彼女であること、そして彼女が自分にとって気になる存在になるだろうということを察知し、今夜は、二人の年齢差を忘れないために酒量はできるだけひかえようと心に誓った。今回ばかりは、彼の想像はかなり正確にあたった。ただし、彼女は髪を褐色に染めていた。さらに青のカラーコンタクトをつけていた、それは彼を満足させることになった。彼女に合図を送るために立ち上がりながら、ダナ・ルージチュコヴァーさんですか、とささやいた。五分もしないうちに、彼は最初のビールを注文した。彼女もまたビールを注文した。二人の会話はゆっくりと進んだ。彼は彼女の声を愛し、彼女が話すのを聞きたい、自分の相手がどんな女性なのかを知りたいと思った。彼女は大柄だったが、形のよさを損なうことのないような繊細さを兼ね備えた、魅力的な女性だった。だが彼女の顔を穴があくほど見つめていると、顔に性器をつけた女性は好きじゃないと言ったヒッチコックの言葉をどうしても思い出してしまった。このダナはそういう女性ではなかった。彼女はこれ見よがしの女性性を顔にひけらかしてなどいなかった……。彼は彼女の声を愛した、たしかに、だが、彼女の生き生きとした精神、すばやい分析能力のなかの何ものかが彼に強烈な印象を与えた。というのも、彼の方は地下を流れる小川のようなタイプの人間で、会話が行われている水面に再び浮かび上がる前に時間をかけて熟考するのが好きだった。彼は彼女のすばやい返答が湧き出てくるさまを、そしてその返答のおかしさを愛したが、同時に、自分自身がいつの日か、そうした彼女の攻撃目標になるのではないかと怖れもした。まるで、ダナという名の知性の竜巻が遅かれ早かれ彼を裏切ることが運命づけられているかのように。こうして会話は何度も美しい曲線を描いた。そのため、ヴェラ・フォルティーノヴァーの名前が初めて会話に現れるまでに、すでに三十分の時間が過ぎていた。

――ダナさん、ノヴァークが私にこのドキュメンタリー番組の制作を依頼した一九九五年には、メールやインターネットといった地球全体にクモの巣状に張り巡らされた巨大なネットワークのようなものは何もなかったのです。おかげで私の仕事はとても単純なものでした。ヴェラ・フォルティーノヴァーと何度か会った後、私は考えました、この女性は完璧なシステムを作り上げているので、昔ながらの諜報活動を数多くこなすしか事態を明らかにすることはできないだろうって。私は彼女がつきあっている生きた人間はだれかをつきとめようと思いました。ノヴァークも私と同じ意見でした。あの貧しい階級出身の女性は引っ越し業者みたいにピアノを弾くんですよ、そんな彼女が隠れた共犯者なしに行動するなんて不可能に思われました。あんなに複雑なショパンの音楽を彼女が模倣して、数百もの贋作まで作れるなんて想像できますか。無理な話です。それで私は、フォルティーノヴァーをみごとな芸術作品を偽造する詐欺集団の氷山の一角にちがいないと信じ、それを証明しようとしました。それ以来、私の仕事は宝さがしのゲームみたいなものになりました……。

こうしてルドヴィーク・スラニーはしばらくの間、勢いこんで話しつづけたが、こんなことのすべては、わずかなことを除けば、この若い女性はすでに知っている、彼女はそんなことは何度も読んだことがあるのだ、そして自分は今こんな前置きを話して彼女を退屈させているに違いない、女性の聴衆を魅了することをこよなく愛する自分としては何としたことかと考えた。そこで、彼は突然ギヤを変えることにした。

――ダナさん、これから私のドキュメンタリー番組に関してあなたが知らないことを話してあげましょう。そこには隠された顔があるのです。おそらくあなたも、去年私を虜にしたニュースを見たと思います。佐村河内守という名前に聞き覚えはありませんか。じゃあ、よく聞いてください。この現代の作曲家はまったく耳が聞こえなくなったために「日本のベートーヴェン」と呼ばれたり、とりわけビデオゲームの音楽を書いたので「デジタル時代のベートーヴェン」と呼ばれたりしていたのです。佐村河内は日本ではその「交響曲第一番《HIROSHIMA》」で有名になりました。彼はその広島で一九六三年に生まれました。父親は被爆しましたが、生き残りました。四歳の時、佐村河内は初めてピアノのレッスンを受けます。数年後、彼はモーツァルトやベートーヴェンを弾いていました。大人になってからはクラシック曲や映画音楽ばかりでなく、先ほど言ったように、ビデオゲーム用の曲も作りました。五十歳で彼は全聾になります。彼は神から与えられた才能が自らの深淵に耳を傾けることを可能にしたと自分の全聾について語っています……。彼の交響曲《HIROSHIMA》のCDは二十万枚売れ、とても有名になったので、数年前広島で行われたG8の記念式典のとき、各国首脳たちの前で演奏もされました……。その後、彼が作曲した作品のひとつ、ヴァイオリンのためのソナチネはソチの冬季オリンピックに出場する日本人スケーターのプログラムに使われることになっていました……。要は、あらゆるものが彼に味方していました。そのうえ、彼は音楽家にふさわしい容姿をしていたのです。長い髪、黒眼鏡、自信ありげな様子、黒い衣装。おまけに全聾。欠けているものなど何もありませんでした。人々は彼のなかに現代の聖画像《イコン》を見ていたのです。

ところが昨年、ソチのオリンピックの直前になって、トランプの城〔空中楼閣〕が崩れました。城を作っていたトランプにはインチキがあったのです。佐村河内の黒眼鏡が隠していたのはひとりのペテン師でした。多作の作曲家はデビューしたてのころを除けば、何も作曲していないと告白し、記者会見の席で卑屈な言い訳をしました。

二十年近く、だれも気づかなかったのです。

彼は告白しました、とルドヴィーク・スラニーは自分の話の効果を確認しながら、先を続けた。告白した理由は、佐村河内に密かに楽譜を渡していた人物がいて、それは新垣隆という大学教授でしたが、彼は逡巡し、自らすべてを明らかにしようとしていたからです。この「代作者」は一九九六年から詐欺師のために働いていました。最初、彼は助手として詐欺師を手伝いました。それから少しずつ、作曲の仕事全体を彼が引き受けるようになったのです、報酬と引き換えに……。でもこの種の事件では、どんなときも代作者が反抗し、仮面を投げ捨てるという瞬間がやってきます。新垣は、ソチ・オリンピックで、世界中の人が見つめるなか、佐村河内のものと偽られた音楽に乗って滑るスケーターの姿を想像して、いたたまれなくなったのです。

佐村河内が暴露した直後、代作者はすべてそのとおりだと追認しました。彼はさらに一歩進んで、詐欺師は耳が聞こえないふりをしていただけで、みなと同じように聞こえていたことまで明かしました……。

去年この事件に関する記事を読んだとき、私は再びヴェラ・フォルティーノヴァーのことを考えました。当時、一九九五年の段階で、代作者は遅かれ早かれ姿を現して、ショパンのものとされた作品を作曲したのは実は自分だと明かすにちがいない、と私は心の底から確信していました。なぜかと言うと、ＣＤの発売やコンサートが近づいていたので金もうけの誘惑もあるだろうし、ごく単純に、影から光のあたるところに移りたいという欲望もあると思われたからです……。こんな誘惑に抵抗できる人間がいるでしょうか。とにかく、私は永遠に待ち伏せを続けるわけにはいかなかったし、なんとしてでも情報を真っ先に入手したいと願いました。だれよりも先に情報を「公表」したいと思ったのです。私に残された時間はしかしながら徐々に少なくなっていきました。編集長がひっきりなしに圧力をかけてきたので、私は病気になり、眠れなくなりました。

その段階で――撮影はほとんど終わっていて、いそいで編集作業に取りかかることになっている段階でしたが――、一番自分に有利な瞬間に姿を現そうとしてその刻を待っている天才的な代作者がいるはずだという仮説を私はどこかで信じていたのです。姿を現すのは、数カ月先ではなく、数日か数週間後だろうと。でも、もし代作者が姿を現さないとしたら、それは、代作者などもともと存在しないということなのだろうか、あるいはむしろ、もうすでに死んでいるということなのではないだろうか、となれば、代作者は自分だけいい目を見ることができないわけだから、代作者としては完璧だったということにはならないだろうかと考えました。ヴィシュフラドの共同墓地に無名の墓石があって、それがずっと気になっていたのです。あの墓石は何を隠していたのか、だれを隠していたのか。代作者がすでに死んでいるとしても、その人物はどこかに手がかりを残しているにちがいない……。郵便物とか、まあ、よくは分からないけど何かをね、そしてそれを見つけるのが私の役目でした……。しかし同時に、私のなかにあるもうひとつ別の何かが新しい手がかりを追いかけはじめていました。それが私をこれまでとは根本的に違う光のもとで事態を考察することへと導いたのです……。

こうして私の「自我」は二つに分かれていました。私の精神状態や調査の進みぐあいに応じて、一方が勝てば、次は他方が勝ち誇ったりしていました。それは激しい戦争でした。二つの「自我」のうちの一方が他方をなんとしてでも打ちのめす必要があったのです。さもないと、こうした葛藤のせいで私が落ちこんでしまった居心地の悪さや疲労困憊からいつまでも抜け出すことができませんでした。決着をつける瞬間が近づいていました。頭のなかで状況が自然にすっきりしてくるのをゆっくりと待つ余裕がなかったので、無理をしてでも事を推し進める必要がありました。そのため、これが最後と思いつつ再び探偵のチェルニーの手を借りることにしました。

私たちの計画を実行するのに絶好のチャンスが訪れました。ヴェラが何日かロンドンに行くことになったのです――それはレコード会社が企画したインタビューや小さなコンサートの巡業でした。その間、チェルニーは再びルニーク・ホテルの四階の部屋を借りていました。ある夜のこと、私は音を立てずにカーテンの背後で見張っていました。ヴェラのアパルトマンは真っ暗だったし、隣人の窓も同様でした。どちらかというと年配の居住者が多い建物で、全員が眠っていました。零時を過ぎたとき、私たちはおたがい、「よし」と言いました。ヴェラの子どもたちがそんな時間に母親のアパルトマンの鉢植えに水をやりに来ることを思いつくわけがありませんでした。やるなら今だと思いました。チェルニーは絶対に過ちを犯してはなりませんでした。かつて彼が仕えていた専制主義体制はもう彼の身を守ってはくれませんでした。でも彼は自信たっぷりに見えました。今だから正直に言いますが、そのとき私たちがどんな危険を犯そうとしているのか熟慮していたら、あんなことはしなかったと思います。私はテレビ局のだれにも前もって話していませんでした。私が彼女のカバンに手を入れている現場を押さえられて逮捕されたとしても、ノヴァークは私を救うために指一本動かさなかったでしょう。

私たちにはたっぷりと夜の時間があったので、あわてることはありませんでした。それに経験上、彼女のアパルトマンの床がきしまないことも知っていました。廊下にいる私たち訪問客を待ち受ける床板の上をソックス姿で滑るようにして進むこともできると考えていました。そんなことはすべてもの笑いの種になってもしかたのないものでした。けれど、この家宅侵入をしないかぎり、私には私の二つの「自我」のどちらかに決めることは永遠にできないように思われたのです。何週間にもわたっておこなわれた撮影や尾行やそれ以外の監視の運命が、今やポケットランプの明かりの先で決しようとしていたのです。もし代作者が彼女と連絡を取っているなら、絶対あそこに、二人が交換した痕跡が見つかるはずだと思われたのです。

すでに言ったように、私はもうひとつ別のシナリオも考えていました。つまり代作者がすでに死んで埋葬されているというケース。もしそうなら、代作者はたとえそそくさとこの世に別れのあいさつをしたのだとしても、その前に何らかの徴をそっと伝えなかったとは考えられませんでした。意識的であろうとなかろうと、代作者はどんなときでもどこかにその「署名」を残すものです、いつか自分の存在を発見してもらいたいからです。それこそ死後の生の鉄則です。後に残るあらゆる痕跡を消したはずの、あの神秘的というだけでは捉えきれない作家トラーヴェン〔一八八二？—一九六九？　身元を明かさぬままメキシコで執筆活動を続けたドイツの作家〕でさえ、生前いくつかの要素を少しずつ外にしみださせていました。まるで、なんとしてでも、彼のなかの一部は自分の仮面を投げ捨てたくてたまらなかったみたいです。それに私たちは、どんな人間でも犯す過ちを待ち伏せしていなければならなかったのです。そうした過ちは最終的には人間を裏切り、どんなにごまかそうとしても無駄であることを明らかにできますから。

ということで、真夜中の零時半、私たちはそこに向かいました。もちろん私たちには鍵などありませんでしたが、チェルニーにとってそれは大した問題ではありませんでした。どのアパルトマンもヴェラのアパルトマンのある階には面していなかったので、のぞき窓から私たちを観察できない位置にありました。十分もしないうちに私たちは彼女のアパルトマンにいました。まだたっぷりと夜の時間は残されていました。

私たちは日本の忍者のように行動しなければなりませんでした。移動させたりひっくり返したりするものから何も気づかれてはなりません。きしるような音をたてて階下の住人たちの注意を引いてもなりません。ヴェラが帰ってきたとき何も気づかぬよう、私たちの痕跡を残してはなりませんでした。そうした緊張のためにアドレナリンが出っぱなしでした。ずっと以前から私はジャーナリズムとスパイ行為の境界線を越えることを夢見ていました。同僚たちはしばしばもっとずっと危険な事件のためにそうした境界線を越えていましたから……。

私たちは午前一時ごろから本格的に捜査を始めました。ギャングたちは、金庫を開けて札束をポケットに入れるとき、私たちが感じていたような気持ちになるのでしょうね。とはいえ、私たちはまだそこまで達してはいませんでした。たしかに玄関のドアをこじ開けたのですが、そのドアの先はまた別のいくつものドアにつながっていたのです……。心の奥底に不安などはありませんでした。すべてはこの訪問の結果しだいだと思っていました。何を見つけるのか、あるいは見つけないのか、それに応じて、私はどちらかの道筋を選ぶことになるだろうと考えていました。たとえどんなにささやかなものであれ、たったひとつの手がかりに自分の運命がかかっているというような経験は、そのときが初めてでした。

私たちの目から逃れるものなどないはずでした。ライティングテーブルの引き出しはどれも鍵がかかっていませんでした。まるでそこの住人は隠すものなど何もないようでした、それこそ、そうした印象を与えようとしているかのようでもありました。

　そうした検証をしてから、私たちは手分けして仕事をしました。パヴェル・チェルニーは私が注意して見たとしても見落とす可能性のある隠し場所のありかを探して、いろいろな場所を捜査しました。それが終わった後、私は彼に寝室と台所を任せました。私の方は書斎、というか夫が生前書斎として使っていた場所、それから今は友人を迎えたり洗濯場として使っている昔の子ども部屋、さらにダイニングルーム――ピアノの置かれている部屋を担当しました。

　ヴェラ・フォルティーノヴァーの筆跡は容易に見分けがつきました、おかげでポケットランプの光をたどる私の仕事はおおいに楽になりました。角張った不器用な文字は間違いなく彼女のものでした――彼女には学校を去ってから久しく書く習慣がありませんでした。長く横に伸びたというか、引き延ばされた文字、それは、中世初期に筆耕の修道士たちが編集に関わる仕事を独占していたころの文字にどこか似ていました。筆耕といえば、ヴェラもまた彼女なりに筆耕だったわけです。いずれにせよ、彼女はそうした範疇に属しているものと思われました。影の筆耕。五線紙の上に見られるさまざまな指示は間違いなく彼女が書いたものでした。音符には文字と同じく尖ったり、横に伸びたりしたようなところがありました。音符の不完全な円、それは球というよりはむしろ菱形や五角形に似ていました。ときどき、私は休息し、目を道路の向こう側の私たちが監視所として使っているホテルの暗い部屋に向けました。彼女の手で書かれたものではない問題の楽譜を求めて、彼女の郵便物を子細に調べていくにつれて、私の困惑は膨れ上がりました。夜が明けるまでに何も見つけることができなかったなら、受け入れがたいが、放棄せざるを得ないだろうと思いました。つまり、ヴェラ・フォルティーノヴァーがひかえめな作曲家の筆耕やショーウインドーとして働いていたという推理を捨てなければならないだろうと思いました。

こうしてゆったりと、捜査に没頭した何時間かが過ぎていきました。私は一行たりとも飛ばさず読みました。一番古い手紙は十五年とか二十年とか前に書かれたものでした。それらのなかに二通、夫の書いたものが含まれていました。刑務所から書いたものです。ときどき、ロンディーンスカー通りに車が進入してきて、文明が完全に消え去ってしまったわけではないということを思い出させました。その文明は、ときおり偵察車両を送りこみ、夜の警備にあたらせていましたが、そのエンジン音はユゴスラーフスカー通りの私のところに届くときにはもう弱まっていて、消えつつありました。私が読んだ手紙のなかには、どんな形にせよヴェラに音楽的な才能があることを明かしてくれるようなものは一通もありませんでした。いずれにせよ、音楽に関するものはゼロでした……。おそらくこうしたすべての手紙の相手は、各々の人生のある時期に彼女に手紙を書きたい欲望と必要性を感じた人たちで、私がそれらを読んだときはすでに死んでいたと思われます。

私はまたアパルトマンの家賃の領収証や夫の給料明細書も子細に調べました、決定的な何らかの手紙がそれらのなかに隠れている可能性があったからです。上の階では男が、強く規則的ないびきをかいて寝ていました。でも、そのうるさいいびきが途切れることがありました、まるで男の心臓が瞬間的に鼓動をやめたかのようでした。

それから、この何もかもがスローモーションになった世界で、四時の時報が鳴ったとき、あることが起こりました。電話が鳴ったのです。その当時、電話機には電話をかけてきた人の名前は表示されませんでした。夜のこんな時間にいったいどんな人物が寝ないでいるのだろう。ヴェラ・フォルティーノヴァーが外国にいることを知らないだれが、彼女と話す必要を感じているのだろう。直感的にチェルニーと私は見つめあいました。隠さずに言うと、私たちの目には少しばかり恐怖が浮かんでいました。受話器を取るなんて狂気の沙汰だったでしょう、でも取りたいという強烈な誘惑がありました……。私たちは一言も言葉を交わしませんでしたが、同じことを考えていました。もし彼だったとしたら？　私たちが追いかけている男、ありそうにない男、しだいに消えていく男、この事件の暗黒物質？　さあ……。この真夜中の電話はおそらく間違いにすぎませんでした。しかし私は窓の方をふり向き、ルニーク・ホテルの部屋を観察しました。まるで彼女が外国にではなく、そのとき、向こう側、私たちが出て来たホテルの部屋のなかにいるとでもいうかのように。

　電話のベルは止みました。四度鳴りましたが、この夜の濃密で沈黙した時間のなかで、ひとつひとつのベルの音が私たちを凍りつかせ、実際よりもかなり長く鳴っているように思われました。びくびくした状態のなかで、私たちは捜査を続けました。私は監視されているような気になって、もう切り上げようと思いました。そうした印象は、不可解な笑みを浮かべて私たちを見ている壁に貼られた写真の顔からやって来ていたのでしょうか、それとも別なところから来ていたのでしょうか。

　私はとてもナイーブだったんだと思います、最後の最後まで彼女のところで多少なりとも内面的な航海日誌のようなものを見つけたいと願っていたのですから。あるいは、私のようなジャーナリストたちがかかった罠の数を書きつけた一覧表とか、彼方からの訪問を記録した目録のようなものとかをね。

　私たちは夜明け前に退散しました。その後、一日中寝ていたのを覚えています。翌日、夜、彼女の家にかかってきた電話がどこからのものだったかについてより詳しい情報が入りました。それは外国からのものでした。フォルティーノヴァー夫人が滞在していたロンドンのホテルからでした。

*

――私たちが収穫ゼロの状態で帰ってきた夜から数えて二日後に、彼女はロンドンから戻ってきました。明白な事実に屈しなければなりませんでしたが、それでも私は抵抗しました。武器を置くことをなおも拒否しました。もう少し粘りたかったのです。断念することができないときに人々の言う、まさに最後にもう一回だけという心境でした。たったひとりで、私はルニーク・ホテルでの監視を再開しました。ホテルの名前が一九五九年のある日、世界で初めて月をかすめて飛んだ観測機〔ソヴィエト連邦のルナ二号〕に由来するのかどうかホテルの受付で尋ねたことはありませんでしたが、私としては惑星フォルティーノヴァーを観察しているという想いでした。そう、自分がその惑星の悪魔のような重力場のなかに入り込み、その隠れた顔を見ようと探求しているという印象を抱いていました。魔女キルケーことフォルティーノヴァーが気になってしかたありませんでした。でも、私は自分に最終期限を課しました。監視はあと二日間のみ、それ以降は一日たりともだめ、その後で、拒否しようにも拒否できない明白な結論を引き出すことにしよう、と。

　私は不安でした。時間が限られていましたから。彼女が帰国した翌日、彼女は午後の半ばごろアパルトマンを出ました。私は彼女があの男――夫の昔の友だちにまた会いに行くのだろうかと思いました。そのとき彼女は買い物用の手提げを持っていませんでした。私は彼女が私の先四十メートルほど前を歩き、ぶらぶらしたり、ウインドーショッピングをしたりするのをほうっておきました。彼女には暇つぶしの時間があるように思われました。たしかに、街には春の雰囲気が漂っていました。早朝、窓から監視していると、二度にわたって大きなVの字を描いた渡り鳥の集団が通っていきました。そのVの字は季節の変わり目に訪れる旗のように大きく広がったり、縮んだりしました。私が後を追いかけている女のイニシャルを描くなんて、空は私を馬鹿にしているのかとも思いました。

いや、そうではありませんでした。彼女はその男のところには行きませんでした。彼女がたどった道筋は私の知る限り、チェルニーの尾行報告書のどこにも出てこないものでした。それは直角と円環でできた奇妙な行程でした。まるで彼女はあてずっぽうにふらふらしているように思われました。その日、彼女はあるアメリカの小説に出てくる人物のことを想起させました。その人物はニューヨークの街を歩きながらSOSという三文字を書いていたのです。

しかし、まもなく、彼女はショーウインドーには目もくれず、まっすぐに歩きはじめました。夜になりました。街灯の電球が夜の真珠のように点灯しだしました。退社時間と重なっていたので、彼女は私の指からするりと逃れる可能性がありました。私には彼女がパラツキー橋を渡り、リディツカー通りを進み、歩を早めながらナードラジュニー通りへと曲がるのが見えました。今や彼女は自分がどこに行こうとしているのか知っていました。一〇八番地でやっと彼女は立ち止まりました。インドジフ・プラフティ通りとの角にある小さなレストランのメニューをちらりと見た後、彼女はレストランのドアを押しました。あまりぱっとしない建物の正面を遠巻きで観察しながら、夕食をするにしては時間が早すぎると思いました。彼女は何をしに来たんだろう。私の眼差しは最初入口のドアの上にじっと注がれていましたが、次にネオンサインに向けられました。私はそこで声を立てずにとどまっていました。上の方には、「ルドヴィーク亭」という文字が書いてあったのです。

私は後退し、道路を渡って、バーに避難し、そこからレストランのドアをうかがいました。結局のところ、レストランの名前が私の名前と同じだなんて偶然の一致ではないでしょうか。精神というものはある瞬間にはたくさんの幻想を生み出し、自分で自分を欺いてしまいます。それにしても……。町を少し横断した目的が、とても早い時間に最低ランクのレストランで夕食をとるためだったなんて信じられるでしょうか……。時間が三十分、四十分と過ぎました……。一時間もしないうちに、彼女はひとりで出てきました。だれか見知らぬ男といっしょだったらよかったのに。彼女はスミーホフ地区を離れ、再び対岸に渡り、家に帰りました、そこには何の驚きもありませんでした。彼女は騙されやすい人間ではありませんでした。そして彼女は私に一杯食わせたのです。彼女は私に、探しても無駄、何も見つけられないと理解させたかったのです。それこそ、何も隠しているものなどないということを私に伝えるための彼女なりのやり方だったのです。でもいったいどうやって、彼女は私が尾行していることに気づいたんでしょうね。

十七

――ペテン師狩りを諦めるのは悪夢でもあり解放でもありました。私が追いかけようとしていたもうひとつの手がかりの方は、私にはまだ十分な確信が持てないでいましたし、熟しきってはいませんでした。そしてそうした気づまりで二の足を踏んでいたとき、いつもとはちがう尋常ならざる暗い考えが急降下してきて、何の予告もなしに、まるで冷たいすき間風のように私のなかに流れこみました。私は前もってドキュメンタリーのモンタージュをする日数を確保し、そのことをノヴァークにも伝えて時間稼ぎをしようとしましたが、私は彼がとてもいらいらしているのを知っていました。私はいったいどこに行こうとしていたんでしょう、なぜまたもう少し待ってくれと言ったんでしょう、撮影は終わったと言っていたのに。私は彼に翌週の編集会議に行くことを約束し、そこで課長たちやお偉方の前でドキュメンタリーに関する詳細な説明をすることになっていました。そう、私は彼らに、ヴェラ・フォルティーノヴァーが嘘をついていたのかいなかったのかを明確に言うつもりでした。さしあたり？　さしあたり、私は何も言わない方を選びました。

私のやっていることはどこにも行きつかないだろうという噂をあちこちに言いふらした人間がいたようですが、それがだれなのか私は知りません。でも、その人物は私の精神状態をとりわけよく知っていた人物だと思います。別の撮影のためにもはや私と別れていたロマンがそうした噂の出どころではありません。おそらく彼は二人で成し遂げたものを私に奪われたと感じていたかもしれません、そして私は彼と連絡を取ることを避けていました。ジャーナリストというのはしばしば個人主義者ですが、この仕事に関しては、私はとりわけ自分が孤独だと感じていました、考えたり、決定を下したりするときにはね。そしてもちろん、疑念に捉えられたときにも……。精神科医や神経科医、さらには生物学者たちとの私の最後のインタビューのとき、私は手はずを整えて、見習い中のカメラマンに手伝ってもらいました――見習い中の人間はあれこれ質問してきませんから。ロマンがその場に居合せたら、不平を言ったり、抗議したりしたと思います。彼にたいして不実な態度を取っていることを自覚していました。そのせいで私たちの関係はたしかに傷つきはしましたが、それは最後まで私が心を抱いていました。彼は頑張り屋で、自分の信じる行動規約を尊重しない人間にたいしていつでも復讐心を抱いていました。私は他人に邪魔されたくなかったのです、そして彼は自分の考えを貫くために支払うべき代価でした。彼は同意できないときいつまでも文句を言うのです、そして自分の主張が通らないとすべてを放棄しかねませんでした。私としては、そんなことをして結局けんか別れをしたり、ののしりあって終わったりするという事態は避けたかったのです。

私がおこなった最後のインタビューは私自身のトンネルの先にかすかな光を見つけることには役立ちましたが、インタビューが終わってもなお私は困惑していました。まだだめだと思いました。私が滑り込もうとしていた通路は狭く、成功を保証してくれるものなど何もありませんでした。少しでも確証が持てていたら……。私の精神がしがみつけるような何か確実で決定的なものを見つけていたら……。ところが、私の進んでいる道はもろく、不安定でした。私が見つけたものを、言葉に、他の人にも受け入れられる論理に翻訳する作業が残っていました。そしてあるときなどは、まだまだそれができる段階ではないように思われました。そしてもろい地面の上をあまりにも果敢に突き進もうとすると、横滑りする危険もありました。

ある夜、私の身に起こったことは、まさにそういうことだったのに違いありません。私は何も予感していなかったのでしょうか、私はほんとうにどんな圧力を自分にかけていたのか気づいていなかったのでしょうか、たったひとりでいて他人とそれを分かち合うことのできなかった私は。たぶんロマンに話したらよかったのだろうとは思います。でも彼は国の反対側にいて、二人でいっしょにした数週間にわたる偵察の仕事よりもずっと彼を満足させているだろうテーマに夢中になっていました。それに、打ち明けたところで、彼はそれをどう思ったことでしょう。私のパートナーはどうかというと、もうアパルトマンに立ち寄らなくなっていました。彼女の服がまだ何着かハンガーにかかっていたり、彼女の本が何冊か本棚の上で、あくびをしているように開かれたまま放置されていたりして、かつて二人で過ごした時間のノスタルジーを家中にばらまいているようにも思われましたが。いや、そのとき私は別のところにいっていたのです。

それはある夜、目を閉じたまま歯磨きをしていたときに私の上に落ちてきました。私は歯磨きをするときはいつでも目を閉じる習慣があるのですが、その夜はそうすべきではなかったのです。私は何がやって来たのかまったく分かりませんでした。正確には何だったんでしょう。今もって分かりません。肩の上に手が置かれた感覚。私は虚空に激しい一撃をくらわせ、目を開けました。何もなし。浴室のドアは閉まっていました。それは一秒の何分の一しか続かなかったのに、私は冷や汗をかいていました。それを終えるべき時間が来ているのだと私は心のなかで思いました。ほとんど横にならずに私は激しく涙を流しつづけました。そこには奇妙な虚無感が伴っていました、まるで私の体は食べたり、酸素をいっぱい吸い込んだりといった基礎的な機能を満たすためにしか動かなくなっているようでした。私は夜、部屋の明かりを消しませんでした。私はそれを過労のせいにしました。そして夜明けごろになってやっと寝入りました。目覚めたとき、何もかもが元に戻ったように思われました。太陽がやさしくガラス窓に射していました。私に何が起こったのでしょう。アパルトマンに幽霊のように現れたズデニュカが、私にいたずらをしたのでしょうか。

こうしたことには何の意味もありませんでした。私はいわば彼女がもう二度と来ないことを、来ないだろうことを確信していました。私は自分が空っぽになっていたのに、それに気づいていなかったのです。無、空虚。それはなんとか持ちこたえて、自分が今置かれている状態の現実をもう少しだけ自分に隠し通すことだけを目的としていました。

次の夜は長く収縮自在な不眠から始まりました、まるで私はベッドから何かを監視するために歩哨に立つ使命をおびているかのようでした。私は不安でした。そして眠りが来るのを待っているときの時間はゼラチンのようによどんで、いつまでも流れていきませんでした。日中におこなったインタビューが私の頭のなかでぐるぐる回転していました。そして私はそこで発せられた言葉の堆積をブドウの房のように搾って、そこから何か分からないものを引き出そうとしていました。午前二時、そして三時を知らせる鐘の音が近くの教会で鳴るのを聞きました。そして私は横になり、動かないままでいました。私は見張り番であると同時に墓石の上の横臥像でした。私はさらに四時の音が鳴るのも聞きました。その後、私の精神は奇妙な夢のトンネルのなかに入って行きました。夢から夢へと揺り動かされながら、とうとう私は眠りに落ちました。その後、私は自分がうめき声をあげるのを聞きました。恐怖によるうめき声が次々と発せられました。なぜなら、ベッドの端の私の右足が強く握られたからです。ひとつの手が私のくるぶしにしがみついていました……。私はどこにいたんでしょう。まだ夢のなかにいたのか、あるいは現実に帰ろうとしていたのか。たとえそれが悪夢だとしても、あまりにも現実味があったので、私は自分が現実のなかにいると思いました。それに、目を開けたとき、手につかまれた感じが残っていました……。私が反射的にできたことは唯一ベッドランプを点けることでした。一挙に、万力の締め付けが緩みました。何秒かの混乱の後で、やっとそのとき私は目を覚ましたのでしょうか。私は伸ばしていた足を折り曲げ、ベッドの端をじっと見つめ、注意深く聞き耳をたてながら、ベッドの上にすわりこみました。何もありませんでした、私の心臓以外は。それは気ちがいみたいに鼓動を停止しようとしていたのでしょうか。六歳か七歳のころ、夜にそうしたように、私はベッドの下をのぞこうと身を傾けました。安心を取り戻しつつ、私は初めて、ルドヴィーク、お前は急いで何かをしなければならない、もう先伸ばししてはいけない……、と心のなかでつぶやきました。あの拳の力を感じたとき、私はほんとうに目が覚めていたのでしょうか。それとも、きわめて現実味のある夢に陥りやすくなっていたのでしょうか、その夢は私の寝室をそのまま舞台装置に使い、そこにわずかな幻想を付け加えていたのですが。急激な発作に襲われた私には答えを見つけることはできませんでした。

それまでどんな仕事であれ、ドキュメンタリー番組であれ、人生のいかなる状況であれ、このような不快感に陥ったことはありませんでした。私の不快感をたったの一語で表現できる単語などありませんでした。馬鹿みたいにベッドの真ん中にすわりこみ、何かわけの分からないものに包囲されていた私の状況に近づくためには、恐怖、自己喪失、不能という単語を付け加えなければなりませんでした。以前ショーロホフに関する記事を書いたために引き起こした事件のせいで確かに私はパンチをくらいましたが、今回ほどの動揺はありませんでした。午後の終わりに医者に診てもらいました。肩の上に置かれた手のことや、くるぶしを手（同じ手なのだろうか）でつかまれたせいで目が覚めたことを話すと、医者は頭を振り、眼鏡を持ち上げ、私が言い終わるのも待たずに、優しい声で、スラニーさん、あなたはとても疲れているのです、あなたはおそらくご自分のなかで緊張がどれほど蓄積しているのかお気づきではないのです、それはたいしたことではありませんが、落ち着くことが大切です、と言いました。私は彼がこうした状態から私を脱出させる効果があると思われる薬の名前を書きつけるのを見ました、それはアステカ風あるいはカルパチア山麓風の名前でした。彼は私が極限的な混乱状態にあるために、肩を触られたとか、睡眠中につかまれたと感じたのだと考え、それ以上に心を動かされたそぶりは見せませんでした。あなたが今話された徴候は医者の私には何ら驚くべきことではありません、あなたはショックを受けたことでしょう、当然です、あなたは休息することでこの急激な発作の状態から抜け出なければなりません。

　私はそれまで精神安定剤を飲んだことはありませんでしたが、飲んだ後、記憶の一部が失われ、呆然としてしまいました。言葉さえ、私が必要としているときに、遠い存在に思われました。数秒間苦しい思いをしながら言葉を探さねばなりませんでした。たとえば、ノヴァークに私の状態を知らせたときが、まさにそうでした。私の声、私の言いよどみから、彼はすぐに察しました。一週間でだいじょうぶか、と彼は何かを計算しながら繰り返し言いました。できるものなら彼は私に怒りをぶちまけたいだろうに、と私は強く感じていました。しかし彼はそんな気持ちを抑えていました。怒りをぶちまけたとして、そのとき彼の電話の相手はだれだったのでしょう、不在の頭でなかったとしたら。

十八

――数日すると、私は自分がより強く、確信が持てるようになったのを感じました。私が服用していた薬は私のニューロンのなかで善と悪を区別していました。私にははっきりと見えていたのです。自宅に閉じ込もっていた私にはみなの前で話すことの概要を思い描くだけの十分な時間がありました。私は準備が整ったと感じていました。

編集会議はいつものように行われましたが、参加者全員が最後まで残る予定だったという点がいつもとちがっていました。なぜ最後まで残るかというと、最後に話すのが私ということになっていたからです。会議室に着くやいなや、私はそこに執拗なまでの疑問符がたくさん漂っているのを感じ取りました。おそらく早々と失望するのを怖れたためか、だれも直接私に質問してくることはありませんでした。私は彼ら全員をよく知っていました。ある者たちはフォルティーノヴァーの謎に私が何らかの姿勢なり解決策を示すことを期待していました。視聴率を稼ぎたいという思いや知的傾向から、彼らのうちのだれが、ヴェラ・フォルティーノヴァーはひとたび死者の世界に下ったフレデリック・ショパンの訪問を間違いなく受けていましたと私が言うのを聞きたがり、かつ、彼女が変わることのない冷静さで練習を繰り返していたという説を私が熱心に擁護し顕揚するのを期待しているのかをよく知っていました。しかしそれはごく少数派でした。そこでは、風変りはあまり受けがよくなかったのです……。別な人たちは、これもまた視聴率や彼らが受けた合理的な教育のせいで、スキャンダルの匂いを嗅ぎ取り、ごまかしが暴露される場面にいあわせたいと期待していました。ノヴァークは後者のグループに属すると私は考えていました。私は私の結論がどのような方向に向かうのかを、いっさい、だれにも前もって伝えていませんでした。それは人々の注目を引きたいとか、宙づりの状態を強調したいといった思いからではなく、私が考察を続けていた間中ずっと、つまり、編集会議の前々日まで、私の精神は明晰さにはきわめて不都合な興奮状態のなかに留まっていたからです。それは微粒子の浮遊しているスープがときどき予見不可能な渦に揺すられるせいでなかなか澄んだ状態にならないのと似ていました。それに私は夜眠っていませんでした、自分の論拠を検討していたからです、まるで戦闘を翌日にひかえた将軍が連隊の点検を行うようでした。というのも、私を待ち受けていたのはささやかながら戦闘だったからです、そしてそこで賭けられていたのは、私の見解を押しつけ、納得させることでした。

私の相手はジャーナリズムの老兵たちでした。彼らの信条はさまざまな情報を突き合わせ、すべてを百度検証することでした。彼らは自分の目で見たものしか信じない人たちでした――聖トマこそジャーナリストの守護聖人になるべきです。実際のところ、彼らの存在は私に圧力となりました。私は自分の説明が彼らの懐疑主義の最初の尾根にぶつかって砕けてほしくはありませんでした……。そのため、私は事を進めるための方法を前もっていくつか考えておきました。それで私は自然体で発表に臨むことができたのです。

《調査とドキュメンタリーの撮影にかなりの時間を取られてしまいましたが、やっとそれも終わり、まもなくモンタージュを開始できるものと思います。何が問題になっているのか、だいたいのところはみなさんも知っていると思います。自分のことを霊媒と呼び、ショパンを自宅に迎えて、彼が死後に作曲したものを彼の口から聞いて書き取っていると断言するこの女性の噂はもう耳に入っているでしょう。彼女の評判は今から数週間もすれば、我が国だけでなく外国でもますます大きくなるでしょう。なぜなら、彼女は大衆を魅了し、専門家たちの作る小さな世界を引き裂く現象になったからです。今日、私はここにいる多くの方が自分に向かって問いかけていると思われる質問に答えるためにやって来ました。つまり、ヴェラ・フォルティーノヴァーは一世紀半も前に死んだ作曲家の訪問をほんとうに受けているのかどうか、そんなことが可能なのかどうか、彼女は誠実なのか、つまり、彼女はほんとうにウジェーヌ・ドラクロワやフランツ・リストが一八三〇年代に見ることができたように彼を実際に見ているのかどうか、あるいは、ヴェラ・フォルティーノヴァーは人を簡単に信じやすいジャーナリストたちの面前で嘘をついたのか、嘘をつき続けているのか、その場合、彼女はみごとなまでに高度なごまかしの首謀者ではないにしても共犯者なのか、という質問です。私は可能なかぎり正確にそれらの問いに答えていくつもりです。今回のルポルタージュはきわめて特殊だったので、似たようなものが今後近いうちに行われるとは思われませんが、このルポルタージュのアングルは私のくだした結論に基づいて決定されました。

フィリップ、あなたが私にこのドキュメンタリー番組の制作を命じたとき、これまで科学部門のジャーナリストをしてきた私の実績がこの種のテーマを扱うのに最適だと思われたといってあなたは私を説得しました。あなたが私にその話をした日、私は一瞬たりとも、そのショパンとの出会いなどという話を信じませんでした。その点に関してはあなたが私の証人です。また、この場をかりて、我らがピアノ弾きの偽作者を近くから監視するのに必要なあらゆる手段を提供してくれたことに感謝します。私はヴェラ・フォルティーノヴァーに話をさせました。彼女の自宅で何度も彼女を撮影しましたし、対談の山を築きました。その対談を通して、私は彼女が冷静で、物静かで、良識のある女性であることを発見しました。彼女には虚言症や精神疾患を患っているようなところはいっさいありませんでした。私たちはゆっくりと時間をかけて、彼女がひかえめで、先験的に野心のない女性であることを知りました。そのことは、監視の結果を一方で待ちつつも、私の関心を引かないではいませんでした。彼女の郵便ボックスの中身は読みましたし、彼女の電話は盗聴しましたし、彼女がどこに行くにしても私たちは尾行しました。というのも、彼女の背後には何らかのペテン師が隠れていると信じて疑わなかったからです。私たちはいかなる調査にも惜しみなく金を使いました。最初のうち、私たちの期待は裏切られました。でも私たちは、彼女の嘘はいつかはばれると信じて根気よく頑張りました。たとえば、ある日、私たちは、彼女が言うことを信じるとすると、ショパンが作曲した作品を口述しているのを書き取っている最中の彼女を撮影しました。彼女は完璧にその役を演じたと言ってもいいと思います。彼女のシステムのなかに欠陥を見つけることは容易ではありませんでした。

それで対談の最中、私は彼女に罠を仕掛けました。みなさんはレスリー・フリントについて聞いたことはありますか》

《アメリカのポルノ王か？》とだれかが言ったので、テーブルの周りで爆笑が起こりかけました。

《それはラリー・フリントだ》と私は修正しました。《私が言っているのはレスリー、霊媒のレスリー・フリントの方だ。彼のいかさまぶりは時間が経つにつれて証明されました。その男は有名な死者たちと話し合い、彼らの声を録音したと主張していました……。私はショパンのものとされている声の録音を入手し、それをフォルティーノヴァー夫人に聞かせました。私が彼女にその声を知っているかと尋ねたとき、彼女は騙されました。なぜなら彼女は、「ええ、知っています。私が毎日聞いている声です。あなたが今私に聞かせたのはフリントが作成した録音ですね、ちがいますか」と、即座に答えたのですから。

ペテン師の仕事に信憑性があると認めたことによって、彼女は一ゲーム落としたわけです。その日、私は一得点したのです……。ですが、別の機会に、私は別の罠を彼女に仕掛けました。それはショパンが私たちのところに来ていると彼女が言った日で、私は彼女にショパンのデッサンをしてくれるように頼みました。私たちは彼女がデッサンを好きなこと、肖像画家としての才能があることを前もって確認していました。ショパンがそこにいることを証明するのは彼女の番でした……。最初、彼女はためらい、逃げ口上を探しましたが、その後、絵を描き始めました。

彼女が私に紙を差し出したとき、私は大目玉を食らったような気になりました。私は驚きました。それはまさしくショパンでした。私には彼女が前もってショパンを暗記していて、それを描いたとは思われませんでした。私は動揺し、びっくりし、私に対しても彼女に対しても腹を立てました。結局私はほとんどすべてのものに腹を立てました。

私はすべての希望をフォルティーノヴァー夫人の監視に賭けました。何度か私は諦めたい気分になりました。これまで一度も、複雑な司法上の事件に関する調査のときも、政治スキャンダルに関する調査のときも、これほど孤独や混乱を感じたことはかつてありませんでした。それはとんでもない霧のようなものでした！　諦めるというのは、ドキュメンタリー番組の制作を放棄するという意味ではなく、どっちつかずの発表、慎重かつ冷静な肖像画でお茶を濁すという意味です。まるで偉大な料理人が簡単なパン粉をまぶした魚の舟形パイを作るように依頼されたも同然です。私はテレビを見ている人たちに向かって、もう少しでこう言いそうになりました。これで手打ちにしましょう、私は手を引きます、と。ペテン師を追いかけていた探偵は手ぶらで帰ってきました。私たちが想像したさまざまな形の監視も実を結びませんでした。漁師のように網を引き上げても、何もかからなかったのです。自分たちより強力なものに支配された私たちはみじめな想いをしていました。彼女は定期的にルツェルナで女友だちと会って、チェスをしていました。私は、彼女と私たちが同じくチェスをしているような気持ちになっていました。そして彼女の方が私たちより数手先を行っているので、すぐに私たちがチェックメイトされるだろうと思っていました。

　しかし、もしそうだったとしたら、みなさんに話すために私はここに来なかったでしょう。私は暇をもらっていたでしょうし、仕事を変えたか、少なくともテーマを変えたことでしょう。ある日のこと、会話をしているうちにふと漏れ出たひとつの言葉が私に疑念を引き起こしたのです。それはこれまで一度も聞いたことのない言葉でした》

　その瞬間、私は長い楕円形のテーブルのまわりで関心がふくれあがり、緊張が増すのが感じられました。彼らの注意力が研ぎ澄まされたのを利用すべき時が来たと私は考えました。私は自分の発言のもっとも微妙な部分にさしかかっていて、ほどなく、その運命の賽が投げられるのを知っていました。

《その言葉は私をおおいに助けてくれました、間接的に。水切りのとき小石が水面で跳ね返るようなぐあいです……。今日、私がさまざまな事実を読み解き、ヴェラ・フォルティーノヴァーを理解する上で、その言葉にはおおいに感謝しています》と私は彼らに言いました。
私はゆっくりと息を吸い、テーブルを見回した後、だれに向かって話しかけるともなく、自分にそんなものがあるとは思いもしなかった、それまでより厳粛な調子で、あたかも、トランス状態の霊媒師たちが接触している死者の声をまねるときと同じように、次のように続けました。
《ヴェラ・フォルティーノヴァーはインチキの張本人ではありません。いかなる隠された作曲家もピアノを弾く代作者も存在しません。この女性はどんなささやかなインチキさえも企てたことはありません。彼女は私が知る限り、もっとも誠実で、野心や隠された動機などのない人物です。私たちは認めがたいものを認めねばなりません。ヴェラ・フォルティーノヴァーは、今私があなた方をここで見ているのと同じように、間違いなくフレデリック・ショパンを見たのですし、見ているのです》
結局のところ、と私はダナに言った、私はしようと思えば、もうそれ以上一言も言わずに、彼らをそこに置き去りにしておくこともできたとは思いませんか。私はそこに私の結論、ただそれだけを彼らに披露するために行ったのではなかったでしょうか。私は彼らを私の台所脇の小部屋にまで連れて行く必要がほんとうにあったでしょうか。よく考えてみると、たしかに、必要だったと思います、もし私が連れていきたいと意図しているところに彼らを連れていきたいのならば。なぜなら私は彼らの眼差しに多くの困惑と疑問が浮かんでいるのを読み取ったからです。ロマンはみなのなかで一番あっけにとられているようでしたし、それも理解できました。ノヴァークも驚いていましたが、彼の方は笑みを浮かべていました。彼は私がもっと先まで話を進めるのを待っていました――ひょっとしたら、最後に私が転ぶのを見ようとしていたのでしょうか。オーナー社長はどうかというと、眉をしかめ、当惑したような、いぶかるような、そんな表情をしていました。ともかく、そこにいあわせた人たちに関心が蘇ってきたのが感じられました。まさにそのとき、私は私に疑念を引き起こした言葉のことを話し始めたのです。私は彼らに私のパートナーの話、彼女の東洋趣味の話、チベットのラマ僧たちの奇妙な霊能力の話をしました。

《私がパートナーにヴェラ・フォルティーノヴァーとその幻影の話をした日のこと》と、私は彼らに言いました、《彼女は冗談半分で、フォルティーノヴァーはショパンの代わりにトゥルパと関わっているんじゃないかと切り出したのです。トゥルパなんて言葉はこれまでどこでも聞いたことなどありませんでしたが、私は平手打ちを食らわされた気分になりました。私がよく理解したとすると、そこでは精神の解放が問題になっています。長い間にわたっていくつかの瞑想形態を訓練した人の精神構造はある実体を生み出すことができるものと思われます。そしてその実体は、その後、多かれ少なかれそれを生み出した人間から独立した存在になる……。いいえ、私の関心を引いている女性のもとを頻繁に訪ねてくるショパンがトゥルパだと私が信じているわけでは全然ありません、ですが、たったひとつの言葉が私たちの思考の描く軌道を一撃のもとに変えてしまうというのは奇妙なことです。ビリヤードの玉がクッションにあたって跳ね返るのと似ています。パチン、とぶつかって、さあできあがり、というわけです。このささやかな言葉は、ユングの喚起した逸話を知っている人たちにとっては、ガラス窓にぶつかって、ある女患者の夢にこだまするコガネムシのように作用したのです。ずっと堂々巡りをし、足踏み状態にあった私が考察する領域を広げようと考えたのはその日のことでした。その瞬間から、私はペテンとか見えない代作者とか偽作者……といった言葉だけで考えるのをやめにしました。おそらく別のところ、精神の「奇形」、異常、あるいは驚くべき常識外れといった方面を見る必要があったのです。私はこれまで一度も開いたことのないような本に目を向けました。私は脳の専門家や神経科医や精神科医に会いに行きました。そう、チベット高原から降りて来たひとつの言葉が私にいろいろな道を開いてくれたというのは驚くべきことです。信用に値する東洋学者たちのうちの何人かは、この種の実体を生み出し、それが進化するのを見ることができたと言っています。でも、ヴェラ・フォルティーノヴァーは仏教徒などではありません。彼女はいかなる形態の瞑想も実践していません、キリスト教の祈りが瞑想でないとしての話ですが。そして繰り返し言いますが、私たちが今関わっているのは、私たちから分離していくようなそうした実体のうちのひとつではありません……》

　私が彼らとさまよう実体の話をしている間、彼らのうちの何人かは十六世紀のユダヤ人街の路地に出没した人造人間、ラビ・レーヴ〔一五二五―一六〇九、プラハのユダヤ教神父〕が粘土から作ったとされるゴーレムのことを考えていたことは確実です……。でも、我らが素焼きのフランケンシュタインとは違い、トゥルパは物質ではなく精神でできています。私が彼らに話したかったことはまさにその点、人間の精神のこと、ただそれだけでした。私たちが探求を開始したばかりの大陸のことでした。

《科学は》と、私は続けました、《ある瞬間における認識と無知を写したインスタント写真のようなものです。十九世紀の終わりまで、もっとも教養のある精神は原子とその電子を、恒星とその取り巻きの惑星のように想像していました。それが真っ赤な嘘だということを、その少し後、量子力学が明らかにしました。しかし長い間、それが真理だったのです。一八八〇年の物理学者は、電子は必ずしも物質の小さな点ではなく、さまよう小さな波だと言われたら、何を考えたことでしょう。そして、宇宙は堅固な物質ではなく、振動でできているなどと言われたら。彼はそれを邪説として糾弾したことでしょう。しかし彼の知識の土台からすれば、彼は正しかったと言えるのです。彼の時代の精神はそれを認めるどころか、おそらく、それを想像するために必要な知識さえ持ちあわせていなかったのですから。

この同じ一八八〇年の物理学者は、毎瞬、数十億個のニュートリノが彼の体や頭を貫いていると言われたら、どう答えたでしょう。宇宙の果てからやって来て、——毎瞬ごとに——すべてを——コンクリートも地球の中心部分も生物も——貫通するそうした微粒子について彼は何と言ったことでしょう。彼はそれは幻想文学で、科学ではないと反駁したことでしょう。ところが、これらすべては真実なのです。ガリレイ！　あのガリレイ自身自らの合理主義に足を取られてしまいました。ケプラーが潮の干満の現象は月の引力の結果だと発表したとき、ガリレイはケプラーを鼻先で笑いました。今度はガリレイがその地動説に関する仕事のせいで攻撃を受け、裁判で、自らの確信を否認せざるを得なくなりました。というのも、一六三三年、地球は太陽の周りを回っていなかったからです。

一九九〇年代の知識を持った私たちもまた、そうした地点にいます。しかし、私たちの精神は私たちの世界にたいする理解に革命をもたらすであろう将来の発見を予想することはなかなかできません。

しかし、潮の干満を当時考えたケプラーのように、また、地動説を考えたガリレイのように、物理学者のなかにはとても遠くまで行く人がいます。みなさんはプラトンが提起した洞窟の寓話を知っていますね。洞窟のなかに鎖で縛られている人間は奥の壁に、彼らの背中のずっと遠くの、洞窟の入口の前を通る人たちの影を見ます。そうした縛られた人間にとって、現実とは、そうした影絵なのであり、それ以外のものではありません。影は生きている。彼らは、自分たちの見ているものが、自分たちには見えない現実の投影だとは想像できないのです。

今日、多くの科学者は、私たちが証人となっている多くの現象はおそらく「壁に映った影」にほかならないと考えています。私たちの確信を疑うように科学者たちをしむけているのは量子物理学でしょうか。それがおおいに貢献しているはずです。きわめて唯物論的なソヴィエト連邦が大まじめにテレパシーや催眠状態などという現象を検討するなんて、だれが想像できたでしょう。数千人の被験者にたいして五〇年代、六〇年代に実験が行われ、科学者たちはその成果を公表することさえできました。パヴロフの協力者の生徒だったレオニド・ヴァシリエフは、たとえば、遠隔催眠状態について興味深い研究を行いました……。アメリカのNASAも負けてはいませんでした。というのも、テレパシーによる交信の可能性を研究していたからです……。

このように、偉大な精神の持ち主たちの眼差しは数十年前から根本的な進展を見せています。ノーベル賞を受賞する十五年ほど前、ファインマンは人々を混乱させるような理論を生み出しました。彼によると、微粒子のなかには、時間のなかを後戻りしたり、未来と過去の二つの方向に移動する能力を持つものがあるというのです。お分かりですか。そうした微粒子は二つの方向で時間の境界線を越えることが可能になるのです。もはや、過去から未来へという一方向だけではないのです！　物質に帰りのビザが交付されるようなものです！　もうひとりのノーベル賞受賞者ジョン・エックルスは、二つの精神に思考だけを使って交信することを可能とする「影響野」という考えに興味を持ちました……。壁に映った影が現実のすべてではないと思っている理性的な精神の持ち主の例はまれではないのです……。

最後に、ニュートリノを発見したヴォルフガング・パウリの例を引きたいと思います。一九四五年にノーベル物理学賞を受賞したパウリは感覚外の知覚の問題を熱心に研究しました。彼の名前はいっしょに「シンクロニシティ」の概念を作ったカール・グスタフ・ユングの名前と結びつけられています。

　以上、もっとも有名な例をいくつかあげました。ヴァシリエフ、パウリ、エックルス、ケプラー、ガリレイ、ファインマンその他の人間は科学の世界のヘラクレスの柱を横断しました。人間の精神のまだよく知られていない能力に私たちもまた関心を持ったからといって、自分たちを馬鹿げていると感じる必要はありません……。数千年も前から、数百万、いや数十億の人間が全能の神という観念をほんとうだと信じたし、今もなお信じているということを想起すべきでしょうか、そんな神が存在する証拠の影さえないというのに。そして私たちは科学がまだきちんと説明できていないものには注意を傾けることはできないのでしょうか。でも、もっとも偉大な科学的精神はまさにそれを一生懸命研究しているのです。

　私は私が偽の手がかりだと確認したものが何かを先ほど述べました。代作者の有無にかかわらず、精巧なインチキはなかったし、生前に作曲し始めていた作品を完成させるために死者の世界から降りて来た作曲家が訪問したという事実もありませんでした……。そして、それにもかかわらず、フォルティーノヴァーが間違いなくショパンを見たという私の確信もお伝えしました。それこそ、彼女が私に要求されたときに、あれほど見事なまでに彼の肖像画を描けたことの説明になるでしょう。彼女は幻覚に捉えられていたのでしょうか、自分の潜在意識に捉えられていたのでしょうか。私にはそうは思われません。私の仮説こそ、あらゆる知識をもってしても打ち消すことのできなかった唯一の仮説です。

　ここ数週間、私は生物学者や物理学者や神経学者たちにインタビューし、ドキュメンタリーのなかで、よく知られていない精神のもろもろの能力について長時間話をしてもらいました。みなさんのなかには、私の結論を大胆と思う方もいるでしょうし、イカレテルと判断する方もいるでしょう。でも、この結論は現代の科学者たちの知識と直感の最先端のところで私が集めてきた知見から導き出されてきたものです。知の朝露と言ってもいいと思います。私の考えでは、フォルティーノヴァー夫人はショパンを我が物としたのです。ショパンの個性、能力、情動を自分のものとしたのです。それは言葉の伝統的な意味での窃盗ではなく、むしろ浸透の世界です。どのようにしてか。それは世界の深い次元に近づくことによってです。私たちはみな、人生の一瞬ごとに数十億のニュートリノによって横断されていますが、それと同じように、集合的な記憶に浸っているのです。霊媒として、ヴェラ・フォルティーノヴァーは感覚的なさまざまな経験をしているに違いありません、平均よりすぐれた感受性を持っているに違いありません。彼女は他の人よりうまく、浮遊している意識という巨大な雲を作る小さな水滴を吸収します、まるで私たちが何もかもアーカイブ化されている無限の図書館の書棚の間をつねにさまよい続けるように。私は彼女がショパンの個性を「キャッチ」し(あるいは吸血鬼のように吸い取り)、ショパンに「接続した」のだと思います、なぜならショパンの意識や記憶ばかりでなくその他のもろもろが彼女のなかで持続するのですから。ショパンの口述で彼の作品を受け取ったと主張するこの女性によって、彼のなかの何かが再び生きられ、彼女の責任で彼の何かが再開されているように思われます。彼女は幻想に捉えられていると思われます――彼女のショパンは彼女が信じているようなものではありません――、しかし、その幻想は幻覚とは何の関係もありません。私には別な言い方が見つかりません。私は理解可能なものの限界に到達しました……。私は彼女が誠実なのを知っています。そして私はみなさんに私が内心どう思っているかをお話ししました。しかし、私にもうまく理解できない点がひとつあります。それは、なぜレスリー・フリントの録音を聞いた彼女が、それをショパンの声だと言ったのだろうかという点です。

こうして、私の考えでは、ヴェラ・フォルティーノヴァーは異常でもなければ、驚異の部屋に展示される珍品でもありません。それとはまったく逆で、彼女はおそらく現象としての人間が今後取り得るものの先端部なのではないかと思います。もしある日、そうした人間がその頭脳や可能性、すなわちテレパシーの領域によって開かれた可能性や私たちを取り囲んでいると思われる「集団的な記憶」の神秘的な雲の探求の果てに行きついたときということですが。私たちが必要としているのは忍耐です。数世代後には、そのことがもっと明確に見えてくるでしょう。おそらくあらゆるものが完全に理解可能になるでしょう》

私の発言の最後の部分――もう数世代待ちましょうという私の提案――は彼らの気持ちを明るくするうえでは効果がありました。彼らの顔には笑みが広がり、困惑がおさまったように見えました。しかし、私が発言を終えたときの沈黙は、これまで経験したことのないような深い沈黙でした。しばらくの間、顔の表情も眼差しも手も凍りついたままでした。まるでそこにいあわせた十五人ほどの同僚は、私が言ったばかりのことをもう一度繰り返して、自分たちが耳にしたことに間違いがないことを確認したがっているようでした。コンサートホールで耳にする、曲と曲の間の咳払いのようなものさえ聞こえなかったのです。その沈黙はノヴァークが私に感謝の言葉を発し、いつモンタージュが終わるかを尋ねてきたときまで続きました。

私には身の置き所がありませんでした。すぐに、私は胸のつかえから解放されたと感じましたが、その後に、不安がやって来ました。私としては、この沈黙よりは、憎しみのこもった眼差しや陰険なコメントや皮肉っぽいささやきや私の議論に穴をあける少しの炭酸ナトリウムの方がどれだけよかったことでしょう。ところがそうしたものの代わりに、彼らはあたかも何もなかったかのようにそれぞれが日常的なことや仕事の話を再開していたのです……。

そうした奇妙な精神状態のまま、その日私はモンタージュの作業を開始しました。私がいろいろ調査し、科学と既知ではとらえきれない領域に門外漢ながら手を出したにもかかわらず、この奇妙な仲間外れの状態しか引き起こさないなんてあり得ない話ではないでしょうか。私は彼らにそうしたことをすべて反芻する時間を与えなければならなかったのです。辛抱強くありさえすればよかったのです。ところが……。午後の終わり、モンタージュの技師と三時間仕事をして帰宅しようとしていたときに電話がかかってきて、孤立の泡がはじけました。私はその電話がかかってくるのを宿命のように、とはいえ、怖れを抱きながら待っていました。

《君にどう説明したらいいだろう》と、その五分後、ノヴァークはデスクの後ろから私に尋ねました。まるで、私が彼の代わりにどうこう言えるとでもいうように――《何が問題なのか少しでも私が分かりさえすればの話だけれど……》

それは私が怖れていた高飛車で傲慢なノヴァークではありませんでした。その激しい口調がよく分からない一線を越えるせいで私を逆上させる危険性のあったノヴァークではありませんでした。いや、それはよりいっそう狡猾なノヴァークでした。私の視線を避けようとする彼を見て、これはいやなことが待ち受けていそうだなと私は思いました。私は彼に助け舟を出さないように用心しました。私は沈黙が深まるがままにしておきました。すると初めて、彼の方が気まずい思いになったのです。私はすでに自分の見解をこれ以上ないほど正直に提示したわけですし、そのときの私は解放された人間でした。つまり、私は自分が望み、義務と思っていたものの最後まですでに行っていたわけです。そして結局のところ、私は自分の退路を断とうが、もし彼が私に罠を仕掛けたとして、それにはまろうが、もうほとんどどうでもよかったのです。

彼はどう説明してくるだろう、そう、それこそ唯一未知の問いでした。というのも、その他のことに関しては、数秒以内に彼が私に言おうとしていることを私は察していたからです。私はあるところまでは彼が私に同意を示すだろうということを予感していましたので、彼がその父親のような口調で、そのテーマ、いいじゃないか、編集しろよ、ルドヴィーク、という声がすでに聞こえるようでした。君はいつものように、巧みに事を運んで優れたものを作ってくれると確信してるよ、でもね、ある限界を越えるとね、何と言ったらいいのかな、こらえてくれないか、抑えてくれないか。私は国境の詰め所、まさにズデニュカが発した言葉こそが限界だということを予感していました。私たち、ベラン（オーナー社長）と私はよく考えたんだ、ルドヴィーク、と彼は言おうとしていました。そのつぶやきのなかには、彼らが念入りに考察し、最終的に裁断をくだした賛成か反対かという昔ながらの問題が浮かんでいるのだろうか。君の話は面白い、君の仮説、君の内的確信として君が私たちに提出したものには共鳴できる、と数秒後に言うだろうか。今朝の君の誠実さや論理的帰結をみんな評価していたよ。君を問題視しているわけじゃないよ、そうは思わないでくれ、君の仕事の価値をみんな認めているよ。でも何と言ったらいいのか。

私は彼を苦しませておきました。その姿が面白かったからではなく、少しずつ無気力、虚無の感覚に捉えられたからです。そのとき、ある詩人が書いた「私は空っぽの小瓶ばかりを載せた棚」〔フェルナンド・ペソア『不穏の書』〕という言葉が蘇ってきました。まさにその棚こそそのときの私でした。そのときほど、敗走中の人間の孤独を強く感じたことはありませんでした。結局のところ、人間がどんなに誠実に仕事をして、さまざまな仮説を立て、内的確信を抱こうと、そんなものに関心を寄せてくれる他人などひとりもいないのです。

《結論は私がくだしたものではない。とはいえ、たしかに私もそれに同意したことは同意したんだが。それは、君も想像しているとは思うけれど、上の方からやって来た。そして、できるものなら反対したかったんだが、私は反対できなかった》

私は我がポンティウス・ピラトゥス〔イエスに死を宣告したローマ帝国総督〕の議論にというか、彼の発言を信じるならば、上の方の議論に耳を傾けました。私は結論を展開する代わりに、何も説明せず、生の事実だけ話すよう命じられました。説明しようとするのはミスだから、とノヴァークが繰り返し言ったことを、とりわけ覚えています。とりわけ君の仮説が……、まあ、ともかく、君はあの仮説を本気で信じているのかい、ルドヴィーク、昔の君はもっと合理的だったように記憶してるんだけどな。（私は答えないようにしました。）君の仮説の価値がどうあれ、私はそれに抗議するつもりはさらさらないが、大衆には聞いてもらえないんだよ、今日の大衆にはね。おそらく時期尚早なんだ。ひょっとしたら明日なら聞いてもらえる、だけど、私たちは今日の世界のために仕事をしてるんじゃないかい。そういうことだから、どうしようもない。結局、ノヴァークはどっちつかずの当たり障りのない作品、外国のテレビ局に売れそうな作品の方が好きだったのです。とりわけ、「大衆」向けのものが欲しかったのです。二十六分もあれば足りるだろう、と彼は結論づけました。

それは宣告でした。私が予定していた五十二分のドキュメンタリーは、私の偶像破壊者的な結論のせいで、突然半分にカットさせられました。私は兵舎の庭で、部隊の見ている前で一階級落とされた兵士のような気分になりました。

彼のオフィスを出て、私は一階、また一階と夢遊病者のように階段を降りました。編集部を蛇行するように横断して、やっとその日一日の出口に、外の暗がりと寒さに行きつきました。

私は再び最初抱いていた怖れのことを思い出していました。私はそれをパラノイアのせいだと考えてはいましたけれど。つまり、私とズデニュカの関係を知ったノヴァークがあり得ないようなドキュメンタリー番組を私に作らせて復讐しようとしているのではないかという。実際はどうだったかというと、それはおそらくもっと平凡な話だったのです。私が提出した仮説の数々は放映されず、うちのチャンネルでは放映されませんでした。私の作ったドキュメンタリーがずたずたに切り刻まれ、方向性を変えられ、恥ずかしい思いをさせられたという点を除けば——羞恥心なんて時間が経てばいつかは消えるものです——、結局のところ、私は他になんの被害も受けることはないように思われました。今回の失敗をうまく消化して、ページをめくれば、それで決着がつくと思っていました。チベットのささやかな言葉、ズデニュカがくれたささやかな別れのプレゼントはどうかというと、それは強烈な毒の匂いがしていました。

外に出たとき、ロマンにひょっこり会いました。彼の顔からはいつもの笑みが消えていました。彼は私よりひどい打撃を受けたばかりなんだろう、と愚かにも私は思いました、病気だった兄弟が死んだとか。というのも、それほどまでに暗い表情の彼を見たことがなかったからです。私はここでもまたミスを犯してしまいました！　ダナさん、私は話を終えるために最後のビールを注文したいんだ、これで最後にするから、私に付きあってくれませんか、もう少しで終わるから、その一日の棺に最後の釘を打ち込まないといけないんだ、それが終わったら、あなたは私が言おうと思ったことのすべてを知ることになるから、私がうまく話せたとしてのことだけど。いっしょに仕事をした何週間というもの、ロマンの楽観主義と単純さはずっと私を支えてくれたけれど、そのときの彼は私を冷たくあしらいました。どれぐらいの時間だったか覚えてないけど、俺たちいっしょに辛い仕事をしたよね、と彼は口火を切りました。俺はあんたがしていることに参加していると信じてた。ところが、よくよく考えてみたら、そうじゃないと気づいたんだ。二人で彼女のところに行ったとき、あんたはずっと皮肉たっぷりのふくれっ面をして彼女の言うことを記録していた。その後、あんたは俺に何も言わず、道を間違えたことを恥じるみたいに、次から次とインタビューをしに行った、どうして一言俺に言ってくれなかったんだい。いろいろやったのに、こんな結果になるとはな。考えを変えたほうがいいよ、彼女が誠実だったたってことを認めなよ、最初のインタビューの時から、そんなこと明らかだったじゃないか、あんたの目以外にはね。それにあんたは、俺が言おうとしていたことを何も聞こうとはしなかった……。

こんなふうにしてロマンはいくつかの言葉で私に死刑を執行してから、立ち去っていきました。私が調査の方向を変えたとき、私が躊躇と希望の間で引き裂かれていた――迷っていたことも、真実に最接近するまで彼に何も言いたくなかったということも、釈明することはできませんでした……。

ダナさん、調査で集めた山のような資料からモンタージュをしてドキュメンタリー番組として使ったもののなかに不誠実なものは何もありません。でも、放映後、私はヴェラ・フォルティーノヴァーと再び接触する勇気がありませんでした。彼女は私に何の知らせもよこしませんでした。彼女がメディアでちやほやされ、断り切れない様々な要求に応えて忙殺されているせいで、彼女は沈黙していると考えなければならなかったのでしょうか。それとも、ノヴァークによってほとんどすべてのショットが見直され修正された私の二十六分のドキュメンタリーを生ぬるいと思い失望したために沈黙していると考えるべきだったのでしょうか。――とはいえノヴァークは、尾行をしたが、いかなるインチキも証明されなかったと結論づけることを私に許可してくれました――それはわずかばかりではありましたが慰めにはなりました。

時間が過ぎました。放映の後、何日も何週間も過ぎました、春がまたやって来ました。もう二度とフォルティーノヴァー夫人の近況を聞くことはあるまいと思っていました。

――その後、二度と彼女とコンタクトを取らなかったのですか。

――待って、今に分かるから……。私は彼女からピーター・ケイティンのコンサートへの招待状を受け取ったのです。彼女もそこにいて、数曲弾きました。でも、彼女はそんなにたくさんピアノを弾いた経験はないので、ケイティンがプログラムのほとんどの曲を弾きました。コンサートの終わりに、彼女に会いに行くこともできましたが、私は行きませんでした。その後、ときどき、「偶然に」彼女がラジオに出ているのを聞いたことがありました。成功しても彼女が変わったようには思いませんでした。あいかわらず事態の推移を楽しんでいる思春期の女の子のような小さな声でした、ひかえめで……。

私たちは直接的なコンタクトは取らなかった、そうだね……それは一年以上も続いたかな、それぐらい、私は彼女が私の調査に腹を立て、傷ついていると思いました。と言っても、彼女には好意的な調査だったんだけど。番組のなかで彼女にたいしてどんな監視態勢を敷いたのかを詳細に話してしまったのがよくなかったのかな。

ある夜、帰宅すると、留守電のあったことを知らせるランプが点滅していました。私はある予感がしました。

十九

──彼女が残したメッセージを聞きながら、私は再び彼女の陽気でかつ落ちついた声の調子を発見しました。この女性の穏やかさにあいかわらず私は驚かされました。彼女はスターとしての人生を忙しく生きているのに、例の「放送」のお礼が言えなかったと詫びながら笑っていました。また電話すると言っていました。

私は彼女が再び電話してくるのを待てませんでした。彼女の話す文と文との間にほんのわずかな休止があって（それは全然彼女にふさわしいものではありませんでした）、そこに潜む何かがすぐに彼女と再びコンタクトを取るようにと私を駆り立てたのです。彼女は私に何か伝えるべきことがあったのに、それが残されたメッセージに現れていないのか、現れているにしても、二重底のなか──沈黙の点線のなか──にのみ現れているのか、と私はいぶかしがりました。

私たちはメディアの暴走や、突然有名になった彼女の生活ぶりについて少しだけ話をしました。彼女は冷静さもユーモアも失わず、あらゆるものと相当の距離を保っていました。私が彼女に捧げたドキュメンタリー番組に関しては、一言も話しませんでした。成功の波が過ぎ去った今、すべて順調にいっているのか、何も必要なものがないかを彼女に尋ねました。すると彼女はゆっくりと、何もかもうまくいっていると答えました。それから彼女は沈黙のなかに沈んでいきましたが、私はそっとしておきました。

《ルドヴィーク、あなたにお話ししたいことがあります。近いうちにお茶を飲みにくる時間はありますか》

私たちは決定的な瞬間をむかえていました。あること。ほんとうに緊急なものは何もなかったのでしょうか。

《いいえ、何もかも順調です。急ぎではありません。でもひょっとしたらそれはあなたの関心を引くかもしれません》と、彼女は言いました。

翌日の午後、私たちは彼女の家で会いました。正直に言うと、私はある種のなつかしい気持ちとともに、花柄の壁紙や壁に飾られたデッサンや置物のすべてを再び見出しました。部屋の家具の上のそうした置物は、一年来、一ミリたりとも動いていませんでした。そして部屋のなかにはあいかわらず、ひかえめながらリラの匂いが漂っていました。

《数日前、ショパンが現れたのです。このごろは現れる回数がだんだん少なくなってきたのですが。でもいつもとちがって、彼にはお連れの方がいました……。私の知らない男性がひとり、ショパンのそばにいました。ショパンはその男性を私に紹介しました。ヴィクトル・ウルマンでした……。そのユダヤ人作曲家の名前を私は知っていました。彼の名前はナチスの残虐さの例としてしばしば引用されますからね。でも私は彼の顔を写真では一度も見たことがなかったのです。上品でにこやかで、額が広く、髪は美しい黒髪で、少しアジア人みたいなところがありました。彼はショパンとはドイツ語で話していましたが、私にはチェコ語で話しかけました。彼は私の助けを必要としていました》

《あなたはそれまで一度も彼の曲を聞いたことがなかったのですか》

《私にとっての彼は、テレジン収容所の壁の向こうでプルートン的オペラ「アトランティスの皇帝」を作曲した人物でした。それ以上のことは何も知りませんでした。ずっと以前のことですが、私はテレジンの要塞＝監獄を訪ねたことがあります。あんなところで、毎日死と接しながらオペラを書くエネルギーを持った人がかつていたなどとは想像もしていませんでした……。しばらくすると、ショパンは私たちを二人だけにしようとしました。ウルマンとコンタクトを維持しつつ、彼の言うことを明瞭に捉えるのにとても苦労しました。午後の終わりに街から押し寄せてくる波のようなざわめきや連打される鐘の音に邪魔されたからでしょうか。ショパンを相手にしていて、私の調子が良くないときなど、注意を集中できないことがときどきありました。そんなとき、ショパンは無理強いせず、引き下がったものです。私はやっとのことでウルマンがまさに「アトランティスの皇帝」の話をしているのだと理解しました。その作品は、どのようにかは分かりませんが、ナチスによる破壊を免れていました。彼はその作品をテレジンでは丹念に仕上げる時間がなかったのです。そしてその後、彼はアウシュヴィッツに移され、命を落とします。彼が私のもとに現れたのは、いくつかの修正箇所を私に口述するという意図があったからでした……。彼との交信にはさまざまな困難が伴いましたが、私は実行に移しました。あるところで、彼は私に説明したのです、リズムは二分音符とそれに続く四分音符で強調されると。というのも、それ以前は逆の方がいいという判断に達していたからです。どう思い

ます?》
《え?》
《そのお茶》
《あ、とてもおいしいです》
《このごろは、二、三年前なら手に入らなかったいろいろな種類のお茶を見かけるようになりました。私が見つけてくるのです。それは白いお茶です。あまり熱くしすぎないで飲むお茶です》
《ということは、あなたは黒いお茶〔紅茶〕の代わりに白いお茶にしたということですね。あなたはウルマンとは逆のことをしたわけですね!》
　彼女は微笑み、私がウルマンの話に戻りたがっているということを理解しました。《つまり》と、彼女は話を続けました。《彼はその種の修正を数カ所私に口述しました。でも、私の目の前に楽譜があったわけではありません。さらに彼はあるパッセージの伴奏をどうしてもチェンバロではなく、フルートとヴァイオリンとチェロに代えることを望みました。私はそうしたことのすべてを、よく理解もせずに必死に書きつけました……。しばらくすると、ますますウルマンのいうことを明確に捉えることが難しくなり、彼は消えてしまいました。私は自分のメモをどうしていいものやら分かりませんでした。音楽の出版社をいくつも知っているピーター・ケイティンに渡そうか、それをすぐにしなければならないだろうか、と私は考えました。ウルマンは私にそうした点に関する指示を何も出しませんでした。彼は他にも修正箇所があるのだろうか、交信するのが困難なので、彼はいつかもう一度実験を試みるだろうか、と私は考えました。それから二週間が過ぎて、私はウルマンとのコンタクトは一回限りのものになるだろうと結論づけたのです。ところが三日前、再び彼が現れたのです》

《ひとりでですか》
《ええ。にこにこしていましたが、最初のときより気づまりそうな様子でした。しかし今度は彼の言うことがずっと明確に聞こえました。さしあたり、彼は私に何も要求することなく、ただテレジンでの幽閉生活を語るだけで満足していました。奇妙なことに、彼はそこで作曲したり演奏したりする自由があったのです。「皇帝」は死に関するオペラですが、そこでリハーサルまでしていたのです。しかし、SSたちはそのオペラで彼がだれを標的にしているのかを知っていましたので、上演を許可しませんでした……。

　四四年の夏の終わり、ウルマンは再び希望を取り戻しました。ロシア軍が接近し、アメリカ軍がフランスに上陸したからです……。そのころです、たくさんの列車が新たに北部の絶滅収容所に向けて出発したのは。ウルマンはテレジンで十五ほどの作品を作曲していましたが、締め付けが再びきつくなったことに気づき、それらの作品を収容所の外に持ち出す手段を探しました。彼の友人の哲学者エミル・ウチッツはテレジン収容所の図書館の館長でしたが、彼は自宅にウルマンの楽譜を隠しました。この紙片を持って生きてここから出てくれ、とウルマンはウチッツに頼んだのです。彼は自分がこれから向かおうとしている収容所から二度と戻って来られないことを予感していました。ウチッツは預かった楽譜の全体を保管し、もしウルマンが収容所から帰ってきたら彼に返すか、それをハンス・ギュンター・アドラー〔一九一〇―一九八八〕という名の作家に委ねるかするつもりでした。そして実際作家の手に楽譜は渡されました。

　ウルマンは私にそんなことのすべてを話して、結局どうしたかったのでしょう。彼は話の終わりのところで一休みしてからこんなことを言いました。ハンス・ギュンター・アドラーが持っていた楽譜は今日では出版され、演奏もされている。人々は、私がウチッツに委ねた楽譜のすべてを彼が保管していたと信じているが、それは間違っている。あるとき、彼は自分もまたアウシュヴィッツに送られるのではないかと怖れて、私の自筆譜の一部を信用のできるある男に渡した。そうすることによって、私の作品は二人の人間に振り分けられ、それだけナチスの手から逃れるチャンスが多くなるだろうと考えた。ところで、まさにその部分がまだ表に出てきていない。それを見つけ出してほしい……。

私は彼に、どうしてウチッツはその後、欠けた部分を探さなかったのかと尋ねました。ウルマンは、問題の男が消えてしまったからだと説明してくれました。死んだと思われます、でも、収容所が赤十字に委託され、その後、ソヴィエト軍によって解放されるといった混乱のなかで、その男がどこにいるのか、どちらの方向に連れていかれたのか、そしてまだ生きているのかといったことを明らかにすることはできませんでした。彼はプラハ出身のドイツ語を話すユダヤ人でした……》

《ウルマンによると》と、ヴェラは話しつづけました、《この男は体が弱っていたので、テレジンの収容所から解放されてほどなく死んでしまったのです。彼の妻の方は密かに生きのびて、スイスに亡命しました。そして数年後、彼女は再婚したのです、どんな名前でだったかは分かりません……。ウルマンの自筆譜は現在、チューリッヒに住んでいる彼女の娘が所有しているものと思われます》

フォルティーノヴァー夫人は、私に何かをしてほしいと言っているわけではありませんでした。しかし、私はこの親愛なるヴェラをよく知るようになりつつありました。彼女はけっして何かを頼むということなどしなかったでしょう。とりわけ私には。とはいえ、なんと強烈に彼女はそれを私に要求したことでしょう！　いつも正直そうな目をしていた彼女が私と目を合わせるのを避けたのです。私の作ったドキュメンタリー番組が放映されてかなりの時間が経っていたので、彼女は私がすでに新しい仕事に移ったことを知っていました……。私はもう彼女にとっていかなる賭け金でもなかったのです、つまり私はもう手玉に取るのが望ましい「ジャーナリスト」ではなかったわけです。結局のところ、その日の私は彼女にとって何だったんでしょう。打ち明け相手？　スペアタイヤ？　正直に言うと、彼女は私を感動させました。彼女からの電話は私を熱くしていました。私の方を振り向くこと、それはそれまで私がしたことに感謝する彼女なりの慎み深い方法ではなかったでしょうか。彼女は単刀直入な話し方はしませんでした。でも、次のような、より低い調子で言われたせりふのなかで彼女は本題に近づきました。

《来月、腰を手術することになりそうです。こうした活動を一年以上続け、ささやかなコンサートをたくさん開いてきましたが、自分の体を酷使せざるをえませんでした。おかげで移動がますます苦痛になってきました。人工器官を移植してもらわなければなりません》

ダナさん、こうしてある朝、私はチューリッヒ湖畔の別荘のドアの呼び鈴を鳴らすことになったのです。でもあなたを湿ってひんやりとした別荘の玄関に案内する前に、もう一杯やりたい。もうビールは飽きたので、ラムを一杯あおって、この最後のエピソードを話すための力を取り戻したいと思います。

ほんとうのことを言うと、私はチューリッヒが怖かったのです。分かってほしいのですが、フォルティーノヴァー事件に関しては、すべてが私の頭のなかできちんと整理され、分類されていました。それで、そのなかにすき間風が吹きこんで無秩序状態になるのを怖れていたのです。私たちのなかにある物事を明らかにしようとする必要性を私はほとんど満足させていましたし、私が自分のテレビ局に提供した説明は私の目には有効なように思われました。しかし、何かが私をチューリッヒへと引きつけました。賭け金を二倍にして、もうけを全部つぎ込んでしまう男のささやかな恐怖といったようなものです。

二日後、私はチューリッヒを離れました。その瞬間私を探っていた探偵がいたとしても、彼は私の変化にほとんど何も気づかなかったことでしょう。たしかに、私は行きと帰りでは同じ服装をしていなかったし、到着したときよりきちんと髭もそっていました。しかし、私が足元に間違いなく手提げかばんがあるかどうかを打ち震えながら確認している姿にはほとんど気づかなかったことでしょう。

私が四十八時間前に不意に訪ねた家の人物は、他人の邪魔をするようなタイプの人間ではありませんでした。私はこまごまとしたことをたくさん話す必要はなかったのです。彼女は私が差し出したチェコのジャーナリスト証明書を見、失われた自筆譜を発見しようとする調査がどのように少しずつ彼女のもとに私を導いたのかを聞いて、それで納得しました。ここだけの話ですが、ダナさん、私はそのとき自分の話していることを信じていなかったのです。私は単に、フォルティーノヴァー事件を全部検証したという安堵を得たいがためにそこにいたのです。

湖畔の別荘で私を迎えてくれた六十歳代の女性と私はきわめてぎこちない標準ドイツ語で言葉を交わしましたが、彼女は「見てみる」と約束してくれました。私の相手をしてくれた人物は、私が話したことに心から関心を持ってくれました。おそらく彼女は人生に退屈していたのでしょう、そこに私がひとつまみの思いがけないことを持ち込んだのだと思います。いずれにせよ、私は彼女に任せて大丈夫だと感じました。彼女は翌日の午後の終わりにもう一度来るようにと私に提案しました。それまでに彼女は探してみるという段取りでした。

信じてください、もしあの時、だれかがお前は二日後、電車のなかで、火にかけた牛乳のようにお前の手提げかばんを監視するはめになるだろうなどと言ったなら、私はとても驚いたことでしょう。そして戻ってきて、フォルティーノヴァー夫人にウルマンのサイン入りの黄ばんだ楽譜を差し出したとき、私は再び彼女に無条件降伏をしたという印象を持ちました。

あなたは聞いたことがありますか、ダナさん、警備員が眠っている間に移動するという遠い国の国境線の話を。その警備員は目覚めると境界の点線が寝る前と正確に同じところにないということに気づくのです。ときには後退し、ときには前進している。しかし、たくさんというわけではない。それで我らが警備員は背中に哨舎を背負い、あたかもエスカルゴの殻のようにそれを新しい国境線のところまで運ぶのです。少しの時間が経ち、数日、ときに数カ月が経つ。こうしてある朝、彼はまた引っ越さねばなりませんでした。国境線は自分の好きなようにふるまいました。大体の場合、国境線は後退していたのです。そのため警備員が近づく人間を取り締まっていた領土は広がっていたのです。

私があなたに話しているのは、古代中国の話ではなくて、既知のものと未知のものとの境界の話なのです。警備員はあなたでもあり、私でもあります。ときどき、彼のように、目覚めたとき、前日までまだイバラで覆われ、踏み込めなかった土地が開墾されているのを見るような印象を受けることがあります。ある朝など、国境の点線は後退し、遠くにしか見えないこともあります。

国境線には、人間しだいで移動のしかたが違うという特徴があります。何がその原因でしょう。おそらく、ある人たちは自分の背中に哨舎を背負って引っ越す準備ができていると感じているのです。それは支払わなければならない代価です。そうしたことがフォルティーノヴァー夫人を相手にしているときの私に何度か繰り返し起こりました。意地の悪い彼女は私の背中を痛くしました。私が真実だと思っているものは移動するのをやめませんでした。私は私なりのやり方で未知の境界線を後退させたと信じています。そして私はあなたに私の哨舎を受け継ぐことができて満足しています。もしあなたが望むなら、その重荷を背負うのはあなたの番です。好奇心旺盛な精神の持ち主は、あなたもそのひとりですが、一生、その境界線に魅惑され続けることでしょう。それはまさに彼らの『タタール人の砂漠』〔ディーノ・ブッツァーティの小説、一九四〇年〕なのです。実は、未知を監視し、境界線の変動を追跡する人間の数はそんなに多くはありません……。ある時期には、未知はほとんど後退しません。人類が死滅する前にあらゆることを知ることができるかどうか疑問ですね。

――そのうち分かるでしょう。

――少し楽観的に考えて、あなたの曾孫の子どもの世代になったら、おそらく、説明の糸口がつかめるかもしれない……。

――それで？

――それで、とは？

――ヴェラ。

――私はチューリッヒの自筆譜の場面を私の記憶の奥底に埋めてしまいました、もう二度とそのことを考えたくなかったのです。それは放射能みたいに、うまく人に取り入るし、目に見えないのです。ずきずき痛むし、結局のところ、有毒なのです。チューリッヒの原稿を渡した後、私は二度と彼女に会いませんでした。彼女のもとに再び私を呼び戻したのは、十年前の彼女の葬式のときです。

私は彼女を自分から遠ざけておいたのですが、効果はありませんでした。彼女の死が私に何を引き起こしたのかを言おうとしても私はうまく言えないでしょう。これまで感じたことのないような空虚、奇妙な空虚でした。ときどき、彼女の死後、彼女が私の目の前に現れて、彼女特有のイギリス風の冷静さで私に話しかけるのではないかと期待したこともありました。今度は彼女が私に話しかけ、彼女の姿が私にだけ見えるということが起こるのを期待していたのです。まるで、彼女は死ぬときに、彼女がいつも持っていると主張していた才能を私に伝えたかのように。でも私はその種の才能には恵まれていません、よく言われるように、「暗示にかかりやすい」人間ではないのです。

そう、彼女が死んで初めて、私は私のなかで彼女がどんな場所を占めるのに成功していたのかが理解できました、私たちはウルマンの件以来二度と会っていなかったのですが。彼女は自分でも知らないうちに、私の奥底の小さなドアを開けたんだと思います。そしてそのすき間風のお陰で、私は窒息死しないですんでいたのです。というのも、ほんとうに気づかないうちに、私の息は詰まろうとしていたのですから。

ある日、私はロンディースカー通りのアパルトマンが売りに出されることを知りました。私は不動産業者と連絡を取り、見せてもらうことにしました。買おうと思ったわけではありません、そうではなく、最後にもう一度、見ておきたかったのです。数分間そこで過ごすことによって、私の喪を完成させようと願ったのです。もちろん、アパルトマンは空っぽでした。壁に残ったいくつかの長方形の跡は周囲の部分より明るくなっていて、そこにヴェラの署名の入った肖像画やデッサンの額がかけられていたことを示していました。私には見えなかったショパンをデッサンしてくれるようにと彼女に依頼したインタビューのことを思い出しました。その日、私はアパルトマンの壁の間からショパンが姿を現すのを期待していたのでしょうか、私の脇では不動産業者がだらだらとおしゃべりしていましたが。私は彼にありきたりの質問をしながら、すべての部屋をもう一度見直しました。何も残っていませんでした。あの執拗なリラの匂いも消え去っていました……。ある瞬間、私が彼女の台所にいたとき、私は正面を見ました。ひとりの男がルニーク・ホテルの部屋の窓に肘をつきながらタバコを吸っていました。遠くから見ると、その男は少しパヴェル・チェルニーに似たところがありました。そして私は、彼が、あんたも出世したもんだねと言いながら、私を馬鹿にしていると想像しました。あれ以来彼はどうしているんだろう、と私は思いました。私は不動産業者に物件が興味を引かなかったときの決まり文句を言いました。名刺をいただけませんか、もう少し考えますので、と。すると彼の方も、こんな場合によく耳にする言葉で応えました。お急ぎください、他にもこの物件に関心を持っているお客さんがいますので。

今度はあなたが、この事件にあたる番です、ダナさん……。最後に一点だけ。ヴェラがどこに埋葬されたか知っていますか。

――ご主人のお隣なのでは？

――ああ、きわめて人間的な論理ですね！　全然違います。彼女はヴィシュフラドの共同墓地に埋められています。ミサは付属の聖ペテロ・パウロ大聖堂で行われました。その後運ばれてきた彼女の棺が、ずっと昔の万聖節の日に彼女が黙想しにやってきた墓のところで止まったとき、私がどれほど驚いたことか……。未知なるものに面した私の哨舎に加えて、もうひとつあなたに神秘を引き継いでもらいましょう……。彼女はその場所を一九九五年の段階ですでに予約していたのでしょうか。彼女は将来自分が死んでそこに埋葬されることを見越して、前もってそこに頭を垂れにやってきたのでしょうか。偉大な作曲家の死後の作品を書き写し終えたので、クーベリック〔一九一四―一九九六、チェコの指揮者、作曲家〕やアンチェル〔一九〇八―一九七三、チェコの指揮者〕やスーク〔一八七四―一九三五、チェコの作曲家、ヴァイオリニスト〕やドヴォルザーク〔一八四一―一九〇四、チェコの作曲家〕その他の有名人が眠る共同墓地に自分も葬られねばならないとでも考えたのでしょうか。神のみぞ知る、ですね。それにそれだけじゃありません……。彼女が墓のなかまで持っていった秘密がもうひとつあります。墓石の秘密です。彼女は表面は穏やかで落ち着いているように見えましたが、どこか悪魔的なものがありました。私がその後、どうして新しいことに移る必要性を感じたのかあなたも分かってくれると思います。埋葬にいたるまでずっと、彼女に関しては確信できるものなど何もないと彼女は私に思い出させました……。大聖堂のなかでも、それから共同墓地の並木道でも、私はいあわせた人たちの顔をじっと見つめて時間を過ごしました。とりわけ私は知らない人たちの顔を見ていました。たくさんの人でした、もしあなたがあれを見ていたら！　私は彼らのなかに、ひょっとしたらデウス・エクス・マキナが紛れこんでいるんじゃないかと考えないではいられませんでした、この事件全体のね……。

――この件に関してはまだいろいろと疑問点があるということですね。

――いろいろというわけではないけれど、それでもちょっとした疑問が残っています。葬式の後、そこにいた人たち全員を尾行してみたいと思ったくらいでした。彼らの自宅まで。彼らの私生活のなかまで。彼らの脳みそのなかまで。いったいこの犯罪がだれに利益をもたらしたのかをついに知るために。でも、もしひとりではなく、複数のペテン師がいたとしたら。その日、そこにいあわせたすべての人間がマズルカやスケルツォやプレリュードを作曲するために仕事を分けあっていたとしたら……。ルネッサンス期のフランスにルイーズ・ラベ〔一五二二―一五六六〕という女流詩人がいました。今ごろになって、彼女はたぶん隠れ蓑で、彼女の署名入りの詩はおそらく詩人たちの集団による作品じゃないかと真剣に考えられ始めています。なぜそんなことをしたかって？　それはよく分かりません……。五世紀も経つと、なかなか真理は明らかにならないものです。でもショパン夫人に関しては、私たちはたっぷり時間がありますよ。

二十

ルドヴィークはやっと話し終えた。若い女は微笑みながら頭をふっていたが、放心している様子だった。自分の話は彼女の心をかき乱したはずだと彼は確信していた。彼の話は彼女の琴線に触れた。このダナの顔立ちがどれほど繊細で魅力的であるかに気がつくために、彼はこんなにたくさんのアルコールを今夜飲む必要があったのだろうか。それとも、これほど注意深く、もう少しで遭難しそうな眼差しで自分の話をこんなに長時間聞いてくれた人がこれまでだれもいなかったので、彼は彼女をありとあらゆる美点で飾り立ててしまったのだろうか。

夜はもはや完全な夜ではなくなっていた。夜明けのきざしとともに、暗がりは可能なところに身を潜めにいった。川面はもう深夜のときの原油のように黒い不安を引き起こすものではなく、劇場やコンサートホールの前ではすべすべした青灰色になっていた。音楽公会堂の屋根の上に設置されている作曲家たちの彫像は、トラムの乾いた鋭い音が鳴りひびくなか、まもなく朝日を見るために二階ボックス席に着くことだろう。ルドヴィークはイージー・ヴァイル〔一九〇〇―一九五九、ユダヤ人作家、『メンデルスゾーンは屋根の上にいる』〕のある小説の喜悲劇的な書き出しの部分を思い出した。そこでは、ナチスが、このコンサートホールの頂上に置かれたユダヤ人作曲家メンデルスゾーンの彫像を取り外そうとするのだが、誤ってワーグナーの彫像を外してしまうのだった。ショパンはどうしているだろう？　彼もまた、上の方から、すべてを監視していたのだろうか。皮肉っぽい表情を浮かべ、下界で演じられる人間喜劇の上を飛んでいたのだろうか。鐘楼と十字架、丸天井と丸屋根……。ルドヴィークは旧市街の塔と塔の間にはさまれた地区で人生のもっとも強烈な瞬間のいくつかを過ごした。そこには放射能に汚染された土地のように、今後しばらく彼が再び足を踏み入れるのを避けるような地区が存在しつづけるだろう、それはズデニユカのやさしい眼差しに見守られながら彼が人生を愛した通りやベンチやカフェなどだ。そうした苦い思い出の残る地点と地点の間に蛇のようにくねくねとうねる多くの道があり、彼はそこを通って大人になった。そしてそこで、希望と歓びの陰影のなかで、魅惑されたり我を失ったりもした。ロンディーンスカー通りのようなところやヴィシュフラドの墓、それにその夜、彼がダナに話した尾行のルートもあった。そう、そうしたすべて、彼は自分の年齢を思い出し、とても信じられない気持ちになったが、そうしたすべては稲光のようにあっという間に過ぎ去ってしまっていた。

――外に出ましょうか、とダナは彼から数センチのところでささやいた。

三十年前なら、この女は完璧なスパイになっただろうと、彼は思った。よそよそしさとなれあいとの何と奇妙なカクテルだろう……。結局、彼女は彼に質問する必要さえなかった。これは尋問を行う最良の方法ではなかっただろうか。彼女は自分より踏み込んだ調査をするのに成功するだろうか、と彼は自問した。あり得ないことじゃない。ひょっとしたらヴェラ・フォルティーノヴァーを解読するには、女性心理学が必要だったのではないだろうか。

二人は立ち上がった。彼女に知っていることのすべてを与えた今、彼としては彼女をきつく抱きしめたかった。夜の終わりの生ぬるい空気に包まれた堤の上で、彼は彼女と四半世紀の歳の差があることを忘れていた。おそらく彼女は、夜会の最初から、自分のように若くはつらつとした顔と微笑みと眼差しがあれば、彼から世界中のすべての秘密を巻き上げることができると知っていたのだろう、ヴェラ・フォルティーノヴァーにたいする彼の本心を。何杯もたてつづけにビールを飲んだせいで、彼は他人が自分に称賛の念を抱くのは当然で、自分の正当な価値をきちんと認めてもらえるだろうと思うような状態に陥っていた。彼は一九九五年のときも同じようなことを考えてはいなかっただろうか。二人を分かつ年齢の差が一時的にでも消えてくれることはないのだろうか。アルコールは彼の予防策を消し去ってしまっていた。彼は歩き方がおぼつかなく、ろれつが回らなくなってはいたが、二人とももうレストランの外に出ていたので、彼は怖いもの知らずの状態だった。時間を割いてくれたことに感謝し、必要なときにはまた連絡をさしあげてもよろしいですかと尋ねた彼女の肩に、彼は腕を回そうとした。彼の誘いから身を振りほどいた彼女は大声で笑って緊張を吹き飛ばした後、あたかも小さな子どもをさとすように、眉をひそめ、「スラニーさん、だめですよ、せっかくの美しい夕べを台なしにしてしまっては」と言い、再び礼をして、遠ざかっていった。

この場面を目撃した人はだれもいなかった。彼の行為を見て笑っている人は近くにはいなかった……。なんて馬鹿なことをしたんだ、と彼は自分をしかりつけた。彼はよろめきながら数歩歩き、堤の手すりに助けられて体を支えた。急に吐き気が襲ってきて、手すりの上にビールをその苦みとともに吐いた。その後、快方に向かったが、吐き気が引いていくと、今度は今しがたの自分の愚かさがくっきりと見えてきた。愚行のおぞましさがありありと目に浮かんできた。彼はさらに自分を馬鹿にし、自分に腹を立てるもうひとつ別の手段まで見つけてしまっていた。できるものならダナを追いかけ、こういったことのいっさいを忘れて、彼が彼女にした長いお話だけ――何とまあ見事な話しぶりだったことか――をこの夕べの思い出としてとどめてくれるよう説得したいと思ったのだ……。職業柄、変形をくわえることに慣れているせいで、彼は人生なんてしょせん長い撮影にほかならず、人間は死の直後、モンタージュルームに入り、人前に出せるものだけを保存し、未編集フィルムは排除するものだと夢想していた。彼はダナにたいして自分と同年代であるかのようにふるまってしまった、そして彼女は彼を何にもまして敗残者のまま、かつ自分自身にたいする憎しみに満ちた状態のまま放り出して姿を消してしまった。

微風が吹いて、しだいに彼は湿った夜の終わりという地味な現実へと連れ戻された。なにもかもが死に絶えたように静まったなかで、彼の耳にはいくつかの物音が聞こえていた――堤の下を流れる川のざわめき、消えつつある遠くの車のエンジン音、さらに遠くの救急車のうなる音。彼はいったいいつから、こんなふうに身を傾けた状態のままでいたのだろう、胃の中身を全部吐き出して。彼は自分に注意を集中させ、目を閉じたまま、さらに数分そのままの姿勢でいた……。結局、だれもいなかった、世の中全体が干潮だったのだ。寒くなかったなら、彼はそこに長時間そのまま立ちすくんでいることだってできただろう。彼はこの種の恥ずかしい思いを今後もたくさんするのだろうか。やっと頭脳により明晰な思考が供給され始めた今、彼は、いやそんなことはないと自分に誓った。彼は彼女にすぐ使える形でそのままフォルティーノヴァー事件を引き渡した。今や、戦利品を受け取り満足した彼女は遠くに行ってしまっているにちがいなかった。そして彼、ルドヴィークのことをあたかも醜い未編集フィルムのように彼女の記憶から消そうとしているのだろう、そしてその一方で、彼がその大量の言葉を弄して、二人の間にささやかな何かを作ることができると信じていた間に他の男たちから送られてきたSMSに今ごろ答えているのだろう。つまり、辱めがひとつ増えようが減ろうが、ほんとうの問題はそれではなかった。彼は以前にも、今回以上にひどい辱めさえ消化していたのだから。だが苦渋の方は、今回、より苦いものがあった。おそらく彼はこうした辱めの後にはもはやいかなる勝利も、辱めの記憶を隠すことのできるいかなる自尊心のモチーフも次は来ないのではないかと怖れていた。それは当然の報いだった。彼は諦めるだけでよかった、そう、よく言うように、新しいことに移るだけでよかった。

　そんな考えが彼の体をくまなく貫こうとしていたとき、彼は小さな咳払い、ひかえめな咳払いを耳にした。それはふつう自分の存在を知らせるためのものでありながら、他人を驚かせたり不快にさせたりしたくないという気遣いに由来するものだ。ルドヴィークは目を閉じたまま大きく息を吸いこんだ。彼はダナがやって来る音を聞きつけていなかった、彼女は踵を返して戻ってきたのだ……。自分を無遠慮にはねつけたことを彼女は後悔していたのだろうか。一分前には期待さえしていなかった慰め、そんな慰めが近づいてくる……。彼の態度を激しく非難するために、怒り狂って彼のところに戻ってきたのではないとしての話だが。そんな不安が彼に目を開ける決心をさせた。

　目の前に現れたのは、夜歩きをしている男で、彼と同様にほろ酔い気分のように思われた。男のシルエットが少しずつ明確になってきた。すると、その男はたしかに歩行者ではあるが、酔っぱらいのようなところは何もないことが分かった。しかし、ルドヴィークに近づこうとしている態勢のその男にはどこか異様なところがあった。その三十代の男は、無頓着そうに、ゆったりと歩きながら、たったひとり、はっきりとした目的など何もないまま歩きつつ、ルドヴィークのいるところまで来ようとしていた。夜歩きの男、あるいは夢遊病者、世の中がこれから新しい一日を始めようと準備しているときに、瞑想し沈黙することを愛する男……。男は光を後ろから浴びて歩いていた、つまり、背後から一番体に近い街灯の明かりで照らされていた。しかし、彼には洒落者でダンディーの品格がある、とルドヴィークは心でつぶやき、既視感があるなと思った。こいつとすれ違ったのはいつのことだっただろう。ルドヴィークにはときどき、顔を見て漠然と知り合いだと思うとさしあたりあいさつをしておき、その後、何時間も頭をしぼって思い出そうとしたあげく、結局は、それがしがない事務員だったなどということがよくあった。

　異様な身なりのその男はルドヴィークに追いつき、追い越そうとした。その瞬間、二人の眼差しが交差した。ルドヴィーク・スラニーは電気のようなものを浴びた。明け方の歩行者はすでにそのまま散歩を続けていたが、今過ぎたばかりの瞬間には、悪夢のような音域《テッシトゥーラ》が、悪夢のあらゆる特徴があった。彼はできるものならその男を引きとめたかった。だが、体が言うことを聞かなかった。

　アルコールと嘔吐のせいではなかった。というのも、彼は電気ショックのせいで一撃のもとに酔いから醒めたのだから。彼はなにごとにも無頓着そうなそぶりの散歩者が、遠ざかり、通りの角を曲がるのを見送ることしかできなかった。背中に両手をあてた散歩者はあまりにも静かに歩いていたので、彼が遠い昔、生前に作曲したメロディーを口ずさんでいるのを聞いたとしても、あるいは、朝方の沈黙のなかで頭に浮かんだ新曲を口ずさんでいるのを聞いたとしても、――彼はそれを生きた人間の間を散歩して帰宅した後、すぐに書きつけるのだろう――だれも驚かなかっただろう。

歩行者が消えた今、彼が通った跡に残されたのはかすかなリラの匂いだけだった。その匂いにしても、たちまちのうちに微風が吹き払ってしまうことだろう。

付記

ローズマリー・ブラウンの生涯に関しては、彼女自身が書いた次の三作品を参照のこと。本作品の執筆にあたり適宜参考にしました。

En communication avec l'au-delà, Éditions J'ai lu, « L'aventure mystérieuse », 1971.
Immortals by My Side, Henry Regnery Company, 1975.
Look beyond Today, Bantam Press, 1986.

私の質問に注意深く耳を傾け、明解な答えで疑問を氷解させてくれたジャン゠フランソワ・ジーゲルに感謝します。また二〇〇一年に私がプラハに長期滞在するのを可能としてくれた「ミッション・スタンダール」を企画したフランス学院にも感謝の意を表します。

訳者あとがき

本作は、二〇一九年八月にスイユ社から出版された Éric Faye, *La télégraphiste de Chopin* (Paris, Seuil, 2019) の全訳である。本作はエリック・ファーユの小説としては第十一作目にあたる。原題にある télégraphiste は、フランス語では、本来なら電信技士や電報配達人のことだが、ここでは、ショパンが冥界で作曲した作品を彼の口から直接聞く窓口になり、それを楽譜におこし、世間に知らしめる媒体とも、霊媒ともなる役目を負わされたヴェラ・フォルティーノヴァーを指している。ちなみに、エリック・ファーユは短編「地獄の入口からの知らせ」(『わたしは灯台守』、水声社、二〇一四年に収録)でも、「遠くからの電話」(« Appels lointains » in *Nouveaux éléments sur la fin de Narcisse*, Editions Corti, 2019 に収録)でも、「異界」から届くメッセージを作品の中心的なテーマに取り上げている。ネット空間も含め、遠距離を横断して彼方の世界から私たちのもとに届けられる手紙やメールやSMS、そしてそれを読んだ私たちの心のざわめきやナルシシズムやエロティシズムのうずきなどがファーユの創作意欲をおおいに刺激している。

本作品の面白さのひとつが、「ショパン夫人」(Chopinova) ことヴェラ・フォルティーノヴァーをショパン風の作品を作る詐欺集団の一味だと確信し、彼女の仮面を剥ごうと、手を変え品を変えて創意工夫にとんだ罠を仕掛けるデカルト主義者ともいうべきジャーナリストのルドヴィーク・スラニーとその相棒のカメラマン、ロマン・スタニェクや私立探偵のパヴェル・チェルニーなどの奮闘ぶりにあることは言うまでもないだろう。とりわけヴェラを罠にかけようとするルドヴィークの質問と、それにたいする彼女のあくまでも誠実で淡々とした返答ぶりとのコントラストが興味深い。しかし、この作品の最大の眼目はヴェラが筆記するショパンの作品の真贋を判別することにではなく、むしろ真贋の区別や境界そのものを問い直しつつ、そうした二つの領域間の横断可能性、境界線そのものの移動可能性、さらにはそうした可能性の根底にある情念と知性の動きを明らかにすることにこそあるように思われる。

「一世紀半も前に死んだ」はずのショパンが三途の川(スティックス)を再度渡ってこの世に戻るという小説の設定自体、すでに彼岸と此岸との行き来の可能性を示唆しているが、この作品には実に多くの境界線や境界線を横断する存在が書きこまれている。生と死の境界線、本物と贋作の境界線にくわえて、「西側」の世界と「東側」の世界の境界線、さらには既知と未知の境界線もある。そして、情報を伝達するために亡命先から戻って来る者たち、ズデニュカが語るチベットのトゥルパ、壁抜け男、そして過去から未来へ移動するだけでなく、逆方向の移動さえも可能な微粒子などはすべて越境者なのだ。そうした意味でも、本作品の第三部で言及されているブッツァーティの『タタール人の砂漠』(一九四〇年)は示唆的である。というのも、このイタリア人作家の小説はファーユの愛読書のひとつであるが、いつ国境を突破して攻撃をしかけてくるかもしれないタタール人を警戒しつつ、不安と孤独と絶望のなかで無為のうちに人生を棒にふってしまった青年を描いたものと一般には読まれているように思われるし、さらに、そうした青年の状況と私たちの生きる状況との類似性を指摘する読み方もあるようだが、ファーユはそうした読み方をふまえつつ、本作では、あらゆるレベルにおける境界線を越える可能性にこそ焦点をあてた読み方をルドヴィーク・スラニーの口を通して披露しているように思われるからである。あたかも境界線の移動・変動、そして越境行為こそが人知の目指すべき方向性だとでも言うかのように。こうして、小説の最後の場面で、かつてヴェラ・フォルティーノヴァーの「嘘」を暴こうと躍起になっていたルドヴィーク・スラニーは、プラハ市内を流れる三途の川ならぬヴルタヴァ川の岸でショパンの亡霊とすれちがうことになる。ルドヴィークもまたヴェラのように川を横断するのだろうか、あるいは、永遠のデカルト主義者として此岸にとどまるのだろうか。つまり、越えるべき境界線は自分の外にあるだけではなく、自分の内にもまたあるということだろう。旧チェコスロヴァキア秘密警察からチェコの私立探偵に変身したパヴェル・チェルニーにせよ、体制側のために働く密告者でありながら、一九八九年のビロード革命にいたる混乱のさなかにはデモ参加者の味方のふりをしつづけ、その後、新体制の下、チェコテレビの大物幹部にまで昇りつめたフィリップ・ノヴァークにせよ、好むと好まざるとにかかわらず何らかの境界線を横断しているとも考えられるだろう。

ここで本作の展開に係る範囲内で簡潔にチェコスロヴァキアならびにチェコの政治史を確認しておきたい。というのも、チェコスロヴァキアが一九一八年にオーストリア＝ハンガリー帝国から独立して以来このかた（ひょっとすると、それ以前から）、ファーユが第二部冒頭近くで書いているような「文明と文明の岩盤どうしの横滑り」のような動きはつねに存在し、「何もかもが移行状態にあり、何もかもが横滑りする」状況が続いているからであり、こうした「横滑り」の状態と前述した境界線の移動と横断とは小説の構成上密接に連動していると思われるからである。もちろん、作品は作品として自立した存在であり、そうした予備的な知識などなくても読めるものであることは言をまたない。あくまでも訳者自身の確認のためのメモと思っていただければ幸いである。

一九三八年六月生まれのヴェラ・フォルティーノヴァーが九歳のとき、ショパンの亡霊が初めて彼女の枕元に姿を現している。当時のヴェラはその亡霊がショパンだとは認識できなかったわけだが、その亡霊の出現を知らされた両親の困惑ぶりは父親の次のような言葉に端的に表れている。「二月に大きな変化がたくさんあった。新しい今の指導者のなかには、意地悪な人たちが何人もいるんだ、ヴェヴェ。彼らには用心する必要がある。なぜって彼らはいたるところで聞き耳を立てているから。(……)今新しく指導者になっている意地悪な人たちにとって、存在しているのは生きている人間だけなんだから。彼らの考えでは、死者は二度と現れないんだ。もしお前がそんな死者たちを見るなどということが彼らに知られたら、お前は頭のおかしい人たちのいる施設に送られるだろう……。」この父親の発言は、亡霊が訪れるなどということをけっして口外しないようにという娘への戒めであるが、ここで問題になっている「意地悪な人たち」とは、一九四八年二月のいわゆる「勝利の二月」(チェコ・クーデター)で政権を掌握し、その後同年六月、エドヴァルト・ベネシュ(一八八四―一九四八)に代わって大統領に就任したチェコスロヴァキア共産党委員長クレメント・ゴットヴァルト(一八九六―一九五三)を中心とする指導部のことと思われる。父親の発言からは、ゴットヴァルトが進めた政府内からの非共産党員の排除、ならびに共産党員の粛清、国民全体にたいする締め付け政策などを読み取ることが可能かもしれない。いずれにせよ、この政変により、ヴェラはピアノの個人レッスンや教会通いをやめざるを得なくなっている。さらに、ヴェラは一九五二年になってはじめて、四年前に枕元に出現した亡霊がショパンだと確認することになっているが、それを可能としたのは一九三五年に出版された百科事典であったとされている。ヴェラの「ああ！ 何を書いても許されるそんな時代があったんだ！」という驚きの声には多分に幼さが残っているにしても、共産党単独政権による重々しい時代の空気を伝えて効果的である。こうした一九四八年二月の政変の扱いの大きさに比べて、意外なほどに一九六八年春のアレクサンデル・ドゥプチェク（一九二一―一九九二）共産党中央委員会第一書記によって進められた「人間の顔をした社会主義」をスローガンとした自由改革路線、いわゆる「プラハの春」とその挫折に関しては扱いが小さく、直接的な言及はほとんどない。この時期に関連することとしては、一九六〇年代半ばにヴェラの両親が相次いで亡くなっていること、六九年にヴェラがヤン・フォルティーンと結婚し、七〇年に長女ヤナを、七一年に長男ヤロミルを出産していることが記されているのみである。政治が再び小説の流れに影響をおよぼしているように感じられるのは、グスターフ・フサーク（一九一三―一九九一）の進める「正常下体制」による人権抑圧に抵抗したヴァーツラフ・ハヴェル（一九三六―二〇一一）などが中心となって起草した「憲章七七」とその支持者たちによる抵抗運動への言及がなされる場面である。秘密警察のパヴェル・チェルニーが靴をすり減らすまでにして「活躍」したのはこの時期にほかならない。またハヴェルが「憲章七七」の仲間たちと翌七八年に結成したＶＯＮＳ（不当迫害防護委員会）の構成員だったヤン・フォルティーンを監視し、一九八一年に刑務所送りにしたのもパヴェル・チェルニーである。そしてついに一九八九年十一月には大規模な民衆のデモの力に屈するかたちでミロシュ・ヤケシュ（一九二二―二〇二〇）共産党書記長以下共産党幹部が辞職し、十二月にはフサークが大統領を辞任する。それに代わってドゥプチェクが連邦議会議長、ハヴェルが大統領に選ばれる。流血の惨事を避けつつ実現したいわゆる「ビロード革命」によって、とりわけルドヴィーク・スラニーとフィリップ・ノヴァークの運命に大きな変化があったと考えられる。スラニーの方は、その夏、『静かなるドン』がショーロホフの作ではないと主張する記事を書いたがために新聞社を追われたものの、この革命のおかげで名誉を回復し再就職することができた。またノヴァークの方は革命後、念願の公共放送で要職を得ることに成功するという具合である。そして一九九三年、チェコスロヴァキアはチェコとスロヴァキアの二つの共和国に分離する。こうして、小説冒頭の一九九五年十一月一日の時点で、チェコ共和国の政権を率いていたのは初代大統領のハヴェルであったということになる。そして、こうした政権の移動と革命運動は先述した境界線の移動と横断可能性と呼応しながら、現在と過去との間を自在に動く複雑な小説の語りを生み出している。

なお、ヴェラのアパルトマンに漂っていたリラの香りはショパンの存在をほのめかすものであるが、ファーユによればリラはポーランドを象徴する花とのことである。

＊

訳者は二〇二〇年三月十三日、パリのモンパルナス通りのカフェでファーユと話す機会にめぐまれた。前日、第一回目の自宅待機令を予告するエマニュエル・マクロン大統領の厳かな演説があったばかりなので、いきおい話はコロナ対応に集中したが、そんなやや緊迫した空気が漂うなかでもファーユは日本の小説や映画に関するエッセイ集をしばらく前から準備中だと楽しそうに話してくれた（このエッセイ集はその後まもなく、フィリップ・ピキエ社から *Fenêtres sur le Japon*（『日本への窓』）のタイトルで出版された。そこでは、夏目漱石、谷崎潤一郎、村上龍、黒澤明、成瀬巳喜男、是枝裕和らが論じられている）。その後、自宅待機令を受けてパリのカフェにもコンサートホールにもレストランにも行けないどころか、自宅近くのヴァンセンヌの森に散歩に行くのもままならないと嘆くようなメールが届いたが、その一方で、新藤兼人監督の『裸の島』を繰り返し見ているという近況報告や、大江健三郎の『M／Tと森のフシギの物語』や安部公房の『密会』を読んで深く感銘したとの感想も届いた。なお、この間、ファーユは水声社のメールマガジン「コメット通信」第四号に「禁じられたアジア」というエッセイを寄せ、コロナ禍における読書の効用について興味深い議論を展開している（http://www.suiseisha.net/blog/?page_id=13495）。

今回の翻訳にあたり、いつものことながらたくさんの方々の協力を得ました。とりわけチェコ文化ならびにチェコ語の発音をご教示いただいた郡山市立美術館学芸員の川上恵理氏に心より感謝いたします。また、つねに的確なアドバイスをくださった水声社編集部の廣瀬覚氏、それに本書の出版を英断された社主の鈴木宏氏にも深謝いたします。

なお同じファーユの『長崎』『わたしは灯台守』につづいて三度目の出版助成の決定を下されたアンスティチュ・フランセ・パリ本部のみなさんにもお礼を申し上げます。

二〇二二年四月

松田浩則

著者／訳者について――

エリック・ファーユ（Éric Faye）　一九六三年、リモージュ（フランス）に生まれる。エコール・シュペリユール・ド・ジュルナリスム（リール）に学ぶ。ロイター通信の記者として勤務しながら、一九九〇年より創作活動に入る。主な著書に、『わたしは灯台守』（*Je suis le gardien du phare*, 1997. 邦訳、水声社、二〇一四年）、『痕跡のない男』（*L'Homme sans empreintes*, 2008）、『長崎』（*Nagasaki*, 2010. 邦訳、水声社、二〇一三年）、『不滅になって、そして死ぬ』（*Devenir immortel, et puis mourir*, 2012）、『みどりの国　滞在日記』（*Malgré Fukushima*, 2014. 邦訳、水声社、二〇一四年）、『エクリプス』（*Éclipses japonaises*, 2016. 邦訳、水声社、二〇一六年）などがある。

＊

松田浩則（まつだひろのり）　一九五五年、福島県いわき市に生まれる。東京大学大学院博士課程中退。神戸大学名誉教授。専攻、フランス現代文学。主な著書に、『ポール・ヴァレリー『アガート』訳・注解・論考』（共著、筑摩書房、一九九四年）、主な訳書に、ミシェル・トゥルニエ『海辺のフィアンセたち』（紀伊国屋書店、一九九八年）、ドニ・ベルトレ『ポール・ヴァレリー』（法政大学出版局、二〇〇八年）、エリック・ファーユ『長崎』（二〇一三年）、『わたしは灯台守』（二〇一四年）、『エクリプス』（二〇一六年）、ジッド＋ルイス＋ヴァレリー『三声書簡　1888-1890』（共訳、二〇一六年、いずれも水声社）などがある。

Cet ouvrage a bénéficié du soutien des Programmes d'aide à la publication de l'Institut français.
本書は、アンスティチュ・フランセ・パリ本部の出版助成プログラムの助成を受けています。

プラハのショパン

二〇二二年六月二〇日第一版第一刷印刷　二〇二二年六月三〇日第一版第一刷発行

著者――エリック・ファーユ

訳者――松田浩則

装幀者――宗利淳一

発行者――鈴木宏

発行所――株式会社水声社

東京都文京区小石川二―七―五　郵便番号一一二―〇〇〇二

電話〇三―三八一八―六〇四〇　ＦＡＸ〇三―三八一八―二四三七

【編集部】横浜市港北区新吉田東一―七七―一七　郵便番号二二三―〇〇五八

電話〇四五―七一七―五三五六　ＦＡＸ〇四五―七一七―五三五七

郵便振替〇〇一八〇―四―六五四一〇〇

URL : http://www.suiseisha.net

印刷・製本――精興社

ISBN978-4-8010-0651-5

ハイチ女へのハレルヤ　ルネ・ドゥペストル　二八〇〇円
マホガニー　エドゥアール・グリッサン　二五〇〇円
憤死　エドゥアール・グリッサン　二八〇〇円
赤外線　ナンシー・ヒューストン　二八〇〇円
草原讃歌　ナンシー・ヒューストン　二八〇〇円
リトル・ボーイ　マリーナ・ペレサグア　二五〇〇円
ポイント・オメガ　ドン・デリーロ　一八〇〇円
沈黙　ドン・デリーロ　二〇〇〇円
暮れなずむ女　ドリス・レッシング　二五〇〇円
生存者の回想　ドリス・レッシング　二二〇〇円
シカスタ　ドリス・レッシング　三八〇〇円
これは小説ではない　デイヴィッド・マークソン
二八〇〇円
ライオンの皮をまとって　マイケル・オンダーチェ
二八〇〇円
神の息に吹かれる羽根　シークリット・ヌーネス
二二〇〇円

ミッツ　シークリット・ヌーネス　一八〇〇円
メルラーナ街の混沌たる殺人事件　カルロ・エミーリオ・
ガッダ　三五〇〇円
オレデシュ川沿いの村　アナイート・グリゴリャン
三〇〇〇円
連邦区マドリード　J・J・アルマス・マルセロ
三五〇〇円
エクエ・ヤンバ・オー　アレホ・カルペンティエール
二五〇〇円
石蹴り遊び　フリオ・コルタサル　四〇〇〇円
わが人生の小説　レオナルド・パドゥーラ　四〇〇〇円
モレルの発明　A・ビオイ＝カサーレス　一五〇〇円
テラ・ノストラ　カルロス・フエンテス　六〇〇〇円
古書収集家　グスタボ・ファベロン＝パトリアウ
二八〇〇円
欠落ある写本　カマル・アブドゥッラ　三〇〇〇円

［価格税別］